경순왕 따라하기 식 통일방법

경순왕 따라하기 식 통일방법

초판 1쇄 인쇄   2011년 01월 18일
초판 1쇄 발행   2011년 01월 25일

지은이 | 이태기
펴낸이 | 손형국
펴낸곳 | (주)에세이퍼블리싱
출판등록 | 2004.12.1(제315-2008-022호)
주소 | 서울특별시 강서구 방화3동 316-3 한국계량계측회관 102호
홈페이지 | www.book.co.kr
전화번호 | (02)3159-9638~40
팩스 | (02)3159-9637

ISBN 978-89-6023-513-7 03810

경순왕

따라하기 식

통일방법

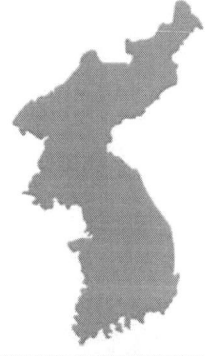

이태기 지음

에세이작가총서 353

통일을 위한 마지막 비상구

ESSAY

우리 韓民族에게는 分斷의
슬픈 歷史와   -

멋있게 통일하였던 통일의
歷史가 있습니다.

우리는 民族을 통일시켜야 하고,
國土(韓半島)를 통일시켜야 합니다.

여기 !
" **경순왕 따라 하기식 통일방법** "이 있습니다.
우리민족의 선조들의 것입니다.

오늘날 이 방식을 따라 남북통일을 이룩합시다.

머리말

우리 민족이 남북으로 분단된 지 벌써 60년이 훨씬 넘는 세월이 흘렀습니다. 이제 통일을 해야만 할 때가 되었습니다. 하루하루가 원통하고 아까운 날들입니다. 우리 민족이 분단국(分斷國)이 되어 있는 현실은 민족의 지병(持病)인데, 이 지병을 너무 오래 그냥두면 몸 전체를 망가지게 하는 요인이 될수도 있을 것입니다. 모든 것이 기한이 있고 때가 있는데, 이제 우리 민족은 통일을 해야 할 때가 되었습니다. 통일을 하지 못하고 그냥 미루면서 이대로 계속된다면 우리 민족을 괴롭힐 각양 요인들이 도사리고 있습니다. 모든 가능한 시나리오를 추리할 때 엄청난 예측들이 머릿속을 지나갑니다. 이제는 우리 민족이 통일을 하기 위해 비상수단을 강구해야 할 때가 되었습니다.

통일은 모두가 원하고 있는데 왜 통일을 이루지 못할까! 반드시 이유가 있을 것입니다. 그 이유는 아직까지 가능한 방법을 찾지 못했기 때문일 것입니다. 쌍방이 다 만족할 수 있어야 하고 쌍방 모두에게 손익계산(損益計算)에서 유익이 돌아가야만 할 것입니다. 그런 좋은 방법이 어디 있을까, 누구든지 궁금할 것입니다.

저는 우리나라의 역사를 읽다가 그 방법을 발견했습니다. 통일을 이룰 수 있는 가능한 방법이 발견되었는데, 어떻게 해야 이 방법을 우리 국민 모두에게 전달시킬 수 있을까, 또 어떻게 해야 북한 사람들에게까지 전달될 수 있을까 하고 생각하다가 책을 쓰기로 결심을 했습니다.

이 책에서는 통일의 방법을 논할 것인데, 그 내용은 소설이 아니고 우리 선조들이 실제로 실행했던 생생한 통일의 역사입니다. 이 방식을 오늘날 남북통일을 이루는 데 적용하자는 내용으로 이 책을 써내려가려 합니다. 핵심적인 내용만 기록한다면 몇 장만 달랑 쓰면 되겠지만, 그 내용을 꼬투리 속에 담아서 더욱 충실히 만들어야만 했고, 또 분단과 통일에 관계되는 여러 가지를 첨가하고 본질적인 내용을 설명하면서 귀하게 포장하는 식으로 책 한 권을 만드려고 합니다. 이 책의 내용은 7천만 남북한 우리 민족 모두가 읽어야 하고, 우리나라를 사랑하는 외국인들까지 읽게 되기를 기대합니다. 이 책의 내용을 전 국민이 공감하고 합창이 이루어지면 틀림없이 통일 작업이 시작될 것이라고 믿습니다.

화해를 부추기는 글을 쓰는 마당이므로 북한에 대해서도 정중한 표현을 쓰는 것을 원칙으로 합니다. 통일에 대한 내용을 논하기 때문에 북한에 대한 내용을 말할 수밖에 없고, 말을 하면서도 혹시나 그쪽 형편을 잘 알지 못하면서 말을 하다가 그쪽에서 들을 때 비위가 상할까 싶어 상당히 조심(操心)이 됩니다, 분명한 것은 한쪽을 깎아 내리려는 것이 절대로 아닙니다. 아무쪼록 합하여 하나가 되어야만 한다는 것을 강조하기 위해 근본 뜻을 말하는 것뿐입니다. 혹시 표현이 잘못되었거나 용어 선택이 잘못되었더라도 근본 취지만 이해해주시기 바랍니다.

서두에서 밝혀두는 것은 남북한의 호칭 문제입니다, 대한민국은 그대로 대한민국 혹은 편의상 남한으로 표기하고, 북한은 그냥 북한으로 표기하기로 했습니다. 그리고 쌍방을 향해 통일방법을 중재(仲裁)하는 것이기 때문에 어떤 대목에서는 너무 당돌한 게 아닌가 싶기도 합니다. 그러나 필자의 의견과 소신(所信)을 말하는 것뿐입니다. 하여튼 조심하면서 글을 쓰고 있다는 것을 감안해 주시기 바랍니다.

2006년 3월 30일
대구광역시 달성군 화원읍
이태기(李太基)

제1장

오늘날 지구상에서 분단 민족(分斷民族)은 우리 남북한(南北韓) 뿐이다

우리나라와 같이 분단국이 되어 있던 베트남(월남), 예멘, 독일은 통일을 이룩해 통일 국가를 발전시켜 나가고 있다. 그러나 불행하게도 우리 민족은 아직까지 통일을 이루지 못하고 무력으로 대결(對決)한 상태에 머무르고 있다.

[1] 베트남(Vietnam = 월남)의 통일(1975년)

베트남 전쟁(월남 전쟁)은 공산주의와 자유 민주주의 간에 있었던 냉전 시대의 전쟁이기는 하지만, 오래 전부터 강대국의 지배를 받아왔기 때문에 이들을 몰아내려는 민족주의 투쟁이라는 색채가 더 짙다고 하는 말을 듣고 있다. 이런 중에서 전쟁은 끝나고 1975년 4월 30일에 통일을 완수했다.

오늘날 베트남은 아직까지 후발도상국이기는 하지만 무한한 가능성을 가지고 있는 데다 민주화가 되어가는 중에 있다. 우리나라와의 관계는 친근하게 교류하고 있는 없어서는 안 될 우리의 우방이 되어 있다.

[2] 예멘(Yemen) 공화국의 통일(1990년)

아라비아반도 남쪽 홍해 입구에 위치한 예멘공화국도 지나간 한때는 북예멘과 남예멘으로 갈려 분단국이었었다. 분단 상태에서 남예멘은 공산주의 체제를 실행하고 있었고, 북예멘은 자유 민주주의 체제를 실행하고 있었다. 그러던 중 1990년 5월 22일 마침내 통합을 선언하고 예멘공화국 수립을 선포했다.

이때 공산주의 체제인 남예멘이 여행 자유화 조치를 단행함에 따라 남예멘의 국민들 중에 더러는 서둘러 자유가 있고 삶의 질이 더 좋은 북예멘으로 민심이 흘러가게 되면서 인구의 이동이 시작되었다. 남예멘 정부 당국으로서는 불안할 수밖에 없었고, 그로 인해 국민의 대탈출로 남예멘은 빈껍데기만 남게 되기 전에 통합을 서둘러야 했다. 이렇게 진행되는 동안 남북 간에 어려운 일들이 생겨나고 이해관계가 생겨나 전쟁으로까지 이어졌다. 결과적으로 북예멘이 승리하므로 완전

통일이 이루어졌다.

[3] 독일(獨逸)연방공화국의 통일(1990년)

　1945년 독일은 제2차 세계대전의 주역국(主役國)으로서 연합국(미국, 영국, 프랑스, 소련)에게 무조건 항복하여 전쟁에 대한 책임을 져야 하는 채무자 신분이 되었다. 그래서 승전국들에게 국토가 분할 점령당하면서 가련하게 분단국이 되어 서독과 동독이 생겨났다. 세계적인 냉전의 소용돌이 속에서 불행하게도 민족끼리 대결 상대가 되어 한때를 보냈다.

　1989년 봄부터 동구권 여러 나라에서 민주화, 개방화의 바람이 일어나고 있을 때를 같이해 동독인(東獨人)들이 서독(西獨)으로 탈출하기 시작했고, 동독 국민들은 민주화, 개방화를 부르짖으면서 동독을 서독에 편입해 통일할 것을 외쳤다. 가장 큰 영향을 미친 것은 소련연방 대통령 M. 고르바초프에 의해 추진된 소련의 개혁정책 페레스트로이카(Perestroika)이다. 이 여파는 독일의 몽일을 촉진했을 뿐만 아니라 동구 공산권 국가에서도 공산주의 체제를 해체시키고 전후(戰後) 냉전체제를 종식시키는 결과를 가져왔다. 그 영향으로 동구권 국가들이 소련의 영향권에서 벗어나 민주화를 추진하게 되었다. 이때 동독의 국민들도 이와 맥을 같이하면서 격렬한 시위 방식으로 개혁과 민주화를 부르짖었고, 동독을 서독으로 편입해 통일을 이루자는 열화(熱火)와 같은 민의를 표출했다. "우리의 목표는 하나의 독일이다. 반대하는 자는 동독에서 물러가라"는 구호를 외쳤다.

1989년 개방화의 열풍이 불면서부터 동독인들이 동독을 탈출해 자유와 풍요로운 삶이 있는 서독으로 이동하기 시작했다. 수만 명에 달하는 동독인들이 헝가리, 폴란드, 체코 주재(駐在) 서독 대사관으로, 또는 동서독 국경선을 넘으면서 동독을 탈출하여 서독으로 인구의 이동이 홍수를 이루었다. 1961년 베를린장벽이 만들어진 후부터 동독에 민주화, 개방화의 물결이 일기 시작할 때까지, 30년 가까운 세월을 보내면서 동독을 탈출해 서독으로 이주한 동독인들은 그 수가 수만 명에 달했고, 더러는 국경선을 넘다가 탈출에 성공하지 못하고 동독 경비병에 의해 현장에서 사살된 자도 수백 명에 달했다고 한다.

이러한 사연들은 냉전시대의 사상전투(思想戰鬪)였으며, 그 냉전의 냉기(冷氣)는 형제애(兄弟愛)와, 민족애(民族愛)도 아랑곳하지 않고 꽁꽁 얼어붙게 했다. 이와 같은 냉전의 냉기가 독일 민족과 우리 민족을 괴롭힌 것을 우리 두 나라가 공히 체험했다. 아직까지 우리 민족에게는 이 냉기가 약화는 된 듯하나 여전히 버티고 있는 것을 볼 수 있다.

결국 동독 정부는 열화와 같은 국민의 함성에 굴복해 국민의 의사를 수용하기에 이른다. 동독의 인민회의는 1990년 8월 23일 동독을 서독으로 편입하기로 결의했다. 그리하여 1990년 10월 3일 0시를 기해 서독연방에 가입하기로 압도적인 표 차이로 결정했다. 이 날이 있기까지 동독을 떠나 서독으로 밀려들었던 일부의 동독인과 동독 땅을 이탈하지 않고 국내에서 통일을 열망하면서 궐기했던 동독 국민의 민의(民意)가 표출되었다. 이 민의를 수용해 통일작업을 서두른 동독의 국회와 정부 당국자들의 합작으로 통일이 성사되었다. 그리고 서독의 행정 실무자들은 갑자기 밀어닥친 통일의 열기를 지혜롭고 재빠르게, 또 거뜬하게 처리했다. 이렇게 통일작업을 시원하게 성공시킬 수 있었던 것은 동독 국민들뿐만이 아니라 서독 국민들도 국가 통일을 간절히 원하는 공감대가 이루어져 있었고, 엄청난 서독의 경제적 능력이 모든 것을 수용할 수 있는 바탕위에서, 밀려들어 오는 통일의 열기를 쾌재를 부르면서 거뜬히 처리했기 때문이다.

[4] 홀로 분단국(分斷國)으로 남아 있는 오늘날의 남북한(南北韓)

이처럼 분단되었던 여러 나라들이 벌써 통일을 이루고 평화롭게 살아가고 있다. 오늘날 지구상에서 분단 민족은 우리 남북한뿐이다. 같은 민족으로서 분단국이 되어 적대시하면서 따로따로 살아가는 모습은 세계인이 보는 앞에서 수치스럽고 부끄러운 일이다. 빨리 통일을 이루지 못하면 어떤 방해가 일어나 통일을 그르칠는지 걱정되지 않을 수 없다.

민족이 분단된 것만 해도 불행한 일인데, 여기에 더해 무력으로 대결하는 틀이 짜여 있고 항상 상대방을 의식하면서 긴장을 늦추지 않고 살아야 하는 불행한 지병(持病)을 지니고 있는 오늘날 우리 민족의 실정이 너무도 안타깝다. 세계적인 냉전이 사라진 지도 여러 해가 되었는데, 아직까지도 우리 민족에게는 냉전의 냉기가 사라질 기미가 보이지 않고 있으며, 분단된 지 60년이 넘는 세월을 보냈지만 아직까지 통일은 요원(遼遠)하기만 해 애통한 심정 말로 표현할 수 없다.

[5] 우리 민족이 남북(南北)으로 분단(分斷)된 과정(過程)

우리 민족이 일본에게 강점되어 있던 시기에 일본이 연합국(특별히 미국)을 상대해 태평양전쟁(太平洋戰爭)을 일으켜 전시 정국을 이끌어 가는 동안 우리 민족은 일본의 지배 하에서 모진 고통을 받았다. 이러는 중 1945년 8월 15일 태평양전쟁이 연합국(미국,소련)의 승리로 끝나면서 우리 민족은 일본의 속박으로부터 해방되었으나 전쟁에서 승리한 강대국들에 의해 해방국(解放國)의 대우를 받지 못하고, 북위 38도선을 경계로 해 남쪽에는 미군이, 북쪽에는 소련군이 각각 들어와서 주둔하게 되면서부터 분단이 시작되었다. 우리 겨레의 자주적 의사와는 아무런 관계없이 순전히 타의(他意)에 의해 38도 경계선이 만들어져, 우리 민족에게 형언할 수 없는 비극과 고통을 안겨다준 한 많은 경계선이 되고 말았다.

　이 경계선은 애당초 순수한 군사적인 목적으로 일시적 편의를 위해 책정되었던 것으로 알려져 있다. 일본을 굴복시킨 승전 강대국(미국, 소련)들의 군사적 편의에 따라 잠정적으로 양국 군대가 남한과 북한에 각각 주둔했다. 그러나 이때부터 미국과 소련 간의 대립이 시작되면서 세계적으로 시작되는 냉전(冷戰)의 소용돌이 속에서, 북한에 주둔하고 있던 소련군은 38경계선을 통과하는 남북의 내왕을 억제하고 북한 땅에 공산주의 사상을 심어 뿌리 내리게 했다. 이렇게 남과 북이 서로 다른 이념과 체제로 분단이 굳어지면서 대결 국면의 구조가 짜여 결국은 동족상잔의 쓰라린 전쟁(1950-1953년)을 하다가 휴전(休戰)된 상태에서 오늘까지 이른 것이다.

　태평양전쟁에서 승리한 강대국들이 전후처리(戰後處理)를 실행했던 과정들을 보면, 일본과 우리 한국을 비교할 때, 일본은 전쟁 당사국이면서 패전국(敗戰國)이었음에도 불구하고 그때부터 살기 좋은 세상이 되었고, 한국은 해방되어야 할 국가였음에도 불구하고 독일과 같이 분단국이 되고 말았다.

　이렇게 한 막(일본의 강점시기)이 지나가고, 다시 불행과 슬픔의 또 한 막(남북분단)이 우리 민족을 덮었다. 이런 불합리한 일들이 우리 민족을 괴롭힌 것을 생각하면 너무나도 억울하다. 분명히 말할 수 있는 것은, 전자와 후자 모두 억울하게 당한 불행이었기 때문에 우리 민족이 정신만 차리면 공의(公義)의 판단이 인류의 역사를 섭리(攝理)하시는 절대자로부터 우리 민족에게 반드시 다가올 것입니다.

우리 민족이 분단된 과정을 보면, 태평양전쟁이 끝난 다음 동아시아의 전후(戰後) 처리는 태평양전쟁을 거의 독자적으로 수행했던 미국 측의 태도와 의지에 따라 모든 것이 좌우될 수 있었을 텐데, 미국은 한국과 일본의 전후 처리에 있어 매우 상반(相反)된 조치를 취했다. 일본은 패전국이었음에도 불구하고 미국은 일본에 대해서는 관대했다. "일본은 인종적으로, 지리적으로, 경제적으로 하나의 단위이다."라면서 절대로 나누어 점령할 수 없다는 확고한 입장을 고수했던 반면, 우리 한국에 대해서는 착각 속에서 졸속으로 처리했음을 볼 수 있다. 전쟁을 마무리 지어야 했던 시기에 구체적인 계획이나 준비도 없이 한반도의 문제를 갑자기 처리한 것이다.

소련(蘇聯)은 유럽(Europe) 쪽의 전쟁에서는 엄청난 피해를 입었지만, 극동(極東)의 태평양전쟁에서는 극히 짧은 기간, 일주일간의 참전에서 그저 쓰러져가는 일본을 상대해 일본의 영토 밖에서 일본의 본토를 향해 진격하는 중에 전쟁은 끝이 났다. 그때 소련군은 전쟁으로 인한 피해도 별로 없었기 때문에, 극동의 전후 처리에 대해서는 미국이 단독적인 권리행사를 얼마든지 할 수 있었을 것이다. 그런데 우리 한국을 분리해 북반부를 소련에게 양보한 것은 완전히 착각한 것이요 크게 실수한 것이라고 이해할 수밖에 없다.

미국이 북한 지방을 소련에게 양보한 것이 우리 민족에게만 손해가 된 것이 아니라, 미국의 입장에서도 어마어마한 손해가 발생했음을 전

후(戰後)의 역사 흐름을 보아 충분히 알 수 있다. 그때 북한 땅에 들어왔던 소련은 북한을 공산주의 체제로 만들었고, 여기서 더해 공산주의 사상을 확산시키려는 야심으로 남한까지 공산국가를 만들기 위해 노력했던 것이다.

1945년 8월 15일 해방되면서부터 1948년 8월과 9월 남북 각각의 정부가 수립되기까지 3년간의 과도기(過渡期) 기간은 점령국의 군정(軍政)이 계속되면서 건국 준비를 하는 기간이었다. 1947년 11월 UN에서 한국 문제를 다루면서 먼저 UN감시 하에 남북한 총선거를 실시하여 통일정부를 수립할 것을 결의했다. 그러나 1948년 초 북한이 UN의 선거감시 위원단의 입북을 거절함으로써, 우선 선거가 가능한 남한 지역만의 선거관리를 결의하고 1948년 5월 10일 총선거를 실시해, 7월 17일에 헌법을 공포하고, 그해 8월 15일에 남한 단독정부를 수립하여 대한민국을 선포했다. 그리고 북한에서는 UN과 관계없이 북한 단독정부를 같은 해 9월 9일에 수립하여 조선민주주의 인민공화국을 선포했다. 그리하여 결국 두 개의 나라가 생겨나게 되어 우리 민족은 남북 분단국가가 되고 말았다.

이때도 남북이 분단된 것을 몹시 안타까워하면서 하나의 정부를 만들기 위해 무척 노력했던 인사들이 있는데, 그 중에 김구(金九) 선생님을 꼽을 수 있다. 남북 양편의 정부가 조직되기 전에 통일된 하나의 국가를 만들기 위해 남북을 내왕하면서 무한히도 노력했지만 뜻을 이루지 못했고, 남북한 각각의 정부가 서울과 평양에서 세워진 뒤에도 민족분단을 원통해 하면서 다시 하나의 통일국가를 만들기 위해 최선의 노력을 재야에서 전개했다. 이것이 분단 후 통일을 이루기 위해 노력한 것으로는 처음인 것 같다. 그 후 긴 세월을 보내면서 많은 사람들의 입에서 통일을 부르짖었지만 아직까지 통일의 기미(機微)가 보이지 않고 있으니 안타깝기 한량없다.

1945년 제2차 세계대전에서 패전한 독일은 당연히 패전국의 대우를 받으면서 승전국(勝戰國)들에 의해 분리 점령을 당하면서 분단국가가 되었다. 그러나 독일은 억울하다고 하소연할 수 없었을 것이다. 제2차 세계대전의 한 부분인 태평양전쟁에서는 일본이 패전해 승전국들의 처분만을 기다려야 하는 가련한 신세가 되어 있었다. 그럼에도 불구하고 승전국에서는 일본은 그만두고, 패전(敗戰) 당사국이 아닌 우리 한국을 독일과 같이 경계선을 만들고 남북으로 분리 점령해 남북한이 분단되게 했다. 우리 한국이 억울하게 패전국 대우를 받은 것이다.

전쟁을 끝내면서 승전국과 패전국 간의 강화조약(講和條約)이 이루어지는데, 승전국은 상전의 위치에 서고, 패전국은 불리한 입장에서 항복문서 작성을 위한 조약체결 이 이루어지고, 항복문서에 의해 패전국에서는 전쟁의 배상금을 물어야 할 것이고, 전쟁 책임자에게는 전범(戰犯)의 오명이 씌워져 벌을 받거나 처형당하는 수도 있다. 그러나 패전국에서는 억울하다고 이의(異意)를 달수 없는 것이 패전의 슬픔일 것이다.

사람과 사람 사이에서 싸움이 벌어지면 여기에는 반드시 경우(境遇)가 따른다. 경우에 어긋나면 아무리 자기주장을 내세워도 법정에서는 손을 들어주지 않는다. 국가 간의 전쟁도 종결하면서 강화조약을 맺을 때 잘못한 경우에서 패전했다면 엄청난 책임이 따를 것인데, 태평양 전쟁에서 패전한 일본과 승리한 미국과의 전후 처리문제가 어떻게 정리되었는지 궁금하다. 그러나 여기에 대해 평하려는 것은 아니다. 그러나 분명히 하고 싶은 말이 있다. 우리 한국은 패전국 대우를 받았지만 패전국이 아니라, 일찍이 일본에게 강점당해 압박과 서러움에서 고통 받으면서 억압에서 풀려나기를 고대하던 신분으로서 해방되어야만 했던 것이다. 이런 사실을 카이로 선언과 포츠담 선언에서 연합국 정상들이 한국의 사정을 논의하면서 한국이 일본의 압박에서 풀려나 독립을 이루어야 한다는 것을 인정했다. 그런 까닭에 한국은 전쟁의 종결과 동시에 어느 나라와 강화조약을 맺어야 할 위치가 아니라, 다만 해방의 기쁨을 누려야 할 해방 당사국(解放當事國)이었다.

전쟁에서 승리한 연합국은 승리의 기쁨에 차 있었고, 우리 한국은 억압에서 해방된 기쁨이 충만해 전 민족적인 축제를 벌이며 기쁨의 함성을 질렀다. 필자가 어린 시절이었지만 그때 동네 어른들이 기쁨의 함성을 지르면서 춤을 추고 뛰어놀던 모습이 지금도 어렴풋이 기억난다. 그럼에도 불구하고 승선 강대국들이 그들의 편의에 따라 양국(兩國) 군대가 38선을 경계선으로 해 남쪽에는 미국군이, 북쪽에는 소련군이 들어와서 승전군(勝戰軍) 행세를 하며 패전국의 땅을 밟듯 우리 강토를 점령했던 것이 우리 민족에게 비운(悲運)의 분단이 되고 말았다.

미국이 그때 착각하여 북한 지방을 소련에게 맡긴 것이 큰 실수였다고 생각한다. 그때 태평양 전쟁은 미국이 전적으로 주관했고, 소련은 겨우 일주일 정도밖에 대일전에 참전하지 않았다. 그러 하므로 북한 지방을 마음만 먹었다면 얼마든지 소련에게 양보하지 않을 수 있었을 것인데, 착각하고 북한 지방을 소련에게 양보 하였음으로 인하여 우리 민족이 당한 손해는 형언할 수 없고, 이로 인하여 미국 자신도 어마어마한 손해를 보았던 것을 우리는 보아왔다.

미국이 북한 지방을 소련에게 양보한 실수에 대해 우리는 얼마든지 원망할 수 있으나, 그때 당시의 급한 상황에서 미처 깊이 생각 못 하고 큰 착각을 한 것으로 이해해야만 할 것이다. 이제는 세월이 많이 흘렀고, 미국은 우리의 우방이면서 맹방(盟邦)이며, 지난날 우리가 유약할 때 우리를 도왔던 고마운 일들이 많다.

미국은 한국 땅에 처음 들어오면서부터 우리나라를 많이 도와왔다. 6.25전쟁을 치르면서 우리 한국을 도와 전쟁을 직접 주관하여 공산주의 세력이 이 땅 위에 올라서지 못하게 했다. 또 전후(戰後)의 극히 가난한 시기를 거쳐오는 과정에서 경제적으로 우리를 돕고 전쟁의 억지력을 행사하면서 우리의 안보를 지켜온 것에 대해 고마움을 느낀다. 오늘날 이 시점 나이가 많은 어른들은 초창기부터 지금까지 미국이 우리에게 해온 모든 것을 한눈으로 보고 있다.

소련은 1945년 8월 15일 태평양전쟁이 끝나면서 북한 지방에 군대를 주둔시켜 북한을 주관하기 시작했다. 38경계선을 통과하는 내왕을 일찍부터 막으면서 분단을 고정시켰다. 그리고 공산주의 체제를 북한 땅에 정착시키면서 6.25전쟁을 포함해 모든 분야에서 가장 큰 영향력을 행사한 것으로 알고 있다. 그러나 많은 세월을 보내고 1990년도에 이르러 소련연방이 해체되면서 소련의 권리와 의무를 떠맡은 러시아가 오늘날 우리(남한)의 우방이 되어 있다. 그러기에 지나간 날의 과거는 다 잊어버리고 협력을 기대하는 생활의 동반자가 되어 있는 상태이다. 세계의 많은 나라는 우리나라의 분단을 보면서 구경만 할 따름이지만 미국과 소련(러시아), 일본은 그렇지 않다고 생각한다. 구경꾼이 아니라 남북통일을 이루는 데 협력자가 되어야 할 도의적인 책임이 있다는 것을 말하고 싶다.

[6] 우리 민족이 남북한(南北韓)으로 분단(分斷)된 원인은 어디서 발생했는가?

－일본이 우리 민족을 강점통치(强占統治)한 데 그 원인이 있다－

1945년 제2차 세계대전이 끝나면서 독일과 일본은 패전국으로서 전쟁 배상금을 물고 전쟁에 대한 책임을 져야 하는 입장이 되었다. 무조건 항복했기 때문에 승전국(勝戰國)에서는 마음대로 책임을 물을 수 있었다. 독일의 국토를 분할(分割) 점령하게 되어 독일은 창피스럽게 서독과 동독으로 분단되고 말았다. 이는 전쟁에서 승리한 국가들이 패전국에 대해 권리를 행사한 것이기 때문에 불합리하다고 항변할 수 없었다.

일본도 무조건 항복했으므로 승전국들이 마음대로 할 수 있었다. 독일과 같이 일본에게도 책임을 물어 국토를 분리해 점령할 수도 있었을 것이다. 만약 이렇게 되었다면 일본도 독일처럼 창피스럽게 분단국가가 되었을 것이다. 그러나 전쟁에서 승리한 강대국들은 일본은 그냥 두고 일본에게 강점당해 고통을 겪어온 우리 한국을 독일과 같은 방법으로 분리 점령함으로써 우리나라는 억울하게 분단국가가 되어 오늘까지 이르게 된 것이다. 만약 한국이 일본에게 강점당하지 않고 일본과 아무런 관계가 없었더라면 승전국들은 한국을 절대로 점령하지 않았을 것이다. 전쟁에서 승리한 강대국들이 점령국의 땅을 밟듯이 우리나라 안으로 위세 당당하게 들어온 것은 한국이 일본에게 식민지화되어 있는 중에 일본이 패전했기 때문에 한국을 일본과 같이 패전국의 대열(隊列)에 싸잡아 넣은 것이라고 생각할 수밖에 없다. 이렇게 남북한의 분단이 생겨난 과정들을 살펴볼 때, 분단의 일차적인 원인은 결과적으로 볼 때 패전국이었던 일본에게 우리 민족이 강점당한 것에서 발생했다는 것을 알 수 있다.

우리 민족은 35년간 일본에게 강점당해 고통 받은 것이 억울하고, 또 그것이 남북분단의 원인이 된 것이 더더욱 억울하다. 일본 사람은 이런 사실 정도는 알면서 애석하게 생각해야만 할 것이다. 이러하다고 해서 지금 와서 일본 때문이라고 삿대질을 하는 것은 아니다. 다만 한국이 남북한으로 분단된 것은 일본이 한국을 강점한 데서 그 원인이 발원(發源) 되어졌다는 것 정도는 알면서 연민이라도 느껴야 할 것이다.

그러나 지나간 시대의 복잡했던 사연들은 역사 속으로 흘려보내고, 앞으로는 우리 한일(韓日) 양국이 신뢰와 애정을 바탕으로 하는 국제관계를 더욱더 발전시켜 나가야 할 것이다.

한국과 일본은 지리적으로 가장 가까운 이웃이다. 인종(人種)적으로도 모양의 차이가 없는 분명한 이웃사촌이다. 이러한 틀은 대자연을 섭리하시는 조물주 하나님께서 이루어 놓으신 관계이다. 그러므로 한국과 일본은 숙명적으로 인정이 통하는 이웃사촌이 되어야만 하는 파트너(partner)임에 틀림없다. 우정을 잘 다져나가지 못하면 멀리 있는 사람과는 싸우기 어려워도 가까운 이웃끼리는 싸우기도 쉬워질 것이다. 그러므로 우리 한국과 일본은 서로 협력의 상대가 되어야 할 것이다. 신뢰와 인정을 가지고 우호적인 삶을 살아간다면 양국 국민의 행복지수가 더 높아질 것이다. 한국과 일본은 지나간 날의 감정으로 인해 20년간 절교(絶交)하면서 살다가, 1965년 6월 22일 양국이 협정을 체결하고 국교를 정상화했다. 국교가 열린 지 40년이 넘어 이제 우리의 만남이 성숙한 나이가 되었다. 이제부터는 이 지구상에서 다른 어느 나라보다 친밀한 국가 관계가 되어 진정한 이웃사촌국(四寸國)이 되어야 할 것이다.

그러기 위해서는 한일간(韓日間) 쟁점이 되고 있는 문제들을 조속히 해결해야 할 것이다. 그 중의 하나인 한국과 일본 사이의 바다(東海/日本海) 명칭 문제도 조속히 해결해야 할 것이다. 하나의 바다를 사이에 두고 한국에서는 동해(東海)라 하고 일본에서는 일본해(日本海)라고 하면서, 명칭으로 인해 양국이 마찰을 빚는 것은 가까운 이웃 나라로서 피차간 불행한 일이다. 오늘날은 글로벌(global) 시대이니만큼 동해/일본해를 먼 다른 나라에서도 부르기 좋은 호칭, 단일호칭(單一呼稱)이 반드시 필요할 것이다. 이제 우리 양국은 상대를 존경하고 역지사지(易地思之)해 생각하고 좋은 공약수(公約數)를 찾아내어 하나의 호칭(呼稱)을 만들어 내어야만 할 것이다.

그러면 먼저 양국(兩國)에서 호칭하고 있는 명칭을 한 번 보자.

한국에서 사용하고 있는 동해(東海)는 어떠한가? 동해라고 호칭하면 우리나라 국토 안에서는 적당한 호칭이기는 하나 우리나라 밖에서 들을 때는 어딘가 어색한 점이 있는 듯도 하다. 우리 한국에서는 맞는 말이지만 일본에서는 서해(西海)가 되므로 한일 양국이 공동으로 사용하는 명칭으로서는 적당하지 않은 듯도 하다. 그러나 그저 고유명사로 생각해 양편에서 불평 없이 공히 사용할 수 있다면 좋겠지만, 일본에서는 서해인데 동해라고 호칭할 수는 없는 것이 문제인 것 같다. 그래서 우리 한국에서도 일본과 공히 사용할 수 있는 더 좋은 것이 있는지 연구하면 좋은 명칭이 발견될 것이다. 동해라고 한다면 단지 우리 한국의 한반도 안에서는 부르기가 좋지만, 이웃 일본에게나 혹은 전 세계적으로 볼 때는 좀 미흡한 데가 있는 듯하고, 너무 좁은 의미인 것 같다. 그래서 일본에서 수용 할 수 있고 우리 한국에서도 만족할 수 있는 좋은 명칭이 요구되는 듯하다.

그 다음으로, 일본에서 사용하고 있는 일본해(日本海)는 어떠한가?

일본해라고 하면 타국인이 볼 때는 욕심 많은 표현일 것이다. 일본 사람이 생각하기에는 소유의식이 포함된 것 같기도 해서 좋은 듯이 보이기도 하나 그렇지 않다. 일본해라고 호칭해도 이 바다는 한국과 연접(連接)되어 있다. 결코 일본만의 것이 아니기 때문에 일본해라고 호칭하는 것은 정당하지 않다.

가령 한국 사람이 동해(東海)에서 해수욕을 즐기면서 "아, 물이 맑고 시원하구나! 이 바다의 명칭은 일본해(日本海)이다"라고 표현하기에는 너무나 자존심이 상한다. 그러므로 일본해라는 호칭은 한일 양국이 공동으로 사용하기에는 적합하지 않다. 일본이 계속 일본해라고 호칭하려 한다면 이웃을 의식하지 않는 것이 된다. 입장을 바꾸어 일본해(日本海)라 하지 말고 한국해(韓國海)라고 호칭한다면 일본 사람이 일본의 서쪽바다에서 해수욕을 즐기면서 "아ー물이 맑고 시원하구나! 이 바다의 명칭은 한국해(韓國海)이다"라고 해야 한다면, 일본 사람이 받아들일 수 있겠는가? 분명히 그렇지 않을 것이다.

우리 한국에서는 서쪽에도 바다가 있는데, 이 바다의 이름을 황해(黃海)라고 한다. 이 바다 건너편에는 중국이 있다. 이 황해의 명칭에 대해 중국과 아무런 이해의 엇갈림이 없다. 그러나 한국 사람이 그 바다의 이름을 한국해(韓國海)라고 호칭한다면 중국의 자존심이 허락지 않을 것이다. 이와 같은 논리로 볼 때, 동해라고 호칭하는 것보다 일본해라고 호칭하는 것은 더더욱 합당치 않은 것 같다.

이제는 우리 한국과 일본은 이 사소한 문제에서도 상대를 의식하며 배려하는 정신으로 나가야 할 것 같다. 이 바다의 명칭 표기 문제로 한국과 일본이 세계 여러 곳, 지도를 제작하는 곳에 가서 서로 로비활동을 하는 모습은 보기 좋지 않다. 자기들의 주장을 관철시키려고 동분서주하는 모습을 이제는 지양(止揚)할 때가 된 것 같다.

해결 방법은 한국과 일본이 다 같이 만족할 수 있는 공약수를 찾으면 좋은 명칭이 반드시 있을 것이다. 우리의 눈을 더 넓게, 더 높게 하여 유럽과 아시아 대륙 전체를 보면서 찾아야 할 것이다.

여기서 필자는 좋은 이름을 발견했다.

극동해(極東海) = (The far east sea)이다.
극동해(極東海) = (The far east sea)라는 이름의 좋은 점을 열거하면 다음과 같다.

- 극(極) : ① 더할 수 없는 막다른 지경.

  ② 지축의 양쪽 끝. 북극과 남극.

  ③ 전지에서 전류가 드나드는 두 끝. 양극과 음극.

  ④ 자석에서 자력이 가장 센 양쪽 끝. 남극과 북극.

  ⑤ 극(極)이라는 포인트(point)는 극히 요긴한 부분이기에

  　 기분 좋은 글자이다.

- 동(東) : 동서남북의 동쪽. 동쪽은 해 돋는 쪽이니 희망의 방향. 여기에서 동(東)이라고 하는 동쪽은 한반도(韓半島)에서 보는 동(東)이 아니라, 유라시아(Eurasia) 대륙 전체를 놓고 보아서 가장 동쪽인 동이다.
- 해(海) : 우리가 지금 말하는 우리의 바다는 세계적인 고유명사가 되어야 하고 또 뜻이 좋고 두 나라가 다 같이 만족할 수 있으며, 세계인이 함께 호칭하기 좋은 명칭이 요구된다.
- 극동(極東) : ① 동쪽의 맨 끝, 유라시아 대륙의 동쪽 방향의 맨 끝 지방을 일컬음.
  ② 극동이라는 지명(地名)의 고유명사는 이미 지구상에 존재하고 있는 유라시아(Eurasia) 대륙의 가장 동쪽 지방을 지칭하는 것인데, 한국과 일본이 위치한 지방을 일컫는 말이다.
- **극동해(極東海)** : 극동의 두 나라가 한국과 일본이니, 극동의 두 나라 사이에 있는 바다의 명칭은 자연스럽게 **극동해(極東海)**라는 정답이 나온다.

극(極)자 한 글자를 동해(東海)라는 명사 앞에 붙임으로 뜻이 확 변하는 것을 볼 수 있다. 그냥 동해라고 하면 어떤 한 곳(한반도)의 동쪽에 있는 바다를 말하는 듯했는데, **극동해(極東海)**라고 하니 세계적인 명소(名所)로 변한다. 극동(極東) 이라는 지명(地名)은 지구상에 이미 존재한다. 즉 극동(極東)이라는 위치는 유럽과 아시아 대륙의 최 동쪽 지역을 말한다. 이 지역은 바다를 사이에 두고 일본과 한국이 위치하고 있다. 이 두 개의 극동국가 사이에 있는 바다의 명칭을 극동해라고 부르는 것은 자연스러워 보인다. 동해라고 표현하면 어떤 한 지역을 일컫는 말이 되지만, 극동해라고 호칭하면 세계적인 고유명사가 되어 의미가 더욱 커지면서 아름다워 지고 있다.

일본해라고 표현하면 일본 사람이 이웃 나라를 의식하지 않고 욕심을 부리는 것같이 생각되는데, '극동해'라고 호칭하면 유라시아(Eurasia) 대륙 '최 동쪽'의 극동 지방에 위치하고 있는 바다라는 인식이 얼른 든다. 그러므로 세계적인 고유명사가 되어 의미가 더욱 커졌으며 한국과 일본이 다 같이 만족할 수 있을 것이다. 또 극동해에 연접해 있는 한국과 일본은 저절로 극동국가(極東國家)가 되어 양국이 가까운 이웃이라는 느낌이 더욱 짙어져 숙명적으로 형제국가가 되는 듯도 하다. 우리가 동해/일본해를 고쳐 '극동해'라고 호칭한다면 극동해를 감싸고 있는 우리 양국의 국토는 극동이라는 색깔이 짙어 보이면서 그 호칭도 우리 양국의 것이 되고 말 것이다. 극동이라는 호칭은 꾀 괜찮은 호칭인데, 그 호칭이 저절로 우리(한국과 일본)의 것이 될 것이다. 극동해라는 칭호가 생겨남으로 인해 그 지명(극동)을 더 가까이 우리(한국, 일본) 곁으로 끌어들이는 효과가 있을 것이다. 세계지도를 펴놓고 지리공부를 하면 지중해(地中海), 발트해, 흑해(黑海), 홍해(紅海)와 같이 극동해(極東海)가 세계적인 고유명사가 될 것이고, 극동해의 연안국이 한국과 일본이 될 것인데, 극동지방의 극동국가라는 색채가 더 짙게 나타날 것이다.

이제는 동해(東海)/일본해(日本海)라는 명칭은 옛것으로 돌리고 양국이 다 같이 만족할 수 있는 **극동해(極東海, The far east sea)**를 사용해 양국 간에 멋진 합의를 이루어 이웃사촌으로서의 정다움을 세계 사람들에게 보여 주어야 할 것이다.

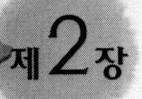

제2장

남북한 간의 대결 양상(樣相)

[1] 지나간 날에 있었던 남북한(南北韓) 간(間)의 충돌

1. 사상전쟁(思想戰爭)

1945년 제2차 세계대전(태평양전쟁)이 끝나면서 불행하게도 우리나라
는 38선을 기점으로 해 남쪽에는 미국군이, 북쪽에는 소련군이 들어와
점령했다. 그리해 점령국의 군정(軍政)이 시작되었고, 점령군의 지배를
받으면서 남한에는 자유 민주주의 국가인 대한민국이 1948년 8월 15
일에 건국되었고, 북한에는 공산주의 체제로 조선민주주의 인민공화국
이라는 국명으로 1948년 9월 9일에 건국을 선포하여 독자적인 정권을
수립했다. 이렇게 하여 한반도에는 두개의 나라가 탄생하면서, 양쪽이
서로 합법정부는 자기 쪽이고 상대편은 불법적인 집단이라고 하면서

대립국면으로 틀이 짜여졌다. 이때는 전 세계적으로 국가 간의 관계가 새로운 양태로 접어드는 시기였다.

제2차 세계대전이 유럽과 태평양 연안에서 맹렬하게 전개될 때 국가 간의 관계는 이편저편의 표시가 완전히 나타나, 어느 나라는 A편이고 어느 나라는 B편이라는 것이 뚜렷이 나타났다. 일단 전쟁이 끝남과 동시에 그때부터 국가 간의 관계는 새로운 틀이 짜이게 된다. 즉 공산주의 국가 진영과 자유 민주주의 국가의 진영, 양극 현상이 나타나면서 살벌한 냉전 시대로 접어들었다. 제2차 세계대전 당시에는 미국과 소련이 우방이었으나 전쟁이 끝나면서부터 미국과 소련은 극한 대결의 라이벌로 둔갑한 것을 우리는 보아왔다.

이렇게 미국과 소련이 축이 되어 세계적인 냉전(冷戰)이 시작되면서 양대 세력으로 대결의 틀이 짜여 상대를 의식하며 힘을 비축하는 불행한 시대가 되고 말았다. 이런 와중에서 결국 우리 남북한도 냉전의 소용돌이 속으로 끌려들어 가게 되었다. 미국을 위시한 자유 민주주의를 채택한 나라 군(群)과 소련을 축으로 해 공산주의를 채택한 나라 군이 양분되어 극한 대결상태로 냉전이 계속되면서, 북한은 공산주의 나라 군에 속했고, 남한은 자유 민주주의 국가 군에 속했다. 그로 인해 우리 남북한은 살벌한 대결관계로 들어가고 만 것이다. 만약에 남북한이 분단되었다 하더라도 사상과 이념 대결이 아니었다면 절대로 원수같이 지내지는 않았을 것이다. 또 그렇게 긴 세월을 보내지 않고서도 쉽게 통일이 되었을 것이라고 생각된다.

독일은 제2차 세계대전의 패전국으로서 국토가 4분(四分)되어 미국, 영국, 프랑스, 소련 이렇게 각각 점령했지만, 자유진영 국가인 미국, 영국, 프랑스의 점령 지역은 쉽게 하나가 되어 서독(西獨)을 탄생시켰다. 그러나 소련이 점령했던 동독 지역은 사상과 이념을 달리하는 공산주의 국가가 되어, 결국 같은 민족이면서도 냉전의 소용돌이 속에서 대결 상대자가 되고 말았다.

우리 민족은 1945년 8.15 해방을 맞이한 직후부터 6.25한국전쟁이 일어날 때까지 수년 동안 사상전(思想戰)에 휩싸여 내부적으로 전선 없는 극한투쟁이 계속되었다. 미국 군정(軍政)이 계속되는 과도기였던 1946년 11월 서울에서 공산주의 정당인 남조선노동당이 박헌영을 주축으로 해 창당되어 활동이 진행되면서 사상전은 남한 내부에서 시작되었다. 이 당을 약칭해 남로당이라고 부르면서 우리의 귀에 익은 용어가 되었다. 마치 일반 정당과 같이 창당되었으나 그 내용이 공산주의 활동이었기에 남한의 자유 민주주의와는 완전히 상반되는 사상으로 무장된 불법단체로 인정되어 활동이 금지되었고, 좌익에 대한 탄압이 강화됨으로써 남로당의 대중조직은 대부분 무너지고 지하당이 되어 음성적인 활동을 하게 되었으며, 활동 방법은 대개 무장 유격투쟁으로 전환되었다.

그때 이들의 사상 이념은 북한에서 이루어지고 있는 공산주의 이념 그것이었다. 그래서 그들은 자신들의 뜻을 이루기 위해 남한의 여러 기관을 상대로 하여 여러 가지의 형태의 테러를 자행했다. 김삼룡과 이주하는 남로당 핵심 당원으로서 조직을 지휘했고, 많은 사람이 이들에게 설득되어 공산주의 사상에 물드는 사람의 수가 점점 더해가게 되었다. 이들 중 대부분의 사람들은 다른 곳에서 들어온 것이 아니고, 남한에 거주하는 일반 국민이 포섭되어 그들 편이 되어, 그들의 정책에 따라 열성분자가 되어 남한 정부를 상대해 각양의 투쟁을 했다. 그 조직은 전국적인 망을 가지고 수많은 열성적인 동조세력을 확보하여, 1948년 8월 15일 대한민국 정부 수립 이전과 이후에 끊임없이 정부 전복을 위해 각종 게릴라 활동으로 변란을 기도(企圖)하면서 남한에서의 공산주의 지하당 활동을 했다.

이들은 대한민국 정부수립을 전후해 총선거를 저지하며 각종 관서(특히 경찰관서)를 파괴하면서 민심을 교란시켰다. 그들의 목적은 남한을 공산화시키기 위한 그들 편에서의 투쟁이었다. 그들의 폭력이 거칠어짐에 따라 정부에서는 그들을 소탕하기 위해 강력하게 대응했고 검거와 처벌이 강화되었다. 이리하여 전선 없는 전쟁이 계속되면서 사상전은 극에 달했다. 누구든지 그들을 찬양하거나 돕는 자는 사상범으로 취급 받아 처벌 받곤 했다.

미 군정 당국에서는 박헌영 등 주요 좌익간부들에 대한 체포령이 내려지고 좌익에 대한 탄압이 강화되었다. 이렇게 되어 이들의 활동은 완전히 지하조직화 되어 골치 아픈 대결 상대로 존재하면서 우리 사회를 괴롭혔다. 음성적으로 활동했지만 전국적인 조직망을 가지고 움직였으며, 이들의 활동은 대한민국 건국을 전후하여 6.25사변이 일어날 때까지 계속되어 국민들에게 상당한 괴로움을 끼쳤다. 그들은 무기를 가지고 있으면서 살기(殺氣)를 띠었고, 내부의 적(敵)으로서 무서운 존재가 되었다. 실질적인 전쟁을 치르는 것과 비슷한 고생을 국민은 겪어야 했고, 항상 두려워하면서 나날을 보내야만 했는데, 그들이 언제 나타날는지 모르기 때문이었다.

이들 공산주의자들은 우리나라(남한) 여러 곳의 경찰서와 지서를 불태우고, 낮에는 숨어야 하므로 산으로 다니고 밤이 되면 민가에 들어가서 먹을것과 필요한 것을 요구하곤 했다. 이때 민간인은 이들의 요구를 거절하지 못했는데, 그들의 손에 총이 들려 있는 데다 살기(殺氣)를 띠고 있어서 비위를 건드렸다가는 피해를 보기 때문이다. 이러는 중에 공비(共匪)와 접했던 선량한 민간인들은 재빨리 경찰에 신고해야만 했다. 만약에 신고를 못 하거나 안 하면 당국으로부터 책임을 추궁당하고 신고하려 하면 이들로부터 위협을 당하게 되었으니, 농촌에 사는 민간인들의 공포와 불안은 말로 할 수 없었다.

이들이 당국에 붙잡히면 가장 큰 죄로 다스림 받기 때문에 항상 살벌한 상태였다. 제가 어릴 적 초등학교 시절에 경찰서와 지서(支署)가 그늘로부터 습격을 받고 불탄 것을 보았다. 아마 전국 여러 곳에서 이와 같은 일들이 있었을 것이다. 이렇게 공산주의를 좋아해 남로당 소속으로 한국 정부를 상대해서 대항했던 이들을 일컬어 속칭 '빨갱이'라고 호칭 한 것으로 알고 있다.

이러한 사상전을 치르면서 전 국민이 고생했고, 빨갱이 생활을 하면서 희생당한 사람들은 결과적으로 무가치하게 생명을 바쳤다. '공산주의 사회가 되면 이 땅이 복지국가가 될 것이다'라고 착각했기 때문일 것이다. 정말 연민이 느껴진다. 모두가 우리 민족이요 이웃이었는데 남북한이 이렇게 대립하는 틀이 짜인 것을 생각하니 슬프기 한이 없다. 이런 사상전을 하루 이틀이 아니라 수년(5년?)간이나 계속되었으니 국민 모두가 여기에 시달림을 받았다.

요사이 젊은 사람들은 이런 지나간 역사를 전혀 모를 것이고 이런 말을 들어도 별로 충격을 받지 못할 것이다. 그들은 흥미가 없을지 모르나 이런 사실을 목격했던 사람들은 이 사상전쟁이라는 것이 얼마나 무서운 것인지 알고 있다. 우리는 그때 어렸기 때문에 덜했지만, 그 당시의 어른들은 얼마나 고생했는지, 그 어른들의 고생이 애처롭기만 하다.

그때 공산주의 하던 사람들은 생명을 내놓고 투쟁을 했으니, 그들 편에서 볼 때는 애국적인 충성심이었을 것이다. 그러나 이는 공산주의를 잘못 이해하고 완전히 착각한 데서 비롯된 것이다. 그들의 습격 일차 목표는 경찰관서였다. 우리 고향에서도 면민(面民) 전체가 경찰지서를 중심으로 해 경계조직을 만들어 밤이면 민간인이 순번을 정해 순(巡)을 돌았다. 밤중에 빨갱이가 나타나면 빨리 지서로 연락하기로 하는 조직망이 짜여 있었던 것이다.

지금 같으면 전화로 신고하면 되었겠지만, 그때는 전화가 없으므로 직접 사람이 가서 신고해야만 했다. 민가에 나타난 공비들은 신고가 들어갈까 봐 경계하면서 신고 여부를 살피기 때문에, 경찰관서로 신고 한다는 것은 캄캄한 밤에 적군과 대치하면서 몸을 움직여야 하는 긴장되는 순간이었다. 그들의 손에는 항상 무기를 소지했고 살기(殺氣)를 띠고 있었다. 항상 이렇게 불안한 상태에서 살았던 시대가 있었다.

그때는 경찰이 민간인을 지켜 주는 것이 아니라 도리어 민간인이 경찰관서를 경비했다. 민간인들이 경찰관 지서를 지키기 위해 순번이 짜인 사람은 밤에 지서에 가서 밤 세워 경비하는 것을 보았다. 지서를 요새(要塞)화하기 위해 가마니에 흙을 담아 지서를 완전히 둘러싸 지붕만 약간 보일 정도로 가마니 모래성을 쌓아 놓은 것을 보았던 소년 시절이 회상된다.

차차 질서가 잡히면서 변모해 갔지만 이러한 시절이 있었다. 이것이 남북분단의 초창기에 남한 사회의 실정 이었다. 그때 그 시절 북한에서는 어떤 일이 있었는지 몰라도 조용하지는 않았으리라 추측된다. 아마 북한에서도 내부적인 사상전쟁을 치렀을 것이다. 남북한 할 것 없이 쌍방 모두 사상전쟁을 치르면서 많은 희생이 있었을 것이다. 그로 인해 희생된 사람들은 정말 우리 민족에게 밀어 닥친 냉전(冷戰)의 전사자(戰死者)였을 것이니 슬프기 한이 없다. 그때 북한 내에서 발생한 사상범은 남한을 선호하는 사상이었을 것이다. 그들이 남한으로 오면 죄인이 아니라 충신이 된다. 또 역으로 생각하면 남한에서 발생한 사상범도 북한에서는 죄인이 아니라 북한의 충신이 되는 것이다. 이러한 틀이 우리 민족에게 짜인 것이 불행한 운명이었다. 또 남로당 조직원이 되어 사상전을 펼치다가 검거되어 벌을 받거나 처형 받은 사람들이 수 없이 많았을 것이다. 한때의 착각으로 인해 국민을 괴롭히고 자신은 결국 검거되어 벌을 받아야만 했던 이런 일들은 지난 날 우리 사회의 슬픈 사연이다.

그때는 공산주의를 지지하는 의사(意思)가 있다는 것이 노출되면 사상범으로 취급해 큰 죄로 다스렸다. 그렇게 하지 않을 수 없었던 것은 공산주의 사상을 가지고 우리 사회를 무너뜨리기 위해 온갖 폭력으로 테러를 자행했으므로 실질적으로는 전쟁을 치르는 셈이었다. 그들은 민간인 중에 섞여서 표식 없이 어울려 살면서 투쟁하기 때문에 정부에서도 이들이 골치 아픈 세력이었을 것이다. 대항 세력이 워낙 거칠어 그들을 누르지 못하면 국가의 존립(存立)이 위태롭기 때문에 강력하게 이들을 검거하고 다스리기 위해 엄한 법(法)이 만들어진 것으로 알고 있다. 지나간 날 우리 사회 내에서 이런 분쟁이 있었다는 것은 분단의 슬픔이며 애석하기 한이 없다.

오랜 세월을 보내고 오늘날을 살아가고 있는 우리 민족은 이제 통일을 서둘러야 할 때가 되었다. 빨리 통일하지 못하고 분단과 대결을 계속 끌고 나간다면 우리를 괴롭힐 또 무엇이 불거져 나올지 모른다. 그러므로 우리는 분단 문제의 근본 해결책 인 남북통일을 서둘러야 할 것이다.

2. 6.25 한국전쟁

1) 6.25전쟁 발발

6·25사변 이라고도 하며 국제적으로는 한국전쟁(Korean War)이라는 용어로 일컬어지고 있다. 1950년 6월 25일부터 1953년 7월 27일 휴전협정이 조인될 때까지 전투행위가 계속되어, 만 3년 1개월 동안 우리의 국토 한반도 안에서 우리 민족끼리 싸운 불행한 전쟁이었다.

1945년 8월15일 태평양전쟁이 끝나면서 우리 민족은 일본의 속박에서 벗어나게 되어 해방의 기쁨을 맞았으나, 이 기쁨이 변해 남북한으로 분단되는 슬픔의 계기가 되고 말았다. 북위 38도선을 경계로 해 북쪽에는 소련군이, 남쪽에는 미군이 들어와 점령해 우리나라는 남북으로 양분되어 분단의 역사가 시작된다. 이때부터 시작되는 세계적인 냉전의 기류가 우리나라를 피해가지 않고 오히려 남북한이 냉전의 교전장(交戰場)이 되고 만 역사를 우리는 겪어왔다.

이때 세계적인 추세는 자유 민주주의 국가 군(群)과 공산주의 국가 군(群)과의 냉전으로 갈라지는 것이었다. 이러한 시대로 들어가면서 우리 남북한도 자유 민주주의와 공산주의 사상으로 날카롭게 대립하면서, 내부적으로는 사상전(思想戰)이 계속되던 중, 1950년 6월 25일 새벽 4시를 기해 북한군은 준비된 장비와 무기로 무장하고 38선을 넘어 한국(남한)을 침공했다. 이로써 전쟁이 시작되어 양측 다 엄청난 피해가 발생했다.

6.25전쟁은 북한 편에서 볼 때는 민족통일(적화통일)을 목표로 한 전쟁이었을 것이나 뜻을 이루지 못했고, 결과적으로는 민족의 분열과 대립을 심화시켜 분단 체제를 고착시키는 결정적인 계기가 되고 말았다. 전쟁이 시작되면서부터 북한의 인민군은 계속해 남진(南進)했고 국군은 계속해 후퇴를 거듭하면서 삼일 만에 서울을 내어주고 말았다. 정부도 민간인도 남쪽으로 후퇴해 부산과 대구만을 남겨 놓은 채 국토의 전부를 점령당했다. 그리해 빤짝이지만 공산주의 세상이 되었다.

전쟁의 소식을 들은 미국에서는 군대를 파견해 국군을 도와 북한군과 대치하면서 인민군의 남진 속도를 느리게 하는 가운데, 최후에는 대구와 부산을 방어키 위해 최선의 힘을 다했다. 그러는 중에 유엔군이 인천상륙 작전에 성공하면서 북한군의 보급로를 차단하고 공세를 가하여 남쪽으로 깊숙이 들어온 북한의 인민군이 후퇴하게 되었다. 그리고 국군은 비로소 북진을 거듭하면서 서울을 수복하고, 삼팔선을 넘어 북한 땅으로 북진하여 평양을 점령하고 국경 지대까지 도달해 압록강 두만강까지 점령했다. 북한의 함경도 일부 땅을 제외하고는 북한 전역을 장악했기 때문에 통일이 임박한 것으로 알았으나, 중공군이 참전하면서 인해전술(人海戰術)로 맞서와 전세는 역전되었다. 국군과 유엔군은 또다시 후퇴할 수밖에 없었고, 통일이 눈앞까지 왔지만 애석하게도 물거품이 되고 말았다. 이때부터는 후퇴와 전진이 반복되면서 3년이라는 긴 세월 동안 전쟁이 계속되었다.

2) 전쟁으로 인한 피난 생활

그 당시 피난생활의 양상을 누구에게 들어서 아는 것은 아니다. 1950년 6.25사변이 일어나던 해 내 나이가 14세 소년시절이었으니, 그 때의 상황을 회상하면 생생한 기억을 떠올릴 수 있다. 피난민 행렬이 전 들판을 메우면서 남쪽을 향해 움직였고 공중에는 각종 비행기들이 높이 떠 쉴 사이 없이 나는 것을 보았다. 특별히 전투기들이 폭격하는 것을 멀리서 육안으로도 볼 수 있었다. 그때 후퇴할 당시의 전투기들은 프로펠러 한 개 달린 전투기들이 주종을 이루었고, 이들 비행기들이 4대가 편대가 되어 저 멀리 산 밑 어느 곳에 폭격하는 광경을 멀리서 바라보았던 기억이 지금도 생생히 떠오른다.

피난민 행렬이 계곡을 꽉 메우면서 천천히 이동했다. 남부여대(男負女戴)라고 하는 말이 있는데, 정말로 남자들은 지게에 짐을 지거나 그냥 멜빵을 해 보따리를 짊어지고, 여자들은 머리에 이고 갔다. 아이를 등에 업고 머리에는 이고 가는 여자들이 많았고, 어떤 남자들은 멜빵에 보따리를 짊어지고 그 위에 노인을 앉혀 짊어지고 가는 사람들도 수없이 보았다. 효성이 없는 사람이면 상상도 못 할 일인 것이다. 어떤 가성에서는 소에 짐을 싣고 가기도 했다. 짐승을 가지고 가기란 정말로 힘들었을 것이다. 우리 가정이 피난 갔던 코스를 보면 산을 하나 넘어갔는데, 그 지점이 경상북도 의성군 의성읍과 도리원 사이였다. 우리는 의성읍 쪽으로 가지 않고 도리원을 거쳐 군위를 향해 갔는데, 벌써 계곡에 피난민들이 쫙 덮여 서서히 움직이며 내려가고 있었다. 도리원 다리 밑을 보니 버려진 물건들이 시장판 같았다. 소가 끄는 달구지 같은 것이 많이 버려졌고, 짊어지고 나왔던 짐들이 그냥 버려진 것이 정말 시장판이요 난장판이었다. 급하니까 그냥 버리고 간 것으로 추리된다. 피난민들이 산과 들 할 것 없이 인산인해를 이루면서 서서히 흘러가는 모습이 지금도 상상의 눈 속에서 훤히 보인다. 그때는 어느 쪽으로 가야 하는지도 모르면서 그저 앞에 가는 사람을 따라만 갔다.

우리 가정이 도리원에서 군위까지 가는 동안 도로 위로는 걸어가기 힘이 들었다. 군용 차량들이 가면서 길을 비키라고 고함을 지르기 때문에 길로는 거의 걸어갈 수가 없어서 논길로 혹은 산으로 가게 되었다. 그때의 길은 아스팔트로 곱게 포장된 것이 아니라 좁다랗고 자갈이 깔린 길이었다. 포성은 계속해 가까이서 들려온다. 갈수록 피난민들이 점점 더 불어나는데, 이것은 마치 물이 강을 따라 흘러가면 골골의 물들이 합류되면서 갈수록 물이 많아지는 것과 같았다. 이때 다급해진 것은 북한군이 내려오는 속도가 피난민 행렬보다 빨리 내려온다는 것이다. 그래서 가다가 전투장에 갇혀 숨어 있다가, 전쟁은 남쪽으로 내려가 버리고 그만 피난행렬에서 탈락자가 되어 할 수 없이 고향으로 돌아가는 가정도 많았다. 우리 동네에도 전쟁에 싸여서 미처 피난을 못 가고 집으로 돌아와 인민군의 빤짝 치하에서 살았던 몇 가정들이 있었다. 이렇게 피난을 가다가 집으로 되돌아간 사람들도 있으나 좀 빨리 내려간 사람들은 끝까지 피난을 갔다.

우리 가정은 경상북도 경산군 남산면까지 갔다. 그때 남산면에 흐르는 시내(개울)가 있는데 강이라고 하기에는 너무 작은, 규모가 좀 큰 시내였던 것으로 연상된다. 이 시냇가와 들판에는 피난민들이 정말 인산인해를 이루었었다. 가정마다 홑이불 천막을 치고 그 밑에서 생활해야만 하는 구슬픈 야영생활이었다. 우리와 같이 피난을 떠났던 어느 가정은 청도군까지 가서 피난생활을 하기도 했다.

그런데 정말로 감사하게 생각되는 것은 그때 큰비가 내리지 않았다는 것이다. 만약에 큰비가 내려 들판을 적시고 개울물이 많이 내려갔다면 피난민들 중 정말로 많은 희생자가 발생했을 것이다. 우리가 머물렀던 곳은 경상북도 경산군 남산면이었는데, 그때는 비가 와서 개울물이 크게 내려간 적이 없었다. 그때 우리 가정은 특별한 혜택을 누렸다. 즉 남산면 안에 소재(所在)한 경동교회 안에서 많은 가정들이 거의 꽉 찰 정도로 이리저리 섞여 생활을 하게 되었는데, 주일이 되면 보따리를 밖으로 내어 보내고 공간을 만들어 교인들이 주일 예배를 드렸다. 며칠이 되었는지는 몰라도 상당한 날수였을 것이라고 생각된다. 고향으로 돌아갈 때까지 그 혜택은 계속되었다.

그때는 텔레비전은 물론 라디오도 없는 시대였다. 그래서 피난민에게 뉴스를 전달해주는 매제라고는 아무것도 없고, 그저 사람의 입을 통해서 전달되는 것뿐이었다. 하루는 피난민 중에 삐라(전단지)가 나돌았다. 나도 삐라 한 장을 손에 주워들었다. 그 모양이 지금도 생생하게 생각난다. 우리나라의 지도가 흰 종이 위에 흑색으로 그려져 있고, 크기는 지금의 A4 용지보다 작은 것 같았다. 검은색 우리나라 지도를 가

위로 한가운데를 자를 듯 그린 그림에다 내용들이 기록되어 있었다. 유엔군과 국군이 인천 상륙작전에 성공했다는 긴급 뉴스였다. 그 삐라를 지금까지 간직했더라면 좋았을 텐데 하는 생각이 든다. 어린 나의 손에도 들려졌던 것을 보면 많은 양의 전단지가 뿌려졌던 것이 틀림이 없었다. 그리고 나서 조금 있으니까 피난민은 고향으로 돌아가라는 반가운 소식이 전해져왔다. 피난민들은 고향을 향해 출발하게 되었다. 이 이야기는 60년 전의 옛날이야기이다.

이제는 피난을 가는 것이 아니라 그리운 고향을 찾아가는 행렬이 되었다. 불과 두 달 동안의 기간이었는데, 전쟁의 끔찍한 흔적은 비참했다. 고향에 돌아와 전쟁이 지나간 참상을 보니 정말로 폐허가 된 곳이 여기저기 보이고 교전했던 자리가 많았다. 그 중 교전이 심했던 곳에는 젊은 군인들이 전사한 시신이 즐비했다. 옷과 철모를 보고 국군인지 인민군인지 알 수 있을 따름이었다. 그때는 철이 없을 때였기에 이것이 민족의 비극이었는데도 슬퍼할 줄도 몰랐다. 그때 젊은 장정들이 어느 전선 어느 곳에서 전사했지만 정작 본인들의 가정에서는 그 유해가 어디서 어떻게 되었는지 전혀 알 길이 없었을 것이다. 오늘까지도 어떤 가정에서는 전사했다는 통지는 벌써 받았지만 유해가 어디에 있는지 모르는 사람들이 있을 것이다. 내가 어린 시절 보았던 군인들의 유해는 버려져 그대로 어떤 땅에 묻히고 말았을 것이다.

이렇게 민족적 비극의 참상이 필자가 소년시절에 보았던 그곳만은 아니었을 것이다. 전쟁이 지나간 곳은 다 그러했을 것이다. 특별히 38

선 부근 중부지방은 계속 교전장이 되어 밀고 밀리면서 3년간을 그렇게 했으니, 그 비참함은 말로 표현할 수 없을 것이다. 젊은이들의 피를 가지고 온 국토를 칠하는 격이었다. 이런 사실은 소설이 아니라 오래되지 않은 우리 민족의 역사이다. 그때의 일들을 기억할 수 있는 연령층에 있는 사람들이 많아 그때 일을 생생하게 증언할 수 있을 것이다.

그때 특별히 고마웠던 것은, 그 어려운 와중(渦中)에서도 우리 정부에서 피난민에게 식량배급을 준 일이다. 그래서 피난생활을 하면서도 굶어죽은 사람이 있었다는 말을 그때 들어본 적이 없다. 정말로 나의 국가(國家)가 소중하고 고마웠다. 그러나 그때는 고마움도 느끼지 못했으나, 세월을 보내고 나이가 든 후에야 고마움을 깨달았다. 지금도 그때 일을 생각하면 새삼 고마움을 느낀다. 만약 그때 식량을 공급해주지 않았더라면 전쟁은 피했지만 굶어 죽을 수밖에 없었을 것이다. 셀 수 없을 정도로 많은 피난민들이 산기슭이나 시냇가 등 어디 공간만 있는 곳이면 쫙 덮여 있으면서 아무것도 할 수 없는 형편이었는데, 정부에서 우리들을 먹여 살렸다. 그 날을 기억하면서 나의 나라가 얼마나 귀하고 소중하다는 것을 더욱 깨닫게 된다. 그때 정부산하 어떤 기관에서 책임을 가졌던 분들은 그처럼 많은 피난 국민을 먹여 살리느라 정말로 고심했을 것이다. 대한민국 정부는 피난 중이었고, 국토는 공산군에게 거의 점령된 상태에서 전쟁은 계속되고 있어서, 그처럼 많은 양곡이 어디에서 왔는지 그때는 몰랐다. 나중에 안 사실이지만, 미국 정부와 미국의 일반 민간인 단체와 일반 국민들이 전란을 겪고 있는 우리를 위해 많은 것을 보내왔다고 했다. 그때의 일을 생각하면 정말로 미국 정부와 미국 국민이 감사했다.

계속되었던 전쟁시대와 휴전 후 우리나라의 정부와 민간인 모두가 너무 빈약해 도움의 손길이 절실히 요구되었던 그 시절에 미국으로부터 엄청난 원조를 해마다 받은 줄 알고 있다. 전쟁 시대로부터 휴전이 된 후 수년 동안 국가의 재정도 미국 정부로부터 원조를 받았고, 미국의 민간인 단체와 일반 국민으로부터 우리나라의 구석진 삶의 현장 속으로 도움이 들어왔다. 많은 구제물품들이 들어와 배고픔과 헐벗음에서 허덕이던 가난하고 허약했던 자들에게 큰 도움을 주었다. 마치 가난한 집 어느 한 소년을 어린 시절부터 잘 보살펴 주면서 자라나는 데 도움을 주었던 고마운 이웃집 아저씨 같은 위치였다고 표현할 수 있을 것 같다.

3) 인천상륙 작전 성공과 38선 이북으로 북진

그때의 전선은 부산과 대구를 놓고 쟁탈전이 벌어지고 있는 중이어서 국가의 운명이 촛불이 깜박거리는 지경에 도달했던 시점이다. 바로 그런 때 유엔군 사령관 맥아더 장군의 인천상륙 작전이 성공한 것이다. 유엔군과 국군은 서해바다를 통해 장비와 군대를 인천으로 상륙시켜 부근의 땅을 탈환하면서 북한 인민군의 보급로를 차단했다. 그래서 남한 땅 깊숙이 내려왔던 인민군에게는 생명줄이 끊겼고 북쪽을 향해 후퇴할 수 있는 퇴로조차 막혔으니 정말 가련한 신세가 되고 만 것이다. 만약에 인천상륙 작전이 없었거나 성공하지 못했다면 어떠했을까 하는 아찔한 생각이 든다.

그때의 남한은 북한 공산군에게 밀리고 밀려 대구광역시 북쪽 가장자리 가까운 지역까지 공산군이 들어왔다. 그러나 국군이 사력을 다해 방어하고 대구를 사수했다. 대구에서 북쪽으로 안동 방향으로 자동차를 타고 대구시를 벗어나면 다부동이라는 곳이 있는데, 여기서 북한 인민군과 국군 사이의 전투가 맹렬해 젊은 군인들의 피가 흘러 도랑물이 붉게 내려갔다고 하는 말이 전해지고 있다.

대구시를 두고 점령하려는 공산군과 이를 방어하려는 우리 국군과의 맹렬한 전투가 있었던 곳인데, 이곳 지형을 보면 널찍한 계곡이어서 많은 수의 병력이 집결할 수 있는 곳이었고, 이곳만 빼앗기면 금방 대구로 들어올 수 있는 중요한 요충지였다. 지금은 그 자리에 전적 기념비와 전쟁 기념관이 있다. 우리는 종종 그 앞을 지나면서 전쟁 기념관에 가서 여러 가지를 보며 그때의 전투 장면을 상상해 보기도 한다. 대구시를 지키기 위해 국군은 생명을 바쳐 사수(死守)했고, 공산군 편에서 볼 때는 대구시는 눈앞에 두고 반드시 점령해야 하는 과제였을 것이다. 상부의 명령도 그러했을 것이니, 그때 그곳의 전투가 맹렬했음을 알 것 같다. 희생되는 병력은 계속 보충하면서 막상 막하의 전투가 계속되다가, 인천 상륙작전 이 성공되니 북한 인민군은 힘을 잃고 후퇴했다. 그러나 후퇴에 성공하지 못했을 것이라고 생각되는 것은 인천상륙 작전에 성공한 국군과 미군이 공산군의 퇴로를 장악했기 때문이다.

부산에는 북한의 인민군이 들어오지 못했다. 그러나 일부 남해안까지 북한 인민군이 점령했으니 그때의 경상남북도의 도청소재지만 남은 상태였고, 우리나라 정부도 서울에서 대전으로, 대전에서 대구로, 대구에서 부산으로 가서 피난 중에 전시 정국을 이끌어 가는 중이었다. 북한의 인민군은 부산을 점령하려고 최대의 전투력을 쏟아 붓느라 단 하루가 무서운 시간이었을 텐데, 인천 상륙작전이 성공해 인천과 수원 지방을 탈환했다. 한편은 서울로 진격, 또 한편은 남쪽으로 향하게 된 것은 후퇴하는 북한 인민군들의 퇴로를 막기 위함이었다고 한다. 그러니 국군과 유엔군은 사기가 충천했을 것이고, 북한 인민군은 실의에 빠져서 항복하거나 아니면 산 속으로 도망가야만 했을 것이다. 아마도 주력 부대는 정식으로 지휘관의 지휘에 따라 차근차근 후퇴에 성공하지 못했으리라 생각된다.

이렇게 해서 전세는 완전히 역전되어 우리 국군과 유엔군은 북진을 계속하고 북한군은 후퇴를 했다. 그때의 우리 국군은 별 저항을 받지 않고 38선을 돌파해 북한 땅으로 북진을 거듭하여 평양을 점령했다. 또 북으로 올라가면서 땅을 점령해 국경지대 압록강과 두만강 변까지 국군이 점령하면서 북한 땅 거의 전부를 점령했다. 그래서 잠깐이었지만 북한의 거의 전역이 대한민국의 통치하에 들어오게 되었고, 통일이 눈앞에 보였으나 그러한 행운은 비켜 가고 말았다.

4) 중공군의 참전과 1.4후퇴

그때 참혹했던 전쟁의 양상이 자꾸 바뀌는 것을 볼 수 있다. 전쟁의 시작은 북한 인민군으로부터 갑자기 침략을 받은 남한은 후퇴하지 않을 수 없었다. 그러나 최선을 다해 부산과 대구를 사수하면서 버텼고, 이럴 즈음 유엔군 사령관 맥아더 장군의 인천상륙 작전이 성공해 전세가 바뀌어 북한의 인민군이 도리어 후퇴하게 된다. 국군과 유엔군의 준비된 병력이 인천 앞바다로 들어와 공산군이 점령하고 있던 인천 땅에서 상륙 투쟁을 벌여 상륙에 성공했다. 그러면서 남쪽으로 깊숙이 들어왔던 북한 인민군의 맥을 끊어 무력(無力)게 한 후, 그 여세를 몰아 38선을 넘어 북진을 거듭하면서 북한의 함경도 일부를 제외한 북한 땅 거의 전역을 장악했다. 이로써 통일이 눈앞에 다가왔으나, 불행하게도 1950년 11월 중국인민지원군(중공군)이 북한을 지원하면서 전쟁에 개입하기 시작했다. 국경 지대의 압록강과 두만강까지 진격했던 국군과 유엔군은 중공군의 밀물같이 밀려들어오는 인해전술(人海戰術)에 밀려 전세가 또다시 역전, 후퇴하지 않으면 안 되었다.

이렇게 6.25 한국전쟁은 강대국이 참전하는 국제전쟁의 모양새가 되면서 냉전시대의 맹렬한 격전장이 되고 말았다. 1950년 12월 4일 맥아더 사령관은 "중국 공산군 100여만 명이 전선(戰線)에 투입되었으며, 이제 새로운 전쟁이 시작되었다."라고 발표했다. 그로써 국군과 유엔군의 철수가 진행되었다. 춥고 추운 동절기에 후퇴하는 국군과 유엔군은 모진 고통을 겪으며 추위에 떨어야만 했다.

이때는1950년 12월 추운 겨울철이었다. 국군과 유엔군은 북한 땅에서 후퇴를 시작해 북한 땅의 전부를 내어주고, 38선 경계를 넘어 남쪽으로 계속 후퇴해 1951년 1월 4일에는 수도 서울을 두 번째로 공산군에게 내어주고 말았다. 그때의 후퇴를 통틀어 1.4후퇴라고 이름을 붙인 것으로 알고있다.

이런 와중에서 공산치하의 생활을 싫어하고 남한을 그리워하는 북한의 주민들이 후퇴하는 국군과 방향을 같이해 38선을 넘어서 남쪽으로 향했다. 북한 주민들의 대이동(大移動)이 시작된 것이다. 추운 겨울철이지만 살 곳을 찾아서 남쪽으로 내려오는 피난민들이 홍수를 이루었으니 피난민이라기보다 북한에서 남한으로 인구의 이동이 실현되는 장면이라고 해야 할 것 같다. 결사적인 탈출일 것인데, 이때는 전쟁의 위험뿐 아니라 혹독한 추위 속에서 잘못하면 얼어 죽을 수도 있는 상황이었다. 그런데 이를 무릅쓰고 험난한 여정을 선택한 사람들은 정말 용감한 사람이 아니면 할 수 없는 일일 것이다. 그들의 용감한 행위에 경탄하지 않을 수 없다.

이것이 바로 1천만 이산가족이 생겨나는 과정일 것이다. 그들은 추위를 무릅쓰고 자유세계를 찾아 남쪽으로 피난을 오게 되었는데, 그 이동 인구가 셀 수 없을 정도로 많아 북한의 인구는 확 줄고 남한의 인구는 갑자기 불어났다. 만약 그때가 겨울철이 아니고 따뜻한 계절이었다면 훨씬 더 많은 북한 주민이 남한으로 이동해 왔을 것으로 추리된다.

이렇게 중공군의 개입으로 전세는 역전되었고, 힘을 얻은 북한 인민군이 중공군과 함께 38선을 넘어 남진해 서울을 또다시 점령했다. 이에 한국 정부와 민간인들은 다시 피난길에 올랐다. 이때 서울 시민들은 한강 다리가 폭파된 상태였기에 이용할 수가 없고, 강물이 언 상태에서 얼음 위로 강을 건너든가 아니면 다른 수단으로 강을 건너야만 했을 것이다. 이때는 서울 시민들뿐만 아니라 북한에서 내려온 피난민도 가세했으므로 북적거림은 이루 말할 수 없었을 것이다. 추운 겨울 날씨에 그 고생은 어떠했을까?

이렇게 중공군이 인해전술을 펴면서 밀물같이 밀려오는 세력에게 밀려 수도 서울을 다시 내어 주지 않을 수 없었지만, 공산군은 길어진 병참선(兵站線)에 미국 공군의 강렬하고 지속적인 공습으로 엄청난 피해를 입었다. 그 결과 중공군과 인민군은 공세가 크게 둔화되었고, 국군과 유엔군은 서울에서 가까운 남쪽 지역에서부터 동부선전을 연결하는 방어선을 구축하는 데 성공했다.

1951년 1월 25일부터 국군과 유엔군은 반격을 재개해 2월 10일 인천과 김포를 점령했다. 그 후 수도 서울을 다시 탈환하고, 3월 24일에는 38선을 다시 돌파해 북진을 계속하면서 38선 이북으로 전진했다. 이때부터 1953년 7월 27일 휴전이 될 때까지는 주로 38선 이북에서 전투가 진행되면서 전진과 후퇴를 거듭했던 것으로 알고 있다.

그때 중공군의 인해전술을 이기지 못하고 후퇴는 했지만, 공군력은 유엔군 측이 강력해 제공권을 독점하여 하늘을 누비면서, 적지에 들어가 눈에 보이는 군사 목적물은 전부 폭격하고 기관총 사격을 가했다. 그로써 공산군들이 작전 수행하는 데 능률을 올리지 못하게 했다. 유엔군 비행기가 하늘을 날고 있었지만, 북한 측에서는 대항해 싸울 비행기도 없었고 비행기를 향해 쏠 수 있는 대공포도 없었다고 한다. 그러나 휴전될 무렵에는 공산 측의 미그 15기가 등장해 때때로 공중전이 있었다는 말도 전해진다.

5) 휴전협정(休戰協定)

양편 모두 있는 힘 다해 전쟁을 계속했지만, 어느 한편에서 승리의 색이 짙어진 것도 아니고, 그냥 엄청난 손실과 희생만 계속되므로 휴전의 필요성이 대두되었다. 유엔군 참전국들 사이에서 휴전의사가 일고 있었고, 북한군 측 역시 미군의 제공권(制空權) 때문에 막심한 피해를 입었을 뿐만 아니라 경제적인 부담으로 전쟁 수행이 어려운 형편이 되었다. 중공군도 한반도에서 힘으로 유엔군을 격파할 수 없다는 사실을 인식하고 회담개최 의사를 밝혔다. 맥아더의 후임 리지웨이 유엔군 사령관은 북한과 중국 공산군 사령관에게 휴전회담을 제안했고, 이를 북한 측이 받아들임으로써 1951년 7월 10일부터 개성에서 휴전회담이 시작되었다. 그 후 회담장소를 판문점으로 옮기면서 회담이 진행되었으나 상당한 시일을 보냈던 것을 볼 수 있다.

휴전 회담은 일차적으로 양군의 경계선 책정이 난제였다. 이미 38선을 넘어 진격하고 있는 유엔군은 양군의 접촉선에 따라서 결정하자고 주장한 반면, 북한 측은 38선의 원상회복을 주장함으로써 회담이 교착상태에 빠졌다. 그러는 중에 이승만 대통령은 전쟁이 끝나면 통일이 되어야 하는데, 통일을 멀리 미루면서 휴전하는 것은 옳지 않다고 하면서 휴전을 반대했다. 이렇게 하여 국민들도 대통령의 정책을 지지해 휴전을 반대하는 시위를 계속했으나, 미국의 설득에 대통령 역시 휴전에 동의하지 않을 수 없게 되어 결국 휴전에 동의했다고 한다.

가장 격렬했던 논쟁은 포로교환 문제였다. 공산군 측은 모든 포로는 무조건 송환시킨다는 원칙을 주장한 데 반해 유엔군 측은 자유의사에 의한 희망자만 송환시킨다는 원칙을 주장했다. 포로들 중에는 공산군의 점령 치하에서 강제적으로 의용군으로 징집되어 인민군 신분으로 전투장에서 아군에게 포로가 된 자들도 있었고, 또 국군이 공산군에게 포로가 되었다가 강제로 인민군으로 편입되어 다시 아군에게 포로가 된 자들이 있었다. 이들을 모두 공산 측에 넘겨준다는 것은 도저히 받아들일 수 없는 입장이었다. 이승만 대통령의 태도는 완강해 1953년 6월 18일 새벽 0시를 기해 남한에 수용 중인 북한 및 남한 출신의 반공 포로 들을 미국에 사전 예고도 없이 27000여 명에 달하는 반공포로를 석방시켜 버렸다. 이승만 대통령은 이것이 자기의 명령임을 명백히 하고 군경에 대해 석방된 반공 포로들을 보호하도록 명령했다.

이렇게 일들이 진행되는 중에 결국 휴전 협정이 체결되면서, 양군이 접촉하고 있는 현재의 전선을 휴전 경계선으로 한다는 내용으로 결정되었다. 그리하여 1953년 7월에는 최대의 공세를 취하면서 한 치의 땅이라도 더 많이 차지하려는 극렬(極烈)한 전투를 치렀다고 한다. 휴전 회담은 우여곡절을 겪으면서도 마침내 현재의 군사분계선을 경계로 해 각각 2㎞씩 비무장지대를 설정하기로 양측이 합의하고, 1953년 7월 27일 판문점에서 휴전 협정이 체결되었다. 이로써 3년 1개월에 걸쳐 많은 희생을 일으켰던 전쟁은 그쳤으나 남북의 양군은 여전히 상대방의 군을 의식해 삼엄한 경계 태세로 남북한 쌍방 모두가 전력(戰力)의 열세를 허용치 않으려고 군비를 쏟아 붓고 있는 실정이다.

6) 6.25 전쟁과 우리의 각성

북한에서는 일찍부터 공산 통일을 이루기 위해 남로당(南勞黨)을 통해 남한 내부에서 투쟁했지만 뜻을 이루지 못했고, 다음으로는 6.25사변을 일으켜 전쟁이라는 수단으로 적화 통일을 이루려 했으나 뜻을 이루지 못했다. 이 계획은 애초부터 잘못된 착각이었다. 통일이 늦어진다 하더라도 테러와 전쟁의 수단을 선택하는 것은 아주 잘못된 착각이었다. 그리고 공산주의 체제에서 통일하면 잘사는 복지 국가가 될 줄 알았을 것이나, 이 판단은 더더욱 착각이었다. 공산주의 체제에서 통일하면 결과적으로 더욱 못 사는 나라가 되고 만다는 것을 미처 몰랐던 것이다. 많은 사람들이 공산주의 사상에 매료되었던 것은 공산주의 정신이 네 것 내 것 없이 재산을 공동으로 관리하고 공동으로 생산하여 평등하게 분배해, 다 같이 평등하게 잘살자는 이론(理論)이기 때문에 가난하고 약하고 억울한 자들에게는 얼른 보기에 장밋빛같이 보이기도 한다. 그러나 결과는 결코 그렇지 않다는 것이 공산주의를 실행하다가 공산주의를 버리고 자본주의 체제 정책을 채택한 나라들의 경험에서 증명되고 있다.

전쟁을 일으킨 것은 결국 통일을 이루기 위해 동원된 수단이었다는 것을 알 수 있다. 그러나 이러한 수단은 착각하면서 잘못 진행시킨 행위였다는 것을 전쟁을 일으킨 측에서도 전쟁 후에는 반드시 깨달았을 것이다. 그러나 물은 쏟아져 남북한 쌍방 모두가 치명상을 입게 되었고, 살벌한 무력 대결의 상대자가 되어 오늘까지 이르고 말았다. 전쟁의 결과가 우리 민족에게 어떤 영향을 주었으며 얼마나 많은 피해를 갖다 주었는지를 보면서 깨닫고 다시는 전쟁이 일어나지 못하도록 근본 해결책을 강구해야만 할 것이다.

전쟁으로 인해 입은 손해를 분석해 보면, 첫째로 많은 사람이 희생되었다. 정말로 슬프고도 슬픈 비극이다. 무슨 원한이 쌓였기에 같은 동족(同族)끼리 죽이고 또 죽여야만 했던가? 얼마나 많은 생명이 전쟁으로 인해 죽었는지 수를 셀 수 없을 정도라는 것을 우리는 알고 있다. 뿐만 아니라 많은 사람이 불구자가 되어 남의 도움을 받지 않고는 살아가기가 힘든 사람들이 생겨나 일생을 고생스럽게 살아야만 하는 사람들이 얼마나 많았는가! 자신의 힘으로는 살아가기가 너무도 힘든 사람들이 수도 없이 생겨난 것이다. 이들은 너무나도 억울한 생애를 보내야만 했다. 이들은 모두가 피해자인데, 가해자는 누구인가? 가해자는 바로 전쟁(戰爭)이라는 심술궂은 폭군이다.

그리고 또 많은 가정들이 파괴되었다. 가정을 이루는 구성원은 부부를 중심으로 해 자녀를 거느리고 부모님을 모시고 사는 가정이 정상적이었는데, 이런 기본 단위의 사회를 망가뜨린 범죄자는 전쟁이라는 괴한이었다. 전쟁으로 인해 가족 중에 누구누구가 죽었고 또 누구누구를 잃어버려 안락하던 가정이 깨어졌다. 또 많은 고아들이 생겨났다. 돌보아주지 않으면 살아갈 수 없는 유약한 어린이가 부모를 잃어버린 비극을 우리 민족은 겪어왔다. 이렇게 우리 생활의 질서를 완전히 깨뜨려 버린 것이 전쟁이었음을 우리는 안다.

그런가 하면 많은 재산이 불에 타거나 파괴되었고, 국토는 폐허가 되고 많은 농토가 유실되었다. 많은 도로와 철로와 교량이, 항만과 부두가 파괴되었다. 우리 사회의 많은 공공건물과 각종 공장, 그리고 생활 시설물과 가옥이 파괴되었다. 추운 겨울철에는 거처할 곳이 마땅치 않아 추위에 떨어야만 했던 사람들이 얼마나 많았던가! 전쟁의 피해가 모든 분야에서 발생했으므로 반드시 따라오는 지극한 가난이 국가적으로 사회적으로 개인에게 닥쳐왔다. 그때는 국가와 사회, 개인 모두가 도움을 필요로 했다. 만약 도움이 없었다면 그때를 넘기지 못할 형편에 직면했다. 그래도 고마운 것은 세계 여러 나라, 특별히 미국에서 많은 도움을 우리에게 주어 그 어려웠던 과도기를 잘 넘겼다.

아직까지도 불행하게 우리 민족이 남북으로 분단된 상태에서 군사적으로 첨예하게 대결하고 있으니, 우리 민족은 한 사람도 빠짐없이 깨달아야 할 것이다. 전쟁으로 인해 한때 폐허가 되었던 경험을 바탕으로 해 우리 민족에게 위협을 주고 있는 전쟁의 위험을 저 멀리 완전히 보내 버려야 할 것이다.

만약 우리 민족끼리 다시 전쟁이 일어난다면 어떻게 될까? 지구상의 여러 나라 중에 가장 비참하고 가련한 민족이 되고 말 것이다. 만약 전쟁이 다시 일어난다면 오늘날의 전쟁은 지난 그때의 전쟁과는 판이 하게 다를 것이다. 그 피해는 상상을 초월할 것이다. 오늘날 우리 남북 한이 군사적으로 대치하고 있는 양상을 살펴보면 민족적으로 볼 때 너무나도 비참하다. 과거에 한때 죽이고 죽이는 전쟁을 하다가 휴전되었으나, 쌍방이 군사력을 발전시켜왔기 때문에 오늘날은 질적으로 양적으로 그때와는 비교가 안 된다. 오늘날 쌍방이 군사 연습을 하는 광경을 보면 포탄이 날아가는 것이 정말 우박이 떨어지듯 하얀 포탄이 쏟아져 날아간다. 이 포탄 하나하나의 위력은 얼마나 될까? 포탄 하나의 위력이 건물을 파괴할 수 있고 철교와 교량을 끊으며 중요한 시설물을 파괴할 수 있는 위력일 것인데, 쌍방에서 보유하고 있는 각종 포탄과 유도탄은 크고 작은 종류대로 그 수를 헤아릴 수 없을 만큼 많을 것이다. 그리고 쌍방의 육해공군이 보유한 각종 무기류는 엄청나게 많아 상상을 초월할 것이다.

이런 무기류를 가지고 있으나, 현재 상태에서는 싸움이 붙어 있는 것은 아니지만, 서로 큰소리치고 있다. 남북한의 정권을 맡은 이들은 더욱더 조심해야만 할 것이다. 단 한 번의 실수로 민족의 머리 위에 쏟아 부을 수 있는 재앙의 위험물들을 우리 스스로가 가지고 있다는 것은 크나큰 불행이다. 우리의 생활 현장에 치명상을 일으킬 수 있는 위험물이 있으면 이것을 먼 곳에, 손이 잘 닿지 않는 다른 곳으로 옮겨가야 할 것인데, 오늘날 우리 남북한의 군사적 대결의 위험물은 너무 가까이 있고, 손이 닿는 곳에 있다.

우리 민족, 우리의 생명에게 위협을 주는 위험물은 다른 것이 아닌 남북한의 군사 대결일 것이다. 이 위험물을 제거하는 방법은 남북한이 통일하고 하나의 군대를 만드는 방법 외에 다른 방법이 없을 것이다. 그래서 이 책에서 주장하는 내용은 남북한이 통일할 수 있는 가능한 방법을 제시하는 것이다. 우리의 선조들이 멋있게 통일했던 통일의 역사가 있다. 그때의 그 통일이 그들의 후손으로서 분단국이 되어 오늘날을 살아가고 있는 남북한 우리 동포들에게 통일의 방법을 가르치는 모델(model)이 되고 있다.

3. 휴전 후 남북한의 군사충돌

1) 제1연평해전(第一延坪海戰)

1999년 6월 15일 오전 서해(西海) 연평도 인근 해상에서 북한 경비정이 북방 한계선(NLL)을 넘어 남쪽 해역으로 내려와 영해를 침범하여 남북한 해군 간에 군사 충돌이 일어났다. 북한 측 경비정 4척이 북한의 꽃게잡이 어선 20척과 함께 북방한계선을 넘어 한국의 영역인 남쪽으로 내려왔다. 이때 한국 해군은 고속정과 초계함 10여 척을 거느리고 가서 물러가라는 경고를 했으나 불응하여 두 차례에 걸쳐 선체를 충돌시키는, 밀어내기 식으로 신사적인 경고를 보냈다.

이렇게 밀어내는 식으로 접근해 대응하는 데는 아마 두 가지의 경고가 숨어 있는 듯하다. 실탄공격을 해 피차간에 희생을 내어서는 안 된다는 것과, 또 한 가지는 무장한 북한 경비정의 선체에 몸을 대어 밀어내는 것은 모험을 무릅쓰는 행위이므로 강력한 경고라는 표현일 것이다. 이렇게 할 때는 물러가 주어야 할 것인데, 북한의 해군은 오히려 기관포로 공격을 가해왔다. 선제공격은 책임이 있고 어리석기도 한 것 같다. 상대편으로부터 실탄을 쏴라 하는 신호가 될 것인데, 결국 전투가 붙은 것이다. 이렇게 되어 양편 모두 상당한 피해가 있었다. 그때의 전투로 비참하게 쌍방에서 희생이 있었고 장비의 손실을 입었다.

교전이 있은 후 판문점에서 열린 유엔군 사령부와 북한군 사이의 휴전 회담장에서 연평도 인근 해상에서의 충돌사건에 대해 성토가 오갔지만 양측의 입장은 달랐다. 북한 측 대표는 남한 측에서 먼저 도발해 왔다고 주장했다. 그래서 아무런 성과 없이 입씨름만 하고 말았다. 이렇게 해상충돌의 위험을 항상 가지고 있는 것이 우리의 여건이다. 우리가 바다를 바라볼 때는 경계선도 없이 넓기만 하지만, 군사적인 면에서는 한 치의 바다도 허용하지 않는다. 그러기에 우리 군인들은 바다를 지키면서 항상 경성하고 민감성을 가지고 경계를 게을리 하지 않고 있는 실정이다. 이렇게 충돌의 위험을 항상 안고 있는 것이 우리 남북한의 관계이다.

2) 제2연평해전(第二延坪海戰)

제1연평해전이 있은 후 3년 만에 같은 장소에서 또다시 남북한 해군 간에 해상충돌이 일어났다. 이 사건을 그때 당시에는 서해교전(西海交戰)이라고 불렀으나, 대한민국 국방부는 2008년 4월 제2연평해전으로 바꾸어 부르기로 했다. 1999년 6월 15일 제1연평해전이 벌어진 지 3년이 되는 2002년 6월 29일 오전 서해 연평도 서쪽 14마일 해상에서 북방 한계선(NLL)을 넘어 남하한 북한군 경비정과 한국군 경비정 사이에서 교전이 벌어져 양측 모두 상당한 피해를 입었다.

교전이 일어나기 전 NLL선 북쪽, 북한 측 해상에서 북한의 꽃게잡이 어선을 보호하던 북한 경비정 2척이 NLL선을 넘어 한국 측 영해로 들어오고 있었다. 이때 남한 해군의 고속정이 즉각 퇴거하라는 경고 방송을 내보냈으나 아무 응답이 없었다. 그러는 중 갑자기 북한군 측에서 선제공격을 해 해군 고속정의 조타실이 순식간에 화염에 휩싸였다. 이렇게 되므로 양측 함정 사이에서 교전이 시작되어 치열한 전투가 벌어졌다. 북한 경비정 1척에서 화염이 발생하자 나머지 1척과 함께 퇴각하면서 북방 한계선을 넘어 북한 영해로 되돌아가게 되고 교전은 30분 만에 끝났다.

이 교전으로 인해 한국 측에서는 해군장병 수명의 사상자가 발생했고, 전투 장비도 상당한 손실을 입었다. 북한 측의 피해는 경비정 한 척이 불에 타면서 퇴각했으며 다수의 사상자가 발생한 것으로 알고 있으나 피해상황에 대해는 정확히 알려지지 않았다.

지금 와서 그때를 상기하면서 어느 편이 얼마나 손해를 입었고 어느 편이 승리를 했느냐보다 중요한 것은, 이러한 충돌이 앞으로는 없어야 한다는 것과 충돌이 발생하면 확전(擴戰)되기 쉽다는 것, 그리고 확전되면 더 큰 전투로 비화될 수도 있을 것이며 전면전(全面戰)으로 확대될 가능성도 배제할 수 없다는 것이다. 다툼은 작은 데서 작게 시작되지만, 이것이 커지면 더 큰 싸움으로 확장될 수 있는 것이 군사적인 충돌이다.

우리 민족은 지금 이런 위험한 틀 속에서 살아가고 있는 실정이다. 이런 위험스러운 폭발 장치를 우리가 안고 있다는 것을 남북한이 함께 잊지 말아야 할 것이다. 한번 충돌이 생겨나면 아까운 생명들이 희생되는 것이 너무나도 애석하다. 이번의 해상 전투로 쌍방 모두 인적·물적 손실을 크게 보았지만, 그래도 그 정도로 그쳤으니 다행이다. 만약 확전되었다면 더 큰 손실을 양편이 다 입었을 것이고, 전면전으로 비화될 가능성을 배제할 수 없었을 것이다.

전쟁의 위험은 항상 우리 곁에 도사리고 있어 남북문제가 근본적으로 해결 안 되면 아무리 협상하여 여러 가지의 일들을 추진한다 하더라도 늘 불안이 따르게 된다. 이렇게 불안이 해소되지 않는 것은 군사적으로 첨예하게 대치 상태에 있기 때문일 것이다. 그러므로 통일이 빨리 되어 하나의 국가, 하나의 군대가 이루어져야 한다. 그러기 전에는 우리는 항상 화약고 속에서 살고 있는 것이나 다름없을 것이다.

1953년 7월 27일 휴전이 되었고, 그 후 남북한의 정규군이 첨단무기로 맞선 것은 이번 제2연평해전이 처음이라는 말을 듣고 있다. 이번 서해교전에서 사용되었던 화력은 그때 6.25전쟁 당시의 화력과는 비교가 안 된다. 지금 만약 남북한 사이에 전쟁이 벌어진다면 6.25전쟁과는 비교가 안 될 것이다. 지금은 최첨단 장비로 무장된 상태이기 때문에 그 파괴력과 신속성은 상상을 초월할 것이다. 남북한이 군사적으로 대결하고 있는 한 아무리 정치회담을 해 긴장을 완화한다 하더라도 고의적으로나 우발적으로 충돌의 가능성은 항상 우리 곁에 머물러 있다. 군대의 임무는 항상 긴장하고 상대편을 예민하게 의식하며, 어떤 경우에는 힘으로 대항하겠다는 준비 태세를 항상 갖추면서 경계를 늦추지 않고 경성(警省)하는 것일 것이다.

이번 남북한 해군 간의 충돌 시점을 보면 김대중 대통령과 북한의 김정일 국방위원장 간의 남북한 정상회담이 있고 나서 2년 후인 2002년 6월 29일이라는 것이다. 평화가 오는 듯해 다시는 충돌이 없을 것으로 기대했는데, 이처럼 서로 죽이는 전투가 발생한 것을 보면서 우리가 다시 깨닫게 되는 것은, 정치적인 회담으로 화해 분위기를 조성한다 하더라도, 쌍방의 군대는 서로 대결 국면에서 한 치의 허점도 용납하지 않으므로 군사적 충돌이 생겨날 수 있는 불행의 틀은 여전히 짜여 있는 현실이라는 사실이다.

우리의 국토 한반도를 보면 아름다운 해안선이 많다. 그저 곧은 해안선이라면 별로 쓸모가 없겠지만, 우리 한반도의 삼면에는 아름다운 항만이 많고 주위에 크고 작은 아름다운 섬들이 있다. 특별히 남북한 해군간의 충돌이 있었던 서해 앞바다는 정말로 아름답고 유용성이 있는 자연환경이다. 황해도의 서쪽 해안선과 앞바다는 정말 아름답고 좋은 곳이다.

경기만(京畿灣)에서 북쪽을 향하면 바로 그곳이 될 것인데, 통일이 되면 이곳은 분쟁지역이 아니라 가장 요긴하게 사용할 수 있는 국토가 될 것이다. 한강과 임진강 하구를 마음대로 이용할 수 있어서 국가 발전의 요긴한 지역이 될 것은 확실하다. 우리 한반도 전체를 놓고 보아도 가장 아름답고 유용 가치가 있는 곳이기도 하며, 해양공원(海洋公園)이 될 수 있는 곳이기도 한데, 이렇게 경계를 해야 하고 또 조심하면서 왕래해야 하는 군사적인 충돌지역이 된 것이 무척이나 안타깝다. 앞으로 우리 민족에게 확실한 평화를 가져오는 방법은 남북한 통일을 이루어 하나의 군대를 만드는 것이다. 그 통일도 저절로 되지는 않을 것이고 우리가 만들어 나가야 할 것이다. 그래서 이 글을 쓰는 목적은 남북통일을 이룰 수 있는 '확실한 방법'을 제시하는 것인데, 본론에 가서 힘 있게 말하려고 한다.

[2] 현재(現在) 남북한 간의 군사대결 양상(樣相)

같은 민족이면서 군사적으로 대결하고 있는 현실이 너무나도 비정상적이요 구슬픈 상황이다. 그런데도 불구하고 슬퍼할 줄도 모르고 망각한 상태에서 그냥 살아가고 있는 것이 우리의 현실인 것 같다. 민족이 분단된 것만 해도 원통한 일인데, 군사적으로 대결의 틀이 짜인 것은 더욱더 불행하다.

남북한은 사상과 이념적으로 대결이 계속되어왔고, 전쟁으로 인해 골육상잔의 비극을 겪었으며, 아직까지도 대결의 틀은 여전하다. 지금은 휴전 상태에서 군사분계선(휴전선)이 만들어져 있고, 여기서 각각 2km씩 물러나 4km의 비무장지대(DMZ)가 만들어졌다. 이런 상태에서 남북방(南北方) 한계선에 각각 철책을 만들고 진지를 구축하여 상대를 의식하면서 경계(警戒)를 게을리 하지 않고 긴장한 상태에서 쌍방의 군인들이 불침번을 서고 있다. 어느 나라이건 군대가 없는 나라는 없지만 군대가 있다고 해서 자국의 군대가 다른 나라와 대결국면에 있지는 않다. 그러나 우리 남북한의 군대는 분단이 계속되는 한 대결의 틀은 없어지지 않을 것 같다. 우리가 한시도 잊지 말아야 할 것은 남북한 쌍방의 군대가 전쟁을 하다가 휴전 상태에서 서로 마주보고 있으면서 만약의 경우가 생겨난다면 힘으로 대항하기 위해 만반의 준비 태세를 갖추고 있다는 것이다.

권투선수가 링 위에서 시합을 할 때 보면 힘이 엇비슷한 상대와 싸우면서도 먼저 급소를 한번 맞으면 힘을 못 쓰고 비틀거리다가 그만 쓰러지고 마는 것을 볼 수 있다. 상대편이 손쓰기 전에 이쪽에서 먼저 상대방의 급소를 때려야 상대가 힘을 못 쓴다. 이와 같이 군사적인 면에서도 일단 충돌이 생겨 작은 전투라도 붙으면 재빠르게 속전속결로 대항해야만 된다. 즉 상대방에서 나의 급소를 먼저 때리지 못하게 내 편에서 먼저 상대를 때려야 한다. 이렇게 하지 않으면 상대편에서 나의 급소를 먼저 때릴 것이기 때문이다. 그러므로 이기기 위해서는 속전속결로 대처해야만 하는 것이 비상시 군인의 동작일 것이다. 자칫하면 의도(意圖)하지 않으면서도 끌려 들어가기 쉬운 것이 군사 충돌일 것이다. 생명을 걸고 급하게 서둘다가 보면 정신 차릴 겨를이 없을 수도 있을 것이고 확전(擴戰)이 되어서는 안 된다는 것을 잊을 수도 있다. 일단 충돌이 생겨나면 더 큰 전투로 확대될 수도 있는 것이 오늘날 남북한 군사대결의 현장일 것이다.

현재 북한의 군사력은 군인의 수로 보나 각종 무기의 보유 형태를 보나 어느 나라 못지않게 강력한 군대라는 것을 모르는 사람은 없을 것이다. 그래서 지금 현재 쟁점으로 대두되는 문제는 재래식 전투력의 문제보다 핵무기 보유의 문제이다. 북한의 핵무기는 군사적으로 대결 당사국인 우리 한국뿐 아니라 일본과 미국에게도 크게 위협이 되고 있다. 이 문제의 해결을 위해 미국, 일본, 중국, 러시아, 북한, 한국 등 6자 회담이 열렸으나 별 효과 없이 난항을 거듭하고 있는 실정이다. 우리 한국의 입장에서 본다면 핵무기 문제만이 아니라, 재래식 군사무기도 큰 문제가 되는 것은 휴전선에서 서울이 너무 가까운 거리에 있다는 점이다. 서울은 우리나라의 심장부이다 정치적으로나 경제적으로나 인구 면으로나, 모든 것을 보아도 서울은 우리나라의 가장 요긴한 부분이다. 서울이 전쟁으로 인해 조금이라도 피습을 당하면 그 결과는 상상을 초월할 것이다.

한때 북한의 한 요원이 서울을 불바다로 만든다는 위협적인 말을 해 우리에게 큰 충격을 준 적이 있다. 물론 한 요인(要人)이 잘못 내뱉은 말이어서 북한 자신들에게서도 너무 과한 표현이라는 지탄을 받은 줄 알고 있다. 그러나 우리가 알아야 할 것은 북한이 군사적으로 준비되어 있는 상태를 그대로 말한 것이라는 점을 명심해야 한다. 북한의 그 많은 각종 포신(砲身)들이 남쪽을 향해 있다는 사실을 인식하고 우리 사회는 안보에 대한 감각이 둔감(鈍感)해지지 말아야 할 것이다.

북한은 이렇게 강력한 재래식 무기와 핵무기 까지 보유한 상태에서 강력한 군사력을 갖추고 있다. 북한의 국력으로 보아 이렇게까지 군사력을 지탱해 나갈 수 있는 경제력이 부족할 것인데도 불구하고 군사적으로 힘을 기르지 않으면 안 될 북한 나름대로의 이유가 있을 것이다. 이것은 휴전으로 인해 전쟁이 그냥 멈춘 상태이나 지난날에 전쟁으로 상대했던 대한민국의 국군과 주한 미군이 군사분계선 넘어 가까운 거리의 남한 땅에서 현대 무기로 무장해 총구를 북으로 향하고 있기 때문일 것이다. 이런 사정은 남북한 쌍방이 다 마찬가지일 것이다. 상대편의 군사력을 의식하면서 군사력의 열세(劣勢)를 허용할 수 없어 국방력을 키워 나가고 있는 것이 우리 민족의 실정인 것 같다.

언제 어떤 충돌이 생겨날는지 항상 대비를 해야만 하기 때문에, 피차 군비 경쟁을 해야만 하는 처지에 처해 있다. 한 치의 땅도, 한 치의 바다도 경계선을 넘어오거나 가거나 하면 당장 시비가 붙고 만다. 육지에서나 바다에서나 일각도 소홀히 하지 않고 빈틈없이 첨단 무기로 무장한 채 경계하고 있는 실정이다. 많은 병력과 장비가 휴전선에 집결해 총구를 맞대고 있는 남북한의 냉랭한 전선, 우리 민족은 지금 민족적으로 볼 때 너무나도 불행한 짜임새의 틀에 처해 있다. 같은 민족끼리 만약의 경우 초전 박살을 내기 위해 준비된 그 모든 것, 너무나 비참하고 불행한 우리 민족의 처지인 것이다. 같은 민족끼리 분단되어 극한 대결을 하고 있으면서 60년의 세월을 보냈고, 아직도 해결점을 바라보니 너무나도 요원하다. 우리의 불행인 동시에 세계인 앞에서 느끼는 민족적인 부끄러움이다.

먼 곳을 세밀히 볼 수 있는 독수리의 눈을 가지고 공중을 날 수 있다면, 서쪽 끝에서 동쪽 끝까지 휴전선 일대의 남북한 쌍방의 군인들이 포신과 총구를 서로 향하고 있는 그 비참한 광경을 보면서, 민족 앞에서 확성기를 입에 대고 실컷 울부짖어 보고 통곡이라도 실컷 했으면 하는 생각 간절하다. 우리는 같은 민족이요 가족인데 어쩌다가 이러한 여건이 우리 민족을 꽉 잡고 있는지 한탄하지 않을 수 없다. 군사적인 대결은 치명적인 결말을 가져올 수도 있기 때문에 너무도 위험하다. 그러므로 우리는 대결의 틀을 하루 속히 치워 없애야만 할 것이다.

우리 민족이 이렇게 대결 상태로 너무 오래 가고 있는 것이 너무나도 안타까워, 필자는 이러한 모든 문제들을 애타는 심정으로 생각해 본다. 왜 이렇게 긴 세월을 보내야만 했을까? 또 앞으로 얼마나 많은 세월이 더 필요할까? 남북한 모두가 원하면서도 왜 통일을 못 할까?

통일이 되어 하나가 되면 모두가 좋을 텐데 왜 안 될까? 과연 통일이 될 수 있을까? 통일을 방해하는 어떤 무엇이 나타나지는 않을까? 나의 수명이 다하기 전에 통일이 되는 것을 볼 수 있을까?

이렇게 여러 가지로 생각하면서도 비관적인 것은 뒤로 돌리고 희망의 정점을 바라본다. 남북한 대결의 틀을 없앨 수 있는 방법이 반드시 있을 것이다. 필자는 남북한이 통일할 수 있는 고귀한 방법을 이 책을 통해 제시하려 한다.

통일이 되었다고 가상해보자. 남북이 하나가 되면 국토도 넓어지고 인구도 많아지면서 작은 나라가 아니라 큰 나라 군(群)에 속할 것이며 인구는 7천만이 넘을 것이다. 지금 현재 부요(富饒)하게 잘사는 나라들이 모인 유럽의 여러 나라 중에서 독일을 제외하고 우리나라보다 인구가 더 많은 나라는 없다. 우리 민족은 통일을 이루어 덩치를 크게 하여 큰 나라로 살아가야만 한다. 거대한 중국과 일본이 우리와 인접해 있다. 이들 두 나라는 현재도 국력이 대단하지만 앞으로 초대형 부강한 나라로 변모할 것이다. 그러 하기에 우리 민족이 그 사이에서 둘로 나뉘어져 대결상태로 살아서는 절대로 안 된다. 우리나라도 이들 두 나라와 함께 부강한 국가가 되어서 세계 속에서 극동(極東)의 거대한 국가 군이 조성될 때 손색이 없어야 할 것이다. 그래서 우리 민족은 통일을 빨리 이루어야만 하는데, 통일하는 일을 가깝게 놓고 생각하는 사람이 별로 없는 것같이 느껴져 안타깝기가 말로 형언할 수 없다. 통일할 수 있는 가능한 방법이 반드시 있을 텐데, 우리가 아직

찾지 못했기 때문일 것이다. 필자는 일직부터 남북통일이 되어야 할 텐데 하고 국가에 대한 염려를 많이 해왔다. 그러는 중 우리나라의 역사를 읽다가 실천 가능한 통일방법을 발견했다. 그것이 바로 '경순왕 따라 하기 **식 통일방법**'이다. 그 방법을 만인 앞에 소개하려고 이 글을 쓰고 있다. 이 책의 마지막 부분, 본론에 가서 그 방법을 세밀히 쓰려 한다.

제3장

지나간 날에 있었던 남북회담

[1] 남북 적십자 회담(南北赤十字會談)

　요즘은 남북한 간의 대화가 많기 때문에 남북 간의 어떤 접촉이 있어도 별로 특별한 뉴스가 될 수 없지만 초창기에는 남북한 간에 대화가 희귀했다. 대화 그 자체가 대단한 뉴스 거리였다. 남북한의 적십자 회담이 처음 시작될 그때는 어떤 안건(案件)을 두고 의논할 수 있는 창구가 전혀 없었다. 쌍방의 당국이나 민간단체를 총망라해 적십자회 간의 접촉이 그래도 비교적 용이했을 것이다. 그래서 1천만 이산가족의 실태(實態)를 확인하고 재회를 주선하는 가족 찾기 운동을 구체적으로 협의하기 위해 남북한 적십자회 회담이 열리게 된 것이다.

　1971년 8월 12일 대한적십자사 총재는 KBS 방송을 통해 북한 측에게 남북으로 흩어진 이산가족의 재회를 주선하기 위해 남북한 적십자회의를 개최할 것을 제의했다. 1천만 이산가족의 생사와 거주지를 확인하고, 재회의 기회를 만들어 주기 위해 남북한 적십자사가 주관해 가족찾기 운동을 하자는 내용의 취지를 밝혔다. 그 결과 이틀이 지나서 8월 14일 북한 적십자사 중앙위원회 위원장은 평양방송을 통해 대한적십자사 총재 앞으로 보내는 서한을 발표해 대한적십자사의 제의를 수락하게 되어 비로소 남북한 간의 대화에 시동(始動)이 걸리게 되었다.

1971년 8월 20일 판문점 중립국 감독위원회 회의실에서 남북적십자 간의 첫 파견원 접촉이 이루어지면서, 여러 번의 회담을 거쳐 본회담을 위한 예비회담이 열렸다. 1971년 9월 20일 제1차 예비회담이 판문점 중립국 감독위원회 회의실에서 열렸는데, 합의에 따라 판문점에 남북한 간의 상설 연락사무소를 설치하고 이를 연결하는 남북 간의 전화가 가설되었다. 이렇게 해서 1972년 8월 11일까지 25회의 예비회담과 16회의 실무회의를 했고, 많은 날짜를 소비하면서 힘겹게 합의를 이루어 본회담의 일시, 장소, 의제, 대표단 구성, 진행절차 등에 대해 합의하고 본회담에 대한 기대를 하면서 예비회담을 끝냈다. 예비회담에서 결정된 본회담의 의제는 아래와 같다.

① 자유로운 서신왕래 실시 문제
② 자유로운 방문 및 상봉 문제
③ 이산가족의 주소 및 생사확인 문제
④ 자유의사에 의한 재결합 문제
⑤ 기타 인도적으로 해결할 문제 등이다.

본회담은 서울과 평양에서 번갈아가며 열기로 했으며, 1972년 8월 29일-9월 2일까지 4박 5일 동안 평양에서 제1차 본회담이 열렸고, 제2차 본회담은 1972년 9월 12-16일까지 4박 5일 동안 서울에서 개최되었다. 분단 후 첫 남북 왕래라는 벅찬 감격으로 처음부터 끝까지 축제 분위기 속에서 진행되었다. 민족분단 4반세기를 넘기면서 이루어진 남북한의 대화가 온 겨레가 지켜보는 앞에서 감격과 희망 속에서 진행되었다. 이렇게 축제 분위기 속에서 희망을 안고 시작한 회담이었으나 합의점을 찾지 못하고 난항을 겪으면서, 1973년 7월 11일 제7차 본회담까지 열렸으나 쌍방 간의 현저한 견해차로 인해 아무런 성과 없이 표류하던 남북적십자 회담은 1973년 8월 28일 남북조절위원회 평양 측 공동위원장의 대화중단 선언으로 아쉽게 남북적십자 본회담은 아무런 합의를 이루지 못하고 중단되었다.

그 후 대한적십자사에서는 아무런 효과 없이 끝난 본회담을 아쉬워 하면서, 제8차 본회담을 갖고자 세부 일정을 협의하기 위해 파견원 회의를 갖자고 1973년 11월 15일 북한 적십자 측에 제의했다. 이에 대해 북한적십자사가 동의함으로써 제7차 본회담 후 4개월 반 만에 실무회의가 열렸다. 그러나 난항을 거듭하면서 1977년 12월 9일까지 긴 세월을 보내는 동안 25차례의 실무회의가 열렸으나 아무런 합의를 이루어 내지를 못했다. 그러던 중에 1978년 3월 20일로 예정된 제26차 회의를 하루 앞둔 19일, 북한 측에서 일방적으로 회담을 무기 연기할 것을 선언해 실무회의는 중단되고 말았다. 1천만 이산가족들이 쌍방에서 살고

있기에 이들의 아픔을 조금이나마 덜어주고 같은 민족끼리 대화함으로
써 통일의 날을 앞당기기 위해 긴 세월을 보내면서 여러 차례의 적십
자 회담을 했지만 합의를 이루어 내지 못한 채 수면(睡眠) 속으로 들어
가고 말았다.

7년 후 1984년 여름 우리 남한(대한민국)에서 큰 수해를 입게 되었을
때 북한의 조선적십자회가 남한의 수재민을 돕기 위해 구호물자를 보
내겠다는 제의를 해왔다. 그때 대한적십자사에서 북한의 수재(水災) 구
호품을 받아들이기로 함으로써 남북한의 적십자회의는 다시 접촉이 이
루어졌다. 1984년 수해를 입은 한국의 수재민을 돕기 위한 양곡과 구
호물자를 실은 트럭이 휴전선을 넘어 북한에서 남쪽으로 왔었다. 그때
북한으로부터 받은 쌀을 트럭에서 내리는 작업을 TV에서 잠깐 보여주
던 때의 광경을 지금도 상상 할 수 있다. 그때 그 구호물품을 받았던
수재민들은 북한의 쌀을 감사하게 받았고, 그 광경을 지켜보던 일반
국민들은 동족애(同族愛)를 느꼈을 것이다. 주고받는 그 행위가 정치적
인 문제도 깔려 있었겠지만, 순수한 입장에서 생각 할 때 대결국면에
처해 있으면서도 같은 민족으로서 이제 정신을 차리고 민족 간의 사랑
의 접촉이 꼭 필요하다는 것을 새삼 느끼게 했던 일이었다. 이것이 계
기가 되어 남북한 간의 적십자 본회담이 다시 열렸다.

그때 쌍방의 적십자사는 수재민을 돕는 물품을 주고받음으로 인해
새롭게 살아난 민족애(民族愛)의 정신을 바탕으로 하여 남북한 적십자
회담의 재개(再開)를 촉구하는 서한을 북한적십자사 중앙위원회 위원장

앞으로 보냈다. 그러자 북한에서는 여기에 답해 남북한 적십자 대표들 간의 예비 접촉을 제의해 왔고, 그럼으로써 1984년 11월 20일 예비접촉이 가동되어 잠자고 있던 본회담을 움직이게 했다.

1985년 5월 28-29일 양일간에 걸쳐 제8차 본회담이 서울에서 개최되어 8.15광복 40주년을 전후해 이산가족 고향 방문단과 예술 공연단의 교환방문을 추진하기로 합의했다. 그리 하여 역사적인 이산가족 상봉이 이루어져 1985년 9월 20-23일을 시작으로 남북적십자 총재는 각기 151명(단장 1, 고향 방문단 50, 예술 공연단 50, 기자단 30, 지원인원 20)씩의 방문단을 거느리고 서울과 평양을 각각 방문했다. 천신만고 끝에(접촉한 지 14년 만에) 남북한 이산가족이 제1차로 서울과 평양에서 역사적으로 상봉했다. 그러나 1천만 이산가족 수에 비하면 그저 샘플 정도밖에 안되는 숫자였다. 하지만 전 국민이 TV를 통해 지켜보는 앞에서 만나는 장면이 방송되어 본인과 그들의 가족은 물론 이를 지켜보던 국민 전체가 연민의 눈물을 따라 흘리면서 우리 민족의 비애를 새삼 느꼈다.

위에서 기록한 내용대로 남북 적십자 회담이 처음 접촉할 때가 1971년 8월 20일이었고, 제10차 본회담이 열릴 때까지 14년이란 긴 세월을 보내면서 본 회담, 파견원 회담, 본회담을 위한 예비회담, 실무자 회담 등등 이렇게 회담의 종류도 등급별로 수도 없이 하면서 긴 세월을 보냈다. 서울과 평양을 오가면서 여러 차례의 본회담을 했는데도 그 결실은 겨우 서울과 평양에서 각각 50명씩의 이산가족 상봉이 고작이었다.

그러면 오늘날은 어떠한가. 지금은 통일부가 생겨나 남북문제를 관장하고 남북문제들을 다루기 때문에 남북적십자 회담뿐만 아니라 각양 회담도 쉽게 열린다. 초창기 때와는 완전히 여건이 바뀌었지만 아직까지도 남과 북은 중요한 안건으로 회담을 할 때 합의를 이루어 내기가 여전히 힘 드는 것을 보고 있다. 앞으로 통일을 이루기 위해 모든 분야를 총망라한 본연의 회담이 미래의 어떤 날에 열릴 것이라는 그저 막연한 예측을 하고 있으면서도, 정말로 회담으로서 굵직한 문제의 정답을 도출(導出)해낼 수 있을는지 믿음이 생기지 않아 무거운 염려가 되고 있다.

[2] 남북 체육회담(南北體育會談)

남북한 간의 체육회담도 적십자 회담과 마찬가지로 대화하기가 쉽지 않을 그 당시부터 회담이 열렸다. 국제경기에 참가할 남북한 단일팀 구성과 남북한 체육 교류 등을 협의하기 위해 회담이 열려온 것으로 알고 있다.

체육은 한 판 승부를 걸고 경합하는 놀이이지만, 어떤 종류의 운동경기를 함으로 인해 국민의 관심이 그리로 집중되면서 얼어붙었던 나라와 나라 간의 관계도 누그러지는 것을 우리는 보아왔다. 친밀하던 관계도 더 친밀해질 수 있는 것이 국제간의 체육 교류임을 우리는 알고 있다. 지나간 때 미국과 공산 중국과의 관계는 혹한의 겨울 강같이 얼어붙어 있었지만, 한 판의 탁구시합을 통해 관계가 좋아지는 쪽으로 방향을 잡으면서 대화가 시작되었다. 그 대화가 성숙해 오늘의 미국과 중국이 친근한 우방이 되어 있는 것을 보면서 국제간의 체육 교류가 얼마나 중요한지 알 수 있다. 그러기에 우리 남북한의 경우도 체육 교류가 활발해지면 정치적으로도 문제를 풀어가는 데 윤활유 역할을 할 수 있을 것이라고 생각하면서, 국제대회에 단일팀으로 출전하는 문제를 놓고 여러 번 체육회담이 열렸던 것으로 알고 있다. 남북한 간의 체육회담의 역사는 1963년 1월 23일 국제올림픽위원회가 동서독의 전례에 따라 1964년 도쿄 올림픽에 남북한 단일팀을 요청해와 스위스 로잔에서 처음으로 남북 체육회담이 열리면서 시작되었던 것으로 알고 있다. 그 후 1990년 9월 중국 베이징(北京) 아시아 경기대회에 남북한 단일팀으로 참가키 위해 남북 체육회담이 열려 1989년 3월 9일 제1차 회담을 개최한 이후 여러 차례의 실무자 접촉과 회담을 했으나 단일팀 구성에는 끝내 실패하고 말았다.

남북 체육회담이 결실을 맺은 것은 1991년 4월 일본 지바에서 열린 제41회 세계탁구 선수권 대회에 단일팀으로 참가한 것이었다. 이때 현정화-이분희 조가 중국을 3:2로 꺾고 우승해 시상식을 할 때 아리랑이 연주되면서 한반도기가 게양되었고, 1991년 포르투갈 리스본에서 열린 제6회 세계 청소년 축구대회에 남북한 단일팀 이 한반도기를 앞세우고 출전해 8강에 오르기도 했다. 그 후 올림픽 개막식에 남북 선수단이 한반도기를 앞세우고 공동 입장했던 결실을 내는 데 그쳤다.

　남북한 단일팀을 구성해 아시안 게임이나 올림픽 경기 같은 대형 국제대회에 참가하는 건에 대해는 남북한이 다 함께 희망하고 있으면서도, 단일팀 구성을 위해 회담을 하는 과정에서 합의를 이루지 못하고 있는 현실이니 정말로 안타깝다. 우리나라가 단일팀으로 아시안 게임, 혹은 올림픽 경기에 참가키 위한 회담은 앞으로도 있을 것으로 예측된다. 그러면서도 지나간 날의 남북 회담을 더듬어볼 때, 그처럼 많은 세월과 많은 비용을 소모해가면서 회담을 했지만, 합의를 이루어 내지 못했던 것이 우리의 현실인 것 같다. 그래도 체육 분야가 쉬운 분야일 텐데 합의를 이루지 못하는 것을 보면 우리 남북관계가 아직까지는 너무나도 멀다는 것을 느낄 수 있다. 앞으로 통일을 위한 근간(根幹)이 되는 내용의 회담을 상상하면서 과연 대화로써 통일안을 만들어 낼 수 있을까에 대해 비관적인 예측이 마음을 누른다.

[3]　남북 고위급 회담(南北高位級會談)

　남북한 간의 정치적, 군사적 대결상태 해소와 다각적인 교류 협력문제를 토의하기 위해 남북한 양측 총리를 수석대표로 해서 열린 회담이다. 1989년 2월 8일 남북 고위급 회담을 열기 위해 첫 번째 예비회담이 열려 난항을 거듭하다가, 1990년 7월 예비회담 실무회의에서 의제와 시기, 장소 등이 합의되었다. 그 일정과 장소를 살펴보면 다음과 같다.

제1차 회담 : 1990년 9월 4일 서울

제2차 회담 : 1990년 10월 16일 평양

제3차 회담 : 1990년 12월 11일 서울

제4차 회담 :1991년 10월 22일 평양

제5차 회담 : 1991년12월 10일 서울

제6차 회담 : 1992년 2월 18일 평양

제7차 회담 : 1992년 5월 5일 서울

제8차 회담 : 1992년 9월 18일 평양

이렇게 3년이라는 세월을 보내면서 8차례의 회담을 했다. 지난날에 있었던 남북 적십자 회담과 체육회담이 열려 진통을 겪는 것을 보면서도, 남북한 정권 실무 권력자들이 한자리에 앉아 민족의 장래 문제를 의논하는 장(場)을 만들었다는 것은 정말로 필요 적절하고 중량이 나가는 일이었다. 이 고귀한 회담도 다른 회담과 같이 합의를 도출해 내는 데는 진통이 있었다. 그러나 제5차 회담에서는 **남북 기본합의서**(南北基本合意書)를 만들었고, 마지막 날 13일에 양측 대표가 서명하면서 합의서를 발효시기는 성과를 올렸다. 이에 따라 남북 기본합의서가 발효되면서 3개 분과위원회가 발족되었고, 실천이행 기구로서 남북 연락사무소와 4개 공동위원회가 설치, 구성되었다. 또 부속 합의서가 채택되고 공동위원회가 가동되면서 구체적인 사업을 실천하려 움직이기 시작했다. 마지막 8차 회담에서는 제9차 회담을 1992년 12월 21일 평양에서 개최키로 합의했으나 양편의 의견이 상충되면서 북한 대표단의 성명을 통해 남북대화를 전면 거부함으로 인해 회담이 물밑으로 가라앉고 말았다. 그러나 고위급 회담에서 만들어진 **남북한 기본합의서**는 오늘까지도 유효해서, 이를 바탕으로 하여 남북문제들을 풀어 나가려고 하는 듯하다. 분단의 시작은 우리 민족의 의사와는 관계없이 이루어졌으나 앞으로 통일문제는 우리 민족 스스로가 풀어야 하는 과제임을 다짐하면서 열려진 회담으로 이해하고 싶다.

[4] 남북 정상회담(南北頂上會談)

김영삼 전 대통령이 취임하면서 정상회담에 대해 적극성을 갖고 노력하는 것을 우리는 보았다. 1993년 2월 25일 김영삼 대통령의 취임사와 1994년 취임 1주년 기자회견에서 북한의 김일성 주석과 만나기를 희망하는 뜻을 나타내 보였고, 북한 측에서는 1994년 6월 그때 마침 북한을 방문하고 있던 지미카터 전 미국 대통령을 통해 이를 수락했다. 이때부터 남북 정상회담을 위한 준비에 시동이 걸렸다. 남북한 간에는 정상회담 개최를 위한 부총리 급 예비회담을 판문점에서 개최해, 1994년 7월 25일부터 남북 정상회담을 열기로 합의하고 그 날을 기다리고 있던 중, 1994년 7월 8일 김일성 주석의 갑작스런 사망으로 인하여 회담은 애석하게도 실현되지 못했다. 만약 이때 예정대로 정상회담이 열렸더라면 어떤 일이 성사되었을까 상상해본다. 통일문제가 반드시 거론되었을 것은 분명한 사실일 것이다. 김영삼 대통령이나 김일성 주석 두 분 모두 통일에 대한 간절한 욕망을 가졌다고 확신한다. 어쩌다 보니 우리 민족의 형편이 이렇게 분단 상태에서 극한 대결구도가 조성된 것을 안타깝게 생각하면서, 깜짝 놀랄 정도의 걸작을 창출해냈을지도 모르는 일이었다. 그러나 두 정상들은 애석하게도 기회의 골문 앞에서 슈팅(Shooting) 한 번 날리지 못하고 기회의 공은 피해 가고 말았다.

그 후 1998년 2월 25일, 김대중 전 대통령이 취임 연설 중에 의사를 밝혔고, 그 후 3.1절 기념행사 연설을 통해 **남북 기본합의서** 이행을 위한 특사를 교환하고, 북한이 원한다면 남북 정상회담에도 응할 용의가 있음을 밝혔다. 또 2000년 3월 독일을 국빈으로 방문하는 중에 대 북한 정책에 대해 말하면서 "한국 정부는 북한이 경제적 어려움을 극복할 수 있도록 도와줄 준비가 되어 있다"라고 하며 한반도 평화와 통일을 지향한 '베를린선언'을 했다.

그 후 북한에서는 김 전 대통령의 뜻을 받아들여 정상회담 개최의사를 밝혔고, 이에 따라 중국 베이징과 상하이에서 수차례 비공개 협의를 거쳐 정상회담 절차에 대해 날짜와 대표단 수행원수, 취재기자 수 등에 관해 최종 합의를 이루고 역사적인 남북 정상회담의 성사를 이루게 되었다. 그리하여 2000년 6월 13-15일 2박 3일 동안 김대중 대통령과 북한의 김정일 국방위원장 간의 정상회담이 평양에서 개최되었다.

분단 후 55년이라는 세월을 보내면서 쌍방의 정상이 직접 만나기는 처음이었다.

회담의 주요 내용은 한반도의 평화정착과 통일, 민족의 화해와 단합, 남북 간 교류와 협력 등인 것으로 알고 있다. 회담의 성과는 대결의 완화, 화해 및 협력의 계기가 마련되었다고 평하고 있는 듯하다. 그래서 부분적인 분야에서는 정상 간에 합의한 대로 추진된 일도 있다. 그 중에 한 가지를 말한다면 남북한 간에 끊어졌던 철로 연결 사업이다. 서부전선 군사분계선 남방, 민통선 안에 건설된 도라산 기차역에서는 평양을 향해 달리고 싶은 기차의 방향이 표시되어 있고, 그 날을 고대하고 있는 실정이다. 그리하여 그때는 들뜬 분위기가 조성되고 평화가 찾아오는 듯도 했으나, 남북통일 문제는 손도 대지 못했다. 이렇게 볼 때 우리 겨레의 앞날이 아득하기만 해 남북통일의 그 날은 아직까지 먼 거리에서 아물거리고 있는 듯하다.

[5] 남북대화 과정들을 보면서

지나간 날의 각양 남북회담이 열린 역사를 읽고서 마음이 더욱 무거워진다. 우리 민족은 반드시 통일을 해야만 하고, 통일을 하자면 남북한 간 회담이 꼭 필요할 것인데, 지난날의 남북회담의 경험을 보면 정말 걱정이 앞선다. 회담의 안건들 모두가 남북통일 하는 본론의 안건과 비교할 때 그저 지엽적이고 비중이 낮은 단순한 안건이었는데도 그처럼 많은 사람들이 동원되고, 그처럼 많은 회수의 회담을 하면서 긴 세월을 보냈다. 그러면서도 합의점을 찾지 못해 난항을 겪었던 지난날의 회담 결과를 보면서 과연 남북통일 과 관계되는 여러 가지 중대한 안건들을 회담으로써 합의해 낼 수 있을는지 의문이 앞선다. 지난날의 각양 남북 회담의 경험을 비추어 볼 때 회담으로써 통일문제를 풀기는 거의 불가능할 것 같은 감(感)이 더욱 앞선다. 그러므로 남북한이 다 만족할 수 있는 통일방법이 나타나야만 할 텐데, 그 방법이 기다려진다.

이 글을 쓰고 있는 필자는 그 방법(남북통일방법)을 발견했다. 그 방법은 남에게 배운 것도 아니고, 필자의 아이디어도 아니다. 일찍부터 우리 곁에 머물러 있던 우리 민족의 것이다. 이는 통일을 성취시킬 수 있는 유일한 방법이 될 것이다. 이 방법은 남북한 7천만 우리 민족의 선조들이 실행했던 방법이다. 우리 민족의 역사에는 분열도 있었고, 그 분열을 멋있게 통일했던 통일의 경험도 있다. 그 통일의 경험을 '경순왕 따라하기 식 통일방법'이라고 이름 붙였다. 이 방법을 활용하면 현재의 남북한 쌍방의 정권을 맡은 분들에게도 이익만 돌아갈 것이기 때문에, 남북한 쌍방 어느 쪽에서도 거부하지 않을 것이며 모두 즐거움으로 일을 진행시킬 수 있을 것으로 믿는다. 그래서 이 책의 본론(本論)에 가서 이 방법을 세밀히 소개하려 한다. 가뭄에 단비가 내려 만물을 소생케 하듯이 우리 민족에게도 해결의 단비가 내려지기를 사모하는 마음 간절하다.

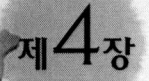

제4장

지나간 날에 있었던 통일방법의 의견들

    지나간 날의 통일 방안들을 보면 남북한 양측 모두가 자신만이 합법정부요 상대방은 하나의 집단이라고 규정하면서, 통일은 오직 상대방에 대한 부정을 통해서만 가능하다고 생각했다. 이러한 사고가 통일정책에 그대로 반영되어 상대방을 아예 무시하고 일방적인 편의에 의한 통일방안을 주장해 왔다. 그러나 이런 논리로는 통일이 성립될 수 없다는 사실을 쌍방이 깨달으면서 통일방안의 의견도 차츰 변화되는 것을 볼 수 있다.

    우리 한국(남한)에서도 정권마다 통일 방안이 나온 줄로 알고 있다. 초창기의 정권에서는 한때 휴전 직전에 북진통일이란 말이 나오기도 했다. 이 주장은 지금의 통일론과는 다르다. 보통의 통일론은 상대방에게 "이런 방법으로 통일을 합시다." 하고 상대방을 자신의 의견으로 끌어들이는 방식일 것이다. 그러나 북진통일은 상대방에게 이렇게 하자는 것이 아니라 일방적으로 이렇게 해야만 하겠다는 한쪽 편의 주장일 것이다. 6.25전쟁이 시작되어 후퇴와 전진을 되풀이하면서 전쟁이 계속되고 있을 때, 유엔군과 북한군과의 휴전 협상이 진행되고 있을 때 이승만(李承晩) 대통령은, 이미 전쟁은 시작되었고, 전쟁을 그치면 통일이 되어야 할 것인데 그렇지 못하고 그저 휴전선을 만들어 여전히 분단국가로 남는 것이 너무나도 아쉬워, 휴전을 반대하면서 북진통일을 주장했다. 그러나 결국 뜻을 이루지 못하고 휴전이 성립되었고, 북진통일의 주장은 통일을 심히도 그리워했던 통치자의 애타게 부르짖는 소리로만 끝나고 말았다. 그 후에도 각양의 통일론이 나왔으나 그저 원론적인 주장을 했을 뿐, 더 진전하지 못했다.

북한에서는 한때 노골적으로 적화통일을 이루기 위해 행동으로 옮겼다. 상대편(남한)을 부정하고 북한 자신들의 주장대로 공산주의 체제로 통일을 이루기 위해 여러 가지 방법이 동원되었던 것을 우리는 초창기의 역사를 통해 알 수 있다.

1945년 8.15해방 후 수년간 남한 내부에서 남로당(南勞黨) 세력이 공산주의 운동을 강력하게 진행하면서 많은 사람들을 포섭해 공산주의 사상을 주입시켜 자기 편을 만들었다. 그들의 궁극적인 목적은 남한 내부에 공산주의 세력을 키워서 정부를 무너뜨리고 공산주의 통일국가를 만들려는 운동이었을 것이다. 그에 따라 그들은 전국 각처에서 테러를 감행했다. 그때 그들의 테러로 인해 경찰서와 지서가 불탄 참상을 필자는 직접 목격했다. 모든 국민이 그때 공산주의 활동으로 인해 고통을 겪었던 때가 있다. 이렇게 적화 통일을 이루기 위해 투쟁했던 그들의 노력도 결국 실패하고 뜻을 이루지 못했다.

그리고 6.25전쟁을 일으킨 사실이다. 힘으로 남한을 점령하고 공산통일(적화통일)을 이루려는 목적이었을 것이다. 그러나 이 방법도 실패로 돌아가고 말았다. 전후(戰後)에도 북한에서는 적화통일의 욕망을 버리지 않고 계속 진행되어 왔다는 말을 듣는다. 지금은 통일정책이 바뀌었는지 몰라도, 남한에서는 북한이 아직까지 적화통일의 야망을 그대로 가지고 있을 것이라고 믿고 있는 사람이 많다. 그러면서도 오늘날 남한에서는 북한 동포들도 같은 민족으로서 언젠가는 통일을 이루어 같이 살아야 할 가족이기에 여러 면으로 도움을 주고 있으며, 앞으로도 더 많은 협력을 하려고 여러 가지를 구상하고 있다.

그러나 여기서 분명히 알아야 할 것은 '북한이 적화통일의 욕망을 버리는 것이 전제(前提)되어야만 할 것이다.' 그리고 그 증거가 나타나야 할 것이다. 만약 그렇지 않다면 협력하는 것이나 도와주는 것도 가치가 없을 것 같다.

◎ 7.4 남북 공동성명(南北共同聲明) 발표

1972년 7월 4일 서울과 평양에서 7.4 남북 공동성명을 발표했다. 남한 측 대표와 북한 측 대표가 서울과 평양을 오가면서 합의문을 만들어 낸 것인데, 발표문 서두에 보면, "쌍방은 조국의 평화적 통일을 하루 빨리 가져와야 한다는 공통된 염원을 안고 허심탄회하게 의견을 교환했으며,"라는 표현이 있다. 이 표현을 자세히 보면 그때의 시점은 분단된 지 27년밖에 되지 않았지만 분단의 역사를 너무 길게 느끼면서 '하루 빨리'라는 표현을 썼다. 그러나 오늘날 현재의 이 시점은 남북으로 분단된 지 60년이 훨씬 넘는 세월을 보내고 있으나 남북한 정부 담당 부서에서나 기타 권위 있는 기관에서 통일에 대해 **'하루 빨리'**라는 용어를 사용하는 것은 듣지 못하고 있다. 하지만 분명한 사실은 남북통일은 반드시 해야만 하고, 평화적으로 해야 하며, 할 수 있는 대로 빨리 해야만 할 것입니다. 그리고 통일 후에는 자유와 풍요로움이 있는 양질(良質)의 국민 생활이 전제되는 최선의 방법으로 통일작업이 시작되어야 만 할 것입니다.

7.4 남북 공동성명은 남북한이 통일을 소망하면서 그 진행을 목적으로 남북한 쌍방이 합의한 내용이기에 가치가 있다.

◎ 7.4 남북 공동성명의 내용

① 쌍방은 다음과 같은 조국통일 원칙들에 합의를 보았다.

　첫째, 통일은 외세에 의존하거나 외세의 간섭을 받음이 없이 자주적으로 해결해야 한다.

둘째, 통일은 서로 상대방을 반대하는 무력행사에 의거하지 않고 평화적 방법으로 실현해야 한다.

셋째, 사상과 이념, 제도의 차이를 초월해 우선 하나의 민족으로서 민족적 대단결을 도모해야 한다.

② 쌍방은 북과 남 사이의 긴장상태를 완화하고 신뢰의 분위기를 조성하기 위 해 서로 상대방을 중상 비방하지 않으며, 크고 작은 것을 막론하고 무장 도발을 하지 않으며, 불의의 군사적 충돌사건을 방지하기 위한 적극적인 조치를 취하기로 한다.

③ 쌍방은 끊어졌던 민족적 연계를 회복하며 서로의 이해를 증진시키고 자주적 평화통일을 촉진시키기 위해 남북 사이에 다방면적인 제반 교류를 실시하기로 합의한다.

④ 쌍방은 지금 온 민족의 거대한 기대 속에서 진행되고 있는 남북 적십자 회담이 하루 빨리 성사되도록 적극 협조하기로 한다.

⑤ 쌍방은 돌발적 군사 사고를 방지하고 남북 사이에 제기되는 문제들을 직접, 신속 정확히 처리하기 위해 서울과 평양 사이에 상설 직통 전화를 놓기로 한다.

⑥ 쌍방은 이러한 합의사항을 추진시킴과 함께 남북 사이의 제반 문제를 개선 해결하며, 또 합의된 조국통일 원칙에 기초해 나라의 통일문제를 해결할 목적으로 이후락 부장과 김영주 부장을 공동위원장으로 하는 남북 조절위원회를 구성, 운영하기로 한다.

⑦ 쌍방은 이상의 합의사항이 조국통일을 일일천추로 갈망하는 온 겨레의 한결 같은 염원에 부합된다고 확신하면서 이 합의사항을 성실히 이행할 것을 온 민족 앞에 엄숙히 약속한다.

서로 상부의 뜻을 받들어

ㅇㅇㅇ : ㅇㅇㅇ

1972년 7월 4일

이렇게 쌍방이 합의한 내용들은 통일을 이루어야 한다는 전제(前提)하에서, 통일을 이루는 과정에서는 외세에 의존하지 말고 우리끼리, 그리고 평화적으로 해결해야 한다는 정당하고 원칙적인 것이었으나 구체적인 것은 손도 대지 못한 상태였다. "사상과 이념 제도의 차이를 초월해 우선 하나의 민족으로서 민족적 대 단결을 도모해야 한다."라고 하는 대목을 볼 때 사상과 이념, 제도는 손댈 수 없는 형편에 놓여 있었다. 그렇기 때문에 '우선'이라는 표현을 쓴 것으로 이해된다.

그 후 37년이 지난 오늘날에도 사상과 이념, 제도의 차이는 여전히 존재하고 있음을 볼 수 있다. 그러면서도 통일에 대한 간절한 염원(念願)은 여전하다. 그때 나랏일을 위해 몸담았던 분들은 그처럼 이념의 장벽은 높지만 같은 민족이기에 통일은 꼭 이루어야 한다는 신념으로 남북 조절위원회를 만들어 활용하면서 노력했던 것을 오늘날 우리는 높이 평가해야 할 것이다. 그러면서도 아쉬운 것은 그처럼 공을 들이면서 회담을 했지만 결과는 아무것도 없었고, 그 후에는 더욱 더 냉각 상태가 되었다는 점이다. 그 후 역대 정부에서 통일방안들을 말해왔으나 연속적으로 다듬어지면서 전수된 일관된 통일방안(統一方案)은 없는 것으로 알고 있다.

우리 한국(남한)의 통일방안은 최 근래의 것으로는 김대중 전 대통령의 통일방안이 있는 편이다. 이 방안도 상대편에게 인정받은 것은 아니고 북한의 방법과 닮은 데가 있기 때문에 연구해보자 하고 머물러 있는 상태이며, 그 안(案)도 나이를 먹어가면서도 움직이지 못하고 있다. 이것은 3단계로 되어 있다. 즉 **제1단계 남북연합단계, 제2단계 연방단계, 제3단계 완전통일**을 실현하는 것이 그것이다. 통일을 염원하면서 구상한 원론적인 것으로 이해된다.

이 방안을 자세히 보면 **2단계인 연방단계**의 통일 시에는 "외교와 국방은 연방(聯邦)이 완전 장악한다."라고 간단히 말하고 있지만, 이 대목이 실현되자면 남북한 쌍방이 통일을 이루기 위하여 본론적인 회담을 하여 통일헌법(統一憲法)을 탄생시켜야만 실현이 가능할 것이다. 그런데 문제는 이 통일헌법을 만들기 위해서는 남북한 당국 간의 협상을 통해 모든 안건들이 의논되어 합의(合意)를 도출해 내야만 할 것이다. 그러나 통일을 이루기 위해 남북회담이 열렸다고 가정할 때, 여러 가지의 큼직큼직한 내용들을 과연 협상(協商)으로서 합의를 도출해낼 수 있을는지 염려와 의문이 앞선다. 지난날 각양의 남북회담의 경험을 볼 때 협상으로서 통일헌법이 탄생될 수 있을는지 의문이 생기는 것이다. 현재로서는 **'불가능하다'**고 단언해도 틀린 말은 아닐 것 같다.

그리고 북한에서도 아직까지 뚜렷하고 권위 있는 통일방안이 나와 우리 한국(남한)으로부터 동의(同意)를 얻어낸 것이 없다. 아직까지는 막연하게 원론적인 구호로만 부르는 것같이 보인다. 북한에서도 통일 방안이 시대가 지날수록 조금씩 변천되는 것을 볼 수 있다. 처음의 통일정책은 적화통일이었으나, 다음에는 **연방제 통일방안, 고려연방제 통일방안, 낮은 단계(느슨한) 연방제 통일방안** 등 여러 가지로 표현하고 있는 것으로 알고 있다. 이런 방안들을 실행하려면 남북한 당국 간의 협상으로서 모든 문제가 합의되어야만 가능할 것이기 때문에 너무나 힘든 난코스를 남겨놓은, 그저 원론적인 방안으로만 보인다.

이렇게 남북한 국민과 쌍방의 정권 담당자들, 모두가 통일을 간절히 원하면서도 통일의 코스가 너무나도 험난해 엄두를 내지 못하면서 손을 못 쓰고 있는 실정인 것 같다. 우리 민족은 반드시 통일을 해야만 한다. 너무 멀리 미루면 안 된다. 통일을 하지 않고 따로따로 국가를 발전시키려 하기보다는, 먼저 통일을 하고 통일의 바탕 위에서 통일조국을 발전시키면 훨씬 효율적일 것이며, 반드시 이렇게 되어야만 할 것이고 또 이렇게 되도록 노력해야만 할 것이다.

필자는 우리 민족의 역사를 읽으면서 남북한이 통일할 수 있는 가능한 방법을 발견했다. " 아, 바로 이 방법이다."라는 생각이 들었다. 우리의 선조들이 실행했던 그 방법을 따라하면 틀림없이 통일이 되겠구나 하면서 감탄했다. 남북한의 모든 것이 통합되는 과정을 상상하면서 나 혼자 환호성을 지르며 통일의 동영상을 감상하면서 흥분이 되기도 했다. 이 방법은 공교롭게도 우리 선조들에게서 나온 것이다. 우리의 선조들이 실행해 성공했던 방법이다. 그래서 오늘날의 남북한 통일도 그와 같이 따라하면 통일이 쉽게 이루어질 수 있고, 남북한 양편의 모든 계층에 있는 사람들이 다 즐기면서 할 수 있을 것을 조금도 의심치 않는다.

그래서 필자는 이 고귀한 내용을 이 책에서 정성 들여 상세히 소개하면서, '**경순왕 따라하기 식 통일방법**'이라고 이름을 붙였다. 우리 7천만 국민이 다 공감할 것을 믿어 의심치 않는다. 그래서 모든 국민이 한 사람도 빠짐없이 이 책을 읽었으면 하는 바람 간절하다. 그리고 북한의 정권 담당자들과 일반 인민들도 읽어야 할 것이다. 물론 해외에 있는 우리 동포들과 우리나라를 사랑하거나 관계 있는 외국인들에게도 읽히기를 바란다. 그리하여 통일의 열기(熱氣)가 우리 모두의 마음을 달구어 조국통일의 합창을 힘차게 함께 불렀으면 한다. 이렇게 통일의 열기가 우리 겨레의 가슴에 꽉 찰 때 통일하는 작업의 시동이 걸려 우리 민족 전체가 잔치 분위기 속에서 남북통일이 성사될 것을 믿는다.

제5장

통일이 되어야 하는 이유는 무엇이며 어떤 유익이 있는가?

[1] 통일이 되면 군사적 충돌의 염려가 없어진다

분단 상태가 계속되면 여러 면으로 협력하면서 사업을 벌인다 해도 군사적인 충돌 가능성은 항상 있을 것이다. 실질적으로 2002년 6월 29일 서해의 연평도 근해에서 북한군 경비정과 한국군 경비정 사이에서 교전이 벌어져 남북한 쌍방의 젊은 군인들이 희생된 일을 회상할 수 있다. 그때의 충돌 시점을 보면 남북한 간 화해 무드가 조성될 때였다는 사실이다. 북한을 돕는 운동이 민간단체와 정부 차원에서 이루어지고 있었고, 김대중 대통령이 많은 선물을 들고 북한에 가서 남북 정상회담이 이루어진 후의 시점이라는 데서 문제가 된다. 여기서 우리가 생각해야 할 것은 분단 상태에서는 아무리 오가면서 도와주고 도움 받으며 화해 무드가 조성된다 하더라도, 쌍방의 군대가 휴전선에서 상대방을 의식하면서 촌각을 소홀히 하지 않고 경계근무를 서고 있는 이상 양군간의 충돌의 가능성은 없어질 수 없다는 사실이다.

군인들의 임무는 긴장을 늦추지 않고 항상 경계하는 것이 본연의 임무이기 때문에 한 치의 양보도 있을 수 없고, 어떤 극한 경우에는 힘으로 대결해야만 한다. 이런 지침은 쌍방이 마찬가지일 것이므로 언제 충돌이 발생할는지 아무도 모른다. 또한 직접적인 충돌은 아니더라도 양편에서 설전(舌戰)이라도 하면서 전쟁에 대한 공갈을 친다면 사람들의 마음이 요동하고 안정이 깨어져 공포 분위기가 조성되면서 국가의 살림살이에 큰 영향을 미치게 된다. 우리 민족은 불행하게 군사적으로 대결상태의 틀 속에서 위험을 덮어쓰고 살아가고 있다는 것을 생각하면 한탄스럽기 한이 없다.

남북한의 군대가 배치되어 있는 것을 보면, 휴전선 군사분계선을 기점으로 남북 각각 2㎞ 지점의 남방 한계선과 북방 한계선에 철조망을 세우고 진지를 구축하여, 이편에서 저편까지 4km의 비무장 지대(DMZ)가 설치되어 있다. 이런 여건 속에서 우리의 국군과 북한의 인민군은 경계 태세에서 항상 경성하고 있어 언제 어디서 어떤 일이 발생할는지 알 사람은 아무도 없다. 만약 군사적인 충돌이 발생하면 초를 다투는 속전속결이 필요할 때가 있다. 이렇게 되면 상부에 보고하고 명령을 기다릴 겨를이 없는 경우도 있기 때문에 의도적이 아니어도 확전(擴戰)될 가능성이 있다. 확전이 되면 전면전(全面戰)으로 이어질 수도 있는 위험이 항상 존재한다. 이렇게 될 가능성은 희박하지만, 그 가능성을 배제할 수는 없을 것이다.

만약 전면전이 일어나면 우리 민족은 멸망할 것이다. 어느 편이 이기고 지는 것이 아닐 것이고 다 멸망하고 말 것이다. 사람이 맨손으로 싸우면 큰 희생은 없을 것이나, 손에 칼을 들고 싸운다면 양편 다 크게 다칠 우려가 있다. 이와 같이 우리 남북한의 대결은 최첨단 살상무기와 파괴력이 강력한 무기들로 무장한 양편의 군대가 있어 그 위력은 엄청날 것이다. 이 지구상에서 인류 역사가 이어져오면서 수많은 전쟁이 있었지만, 그 어떤 전투장(戰鬪場)보다도 더 위험하게 짜인 것이 우리 남북한의 군사 대결의 모습일 것이다. 그런데도 우리는 안전에 대해 위험을 느끼는 감각이 너무나 무뎌진 채 살아가는 듯하다. 그래서 근본적인 충돌 방지의 해결책은 통일이 되어 하나의 군대를 만들어야 한다는 것이다.

[2] 통일이 되면 국토가 넓어진다

우리나라는 인구에 비해 국토가 좁기 때문에 간척사업으로 국토를 넓히고 있는 실정이다. 그러나 휴전선 비무장지대(DMZ) 남북의 길이 4km가 그냥 버려진 상태에 있다. 이 비무장지대 중에는 비옥한 땅이 많다. 땅이 좁은 우리나라로서는 막대한 손실이기에 아깝기 그지없다. 얼마 전에 임진각을 거쳐 임진강을 건너 도라산 역(都羅山驛)을 관람하고 도라 전망대에 올라갔을 때, 안내자가 주위 상황을 설명하면서 바로 앞에 있는 묵은 들이 비무장지대이며 그 너머로 북쪽으로는 북한 땅이라고 했다. 이렇게 넓고 평평한 땅이 우리 앞에 있는데 마음대로 오갈 수 없이 경계를 만들고, 그 땅에는 아무것도 심지 않은 상태에서 비옥한 들이 황무지가 되어 있는 실상은 참으로 서글픈 현실이 아닐 수 없다. 넓은 들이 그대로 묵은 것을 보니 너무 아까운 생각이 마음을 아프게 했다. 이렇게 묵은 땅이 앞에 보이는 이것뿐이 아니라, 우리나라 서쪽 바다 황해(黃海)에서부터 동해(東海)에 이르기까지 넓은 땅이라는 것을 생각하니 더더욱 아까운 생각이 내 마음을 요동치게 만들었다. 통일이 되면 이 모든 땅이 공짜로 생기니 국토가 넓어지는 것과 마찬가지라는 사실을 새삼 깨달았다.

도라 전망대에서 비무장지대(DMZ)와 북한 땅을 멀리서 관람한 후 자동차를 타고 남쪽으로 내려오면서 밖을 보니 사람이 보이지를 않는다. 그때 비로소 생각이 난다. 민통선이라는 말을 많이 들었는데, 여기가 바로 일반 민간인이 출입을 통제받는 구역이라는 것을 알았다. 민통선이란 말은 비무장지대 바깥 남방 한계선을 경계로 하여 거기서부터 남쪽으로 5-20km의 지역을 말하며, 민간인이 출입통제를 받는다. 이와 같은 지역도 국토 서쪽에서부터 동쪽 끝까지이니, 그 땅의 넓음을 알 수 있다. 그런데 이런 지역이 모두 통제를 받는 지역이라 효율적으로 개발되지 못하고 있다. 이런 여건은 남한에서만 그런 것이 아니라 북한 지역도 마찬가지일 것이다. 우리의 국토 한반도의 허리 같은 중앙

부분의 넓은 땅이 이용되지 못하고 있으니 결국 우리 민족이 손해를 보는 것이다. 그러나 통일이 되면 이런 땅들이 우리나라의 중앙에 위치한 금싸라기 땅이 될 수 있다는 것을 생각하면서, 통일이 될 때 국토가 넓어진다고 말해도 과장된 표현이 아님을 자신 있게 말할 수 있다. 간척사업을 해 억지로 국토를 넓히고 있는데, 통일이 되면 이 금싸라기 땅이 공짜로 생기는 것이다.

[3] 통일이 되면 북한의 탈북자 문제가 해결된다

많은 사람들이 북한을 탈출했고 앞으로도 계속 탈출할 것으로 예측된다. 죽음을 무릅쓰고 정든 고향땅을 등지고 압록강, 두만강을 건너 새로운 삶의 땅을 향해 탈북하는 자들이 있어, 북한 당국에서는 진통을 겪고 있는 듯하다. 어떤 이유이건 간에 북한 땅에는 희망이 없어 더 좋은 세상을 그리워하며 결사각오의 결단에서 움직이는 것이니, 용감하다고 평하면서도 너무나 가련해 연민의 정을 느끼지 않을 수 없나. 북한 땅을 탈출해 천신만고 끝에 남한으로 오는 사람들도 있지만, 우리가 여기서 듣는 바로는 북한 탈출을 시도할 때 감시병의 눈을 피해야 하기 때문에 위험을 무릅쓰고 강을 건너다 익사하는 사람도 있고 감시병에게 희생당하는 사람도 있으며, 더러는 강을 건너지도 못한 채 감시병에게 붙잡혀 북한 당국으로부터 모진 고통을 받는다고 한다.

그러는 중에서도 일단 강을 건너 탈출에는 성공했지만 중국 땅에서 불법 입국자가 되어 중국 경찰에게 붙잡혀 북한으로 강제 송환되는 사람도 있다고 한다. 그리고 일부는 중국 경찰의 눈을 피하면서 한국으로 가야 하기 때문에 무한히도 고생을 해야 한다고 한다. 북한을 떠나 강을 건너 중국 땅에 들어가기는 했지만, 중국 정부로부터 입국 허가를 받은 것이 아니라 불법으로 입국했기 때문에 중국에게 죄인의 신분이 되었고, 북한에게는 탈북자로서 죄인이 되어 있어 양국 모두에게 죄인이 되어, 신분을 감추고 그저 한국을 동경하면서 인간 이하의 고생을 하는 사람들이 있다는 말을 들을 때, 이것은 탈북자들 개개인의 문제만이 아니라 우리 민족의 슬픔이다. 이렇게 죄인을 만들어 내는 틀이 짜인 것은 우리 민족 분단의 비극이다. 그들도 우리의 이웃이요 우리 민족이요 형제이다. 이런 전투는 남북분단으로 말미암아 파생된 비극이다. 이들의 목적지는 다른 나라가 아니고 같은 민족이 사는 남한이다. 남한을 동경하면서 사생결단의 탈출 전쟁을 치르는 것이다. 탈북하는 사람도 인간의 존엄성을 갖고 태어났기 때문에 세상의 어느 한 곳에서 살 권리가 있을 것인데, 이러지도 저러지도 못하는 처량한 우리 민족의 난민(難民) 됨이 너무 불쌍하다.

우리는 여기서 어떤 자에게 연민의 정을 보내야 할까? 첫째로 탈출에 실패하고 북한에서 죄인이 되어 고생하는 우리의 형제들이다. 다음으로 일단 탈북은 했지만 중국 땅에서 발각되지 않으려 고생하는 우리의 동족일 것이다. 불법 입국자로서 약점이 잡혀, 어느 누구에게 볼모로 잡혀 시키는 대로 해야만 하는 여건 속에서 인간 이하의 고생을 하는 사람도 있다는 말을 들을 때, 이것은 우리 분단국가의 죄악이라고 단정하고 싶다. 그들이 정말 가련하다. 어쩌다가 우리 민족이 이렇게 되어 우리의 형제를 그렇게 인간 이하의 삶을 살게 하는지, 너무나도 애처로워 정말로 눈물이 난다.

또 북한 당국의 입장에서 본다면 탈북자들을 그냥 보고만 있을 수는 없는, 정말로 골치 아픈 일임에는 틀림없다. 그냥 버려둔다면 탈북자가 늘어날 가능성이 있고, 내부적으로 여러 가지의 부작용이 생길 수 있을 것이다. 만일 그 수가 많아져 나중에는 감당하지 못할 정도로 탈북(脫北) 홍수를 이룬다면 그때는 정말로 큰 문제가 될 것이다. 북한의 민심이 흔들릴 것이고 정권이 위태로워질 것이기 때문이다. 그러므로 체제수호(體制守護) 차원에서 볼 때 반드시 억제를 시켜야 하기 때문에 철저히 단속하는 것으로 이해된다.

그러나 문제가 되는 것은 탈북에 실패한 사람들을 가혹하게 다스리므로 인권문제가 발생되어 국제사회로부터 이미지가 손상된다는 점이다. 그러나 보니 인권이 멸시되기 때문에 유엔을 비롯해 국제사회에서 북한의 인권 문제를 거론 하고 있다. 그러므로 북한 당국에서도 정신을 차려야 하는 것은, 이들을 계속 엄벌로 다스리면 그에 대한 부작용이 있을 것이다. 근본적인 해결책이 요구된다.

하기야 대부분의 나라에서는 자기나라를 떠나 다른 나라에 가서 살려는 의사(意思)가 있어 다른 나라로 가기를 힘쓴다 하더라도 그것을 죄악시하지 않는다. 우리 한국(남한)에서는 한국을 떠나 다른 나라로 이민을 가고 싶으면 개인적인 능력이 있으면 얼마든지 한국을 떠날 수 있다. 그러나 만약 남한을 떠나 북한에 가서 살겠다고 한다면 문제는 다를 것이다. 이런 남북한의 관계를 보더라도 아직까지 대결 국면에 있는 것이 분명하다. 이러고 보면 탈북자들의 딱한 사정은 북한만의 문제가 아니라 우리 남북한 공동으로 우리의 민족적인 문제인 것은 틀림없는 일이다.

그러면 이런 민족적인 문제를 어떻게 풀어야 하는가? 이 문제를 해결하는 방법을 반드시 강구해야만 할 것이다. 그 방법은 단 하나밖에 없을 것인데, 남북을 통일하는 일밖에는 다른 방법이 없다. 통일을 멀리 미루면 이런 문제들이 계속될 것은 분명한 것 같다.

[4] 통일이 되면 이산가족을 상봉케 할 수 있다

이산가족의 발생은 1945년 해방과 동시에 남북이 분단되면서부터 시작되었다. 대부분의 이산가족들은 전쟁의 와중에서 헤어진 것으로 알려져 있다. 6.25전쟁으로 인해 북한에서 남한으로 내려온 사람들의 수가 셀 수 없을 정도로 많아 북한의 인구는 줄어들었고 남한의 인구는 늘어났다. 물론 남한의 국민들 중에서 북한으로 간 사람들도 있었을 것이나 월남한 사람들의 수와는 비교가 될 수 없다고 한다.

국군과 유엔군은 인천상륙 작전 성공의 여세를 몰아서 38선을 넘어 일사천리로 북진해 평양을 점령하고, 또 북진해 압록강과 두만강까지 전 국토를 거의 회복해 통일을 눈앞에 둔 상태였는데, 이때 중공군이 참전해 인해전술을 펴면서 대항하여 국군과 유엔군은 또다시 후퇴를 하게 되었다. 이때는 1950년이 저물어 가는 추운 겨울철이었다. 국군과 유엔군은 북한 땅에서 후퇴를 시작해 북한 지역 전부를 내어주면서 남쪽으로 후퇴의 급물살을 이루었다. 그때 공산 치하를 싫어하던 북한 주민들이 남한으로 피난을 오게 되었는데, 이들 중에는 가족 전부가 남한으로 내려온 사람들도 혹 있었겠지만, 일부가족을 북한에 남겨둔 채 남한으로 내려온 사람들이 많았다. 이렇게 하여 이산가족이 엄청나게 발생하여 1천만 이산가족이라는 그 수가 많음을 표현하고 있다. 그때가 북한의 주민들에게는 남쪽으로 월남할 수 있는 절호의 기회였을 것이다. 그러나 그때는 너무나 추운 겨울이었다. 만약 겨울철이 아니고 따뜻할 때였다면 더 많은 사람이 월남했을 것이라고 추리할 수 있을 것이다. 그때 후퇴하는 군인들과 함께 남쪽으로, 남쪽으로 많은 인구의 이동이 홍수를 이루는 장면이 상상되기도 한다.

중공군이 인해전술을 펴면서 그들의 장비와 무기를 가지고 남쪽으로 전진했고, 유엔군과 국군이 장비를 가지고 육해공을 통해 남쪽으로 후퇴의 급물살을 이루었다. 철수하는 군인들과 행보를 같이해 북한 땅을 등지고 피난 보따리를 짊어지고 남쪽으로 이동하는 북한 사람들의 피난 행렬이 한꺼번에 쏟아지는 인파의 밀물을 상상해볼 수 있다. 교통수단의 혜택을 볼 수 있었던 사람들은 얼마 못 되었을 것이고, 그냥 걸어서 38선을 넘어 남쪽으로 내려왔을 것이다. 1950년 12월 14-24일 사이에는 동부전선의 유엔군 12만 명과 피난민 10여만 명이 흥남(興南) 부두에 모여 해상으로 철수했다고 한다. 당시에 북한 주민들이 남한 땅을 그리워하며 흥남 부두에 집결하여 후퇴하는 선박에 몸을 싣기 위해 혹독한 겨울 추위에 떨면서 북적거리다가, 가족들의 손을 놓아 버리면 찾을 길이 없었을 것이고, 그만 이산가족이 되고 말았을 것이다.

흥남부두의 함상 철수 장면을 상상하면서 "굳세어라 금순아"라는, 우리 민족에게는 구슬픈 비애(悲哀)의 노래가 창작되어 널리 불렸다. 12월 겨울철 세찬 바람이 부는 흥남 부두에서 한 오빠가 여동생 금순이의 손을 잡고 큰 배에 몸을 싣기 위해 대기하다가, 그만 동생의 손을 놓아 버려 동생을 잃고 찾지 못해 이산가족이 되었다. 애태우면서 세월을 보내다가 잃어버린 동생 금순이 생각을 읊은 노래일 것이다. "굳세어라 금순아"라는 노래의 가사는 다음과 같다.

1절 눈보라가 휘날리는 바람찬 흥남 부두에
목을 놓아 불러봤다 찾아를 봤다
금순아 어디를 가고 길을 잃고 헤매었던가
피눈물을 흘리면서 일사 이후 나 홀로 왔다
2절 일가친척 없는 몸이 지금은 무엇을 하나

이내 몸은 국제 시장 장사치기다

금순아 보고 싶구나 고향 꿈도 그리워진다

영도다리 난간 위에 초생달만 외로이 떴다

3절 철의 장막 모진 설움 받고서 살아를 간들

천지간에 너와 난데 변함 있으랴

금순아 굳세어다오 남북통일 그 날이 되면

손을 잡고 울어보자 얼싸 안고 춤도 취보자

이렇게 우리 민족은 이 노래를 따라 부르면서 슬픔의 눈물을 흘렸다. 잃어버린 여동생 금순이 이야기인데, 이 노래의 가사를 보아도 이산가족의 슬픔을 느낄 수 있다. 12월 추운 겨울 흥남 부두에서 북적거리면서 눈물겨웠던 그 실상, 지나간 사연이라고 어찌 잊어버릴 수 있을까?

노래의 가사와 같이, "금순아 어디를 가고 길을 잃고 헤매었던가, 피눈물을 흘리면서 일사 이후 나 홀로 왔다. 금순아 보고 싶구나 고향 꿈도 그리워진다. 영도다리 난간 위에 초생달만 외로이 떴구나, 금순아 굳세어다오 남북통일 그 날이 되면 손을 잡고 울어보자 얼싸안고 춤도 취보자." 하고 부르짖던 금순이의 오빠는 60년이 가까운 세월을 보내면서 마음속에서 그리운 동생 금순이는 앳된 소녀로 보인다. 하지만 지금 만난다면 그 얼굴은 주름살이 덮인 노인의 얼굴일 것이니, 지나간 세월이 너무나도 안타깝고 야속할 뿐이다.

이러한 여건 속에서 상봉을 그리워하면서 애태우는 이산가족이 아직까지 많을 텐데, 지체할 시간이 별로 없을 것이다. 통일의 그 날이 앞당겨지기를 기다리는 마음 간절하다. 그때 전쟁으로 인해 북한의 많은 주민들이 가족과 친척들을 북한 땅에 남겨둔 채 공산정권 치하를 탈출하여 자유로운 삶을 찾아 남쪽으로 내려와 남한 땅에 정착하여 오늘까지 살아오면서, 헤어졌던 가족을 그리워하며 다시 만날 그 날을 고대하고 있을 것이다. 이들에게는 한을 안고 살아온 세월이었을 것이다. 헤어졌다가 얼른 다시 합할 희망을 가지고 잠깐 동안 헤어진 것이 육십 년이 가까운 세월이 흘렀다. 다시 만나기를 기다리다가 한을 안고 타계한 사람들이 수도 없이 많았을 것이고, 오늘까지 생존한 이별의 당사자들은 나이가 들어 가물거리는 기억을 가지고도 다시 만날 수 있는 그 날을 기다리고 있을 것이다. 그러므로 이들의 한을 하루라도 빨리 풀어야 할 것이다.

이제부터 우리가 해야 할 일은 이산가족이 상봉할 수 있는 여건을 만드는 것이다. 요사이 이산가족이 상봉하는 장면을 텔레비전으로 보여주기도 하지만, 그 많은 이산가족을 이렇게 견본으로 상봉케 해서는 안 될 것이다. 그때 전란 속에서 헤어진 1세대들에게는 벌써 60년이라는 세월이 쏜살같이 지나갔으니, 그들 중 지금까지 생존해 있는 사람이 얼마나 될까? 생존했다 하더라도 그때의 젊음은 세월이 다 빼앗아가고 주름살만 가득한 노인들이 몇 명이나 이 땅에 생존하고 있으면서 가족을 그리워하고 통일을 사모하고 있을까? 지나간 세월이 아깝고 인생이 짧은 것이 한스러울 따름일 것이다. 이산가족들이 상봉할 수 있는 여건을 만들지 못하고 오늘까지 이어져 오게 한 우리들의 죄가 너무 큰 것 아닌가?

또 헤어짐의 당사자들에게서 태어난 후손들이 존재하고 있을 텐데, 이들이 자기 피붙이를 한 번이라도 만나기를 간절히 사모하고 있다. 그들의 상봉의 해법이 어디 있을까? 세월이 더 흘러가면 헤어짐의 당사자들에게는 상봉의 그 시점보다 인생의 수명이 모자라 한번 만나 보지도 못하고 그저 한을 안은 채 이 세상을 떠나야만 한다. 이런 비운(悲運)을 안고 사는 운명이니 구슬프기 한이 없다. 부모와 자식 간에 또는 형제간에 생이별하고 눈물과 한숨으로 나날을 보내다가 세상을 떠나야만 했고, 아직까지 남은 이산 1세대들이 한을 안고 저 세계로 가고 있다. 죽기 전에 한 번이라도 만나기를 고대하는 사람들이 아직도 있는데, 남북한의 관계가 어떻게 꼬이고 꼬여서 부모 형제간에도 만나지 못하는 틀이 짜여 있으나 이것을 해결하지 못하고 애태우는 것을 생각하면 정말로 한심하지 않을 수 없다. 이것이 오늘날 우리 민족이 지니고 있는 지병(持病)인 것 같다.

인도적(人道的)인 차원에서 볼 때, 이 문제는 속히 해결해야 할 최우선 과제이다. 그러나 통일이 되기 전에는 전체적인 상봉은 불가능할 것이다. 완전한 이산가족의 상봉은 남북통일이 유일한 해법일 것이다. 이산가족으로서 상봉을 사모하는 사람들은 통일의 그 날을 더 급하게 재촉하면서 불러들여야 할 것이다. 통일이 이루어지면 피차가 삶의 현장까지 가서 만날 수 있을 것이고, 형편에 따라 가족이 합할 수도 있을 것이다. 이런 날이 빨리 와서 나이 든 어른들이 자식에게 효도를 받을 수 있게 해야 하고, 또 효도할 수 있는 여건을 만들어 주어야 할 것이다. 이산가족의 슬픔을 안고 살아온 우리의 사랑하는 이웃에게 우리는 상봉의 기쁜 날이 속히 올 수 있도록 성원하며 상봉의 여건을 만들어 주어야 할 것이다. 이런 문제들을 근본적으로 해결하기 위해 통일을 관심권 안으로 끌어들여 힘차게 통일을 합창하면 기쁨의 그 날이 빨리 다가올 것이라고 믿는다.

[5] 통일이 되면 남북한(南北韓)을 의식(意識)하는 국민 간의 갈등(葛藤)이 끝날 수 있다

1945년 해방 후 3년간의 과도기를 보낸 후 남북한이 따로따로 건국되면서 남한에는 자유 민주주의 사상이 정착되었고 북한에는 공산주의 사상이 정착되었다. 따라서 세계적인 냉전의 영향을 받으면서 사상적으로 대결하는 구도(構圖)가 형성되어, 불행하게도 서로 상극(相剋)으로 완전히 대결 상대자가 되어 양극화된 두 개의 축이 형성되었다. 이렇게 되었을 때 남한 내부에서는 반공을 국시로 해 전 국민이 공산주의를 배격하는 사회가 되어 공산주의 사상을 가진 자는 설 곳이 없었다.

이러한 여건이 형성되었음에도 불구하고 국민들 중에 더러는 공산주의 사상에 매료되면서 그들에게 포섭 당해 반국가적인 활동을 격렬하게 하던 때가 있었다. 결국 남북한을 의식하면서 국민간의 갈등이 생겨나게 되었음을 볼 수 있다. 이러한 갈등은 건국을 전후 한 초창기 때의 일이었다.

오늘날에 와서는 위에서 논한 살벌한 갈등이 세월이 많이 흐름에 따라 그 양태와 성격이 변천되면서 획기적으로 완화되었다. 그러나 아직까지도 국민들 간에 북한을 의식하는 관념에 따라서 의견이 달리 표출되고 같은 생각을 가진 사람들끼리 그룹 이 형성되면서 갈등이 생겨나는 듯한 인상을 보여주기도 한다. 물론 모든 나라에서도 갈등은 있을 수 있으나 케이스(case) 별로 의견을 달리하는 단순한 갈등일 것인 데 반해, 우리 사회의 내부 갈등은 분단 상태에서는 없어지지 않을 갈등이다. 북한을 의식하는 시각에 따라서 시국(時局)을 보는 시각과 우리와 맹방인 미국을 보는 시각, 그리고 안보에 대한 민감성의 차이에서 생겨나는 갈등이라고 할 수 있을 것인데, 결국 분단으로 인해 파생되는 갈등이라고 생각된다.

우리 국민들의 의식을 보면, 대부분의 국민들은 사상 면으로나 국가안보 차원에서는 보수(保守)를 하고 있는 듯하다. 이 보수주의 사람들은 시국을 보는 관점에 있어서, 지난날 북한이 적화통일을 이루기 위한 목적으로 전쟁을 일으켰으며, 아직까지 적화통일의 욕망을 완전히 버렸다는 확실한 증거가 없고 또 강력한 군대를 보유하고 남쪽을 향해 포신과 총구를 겨누고 있기 때문에 잠시라도 방심하면 안 되고 철저히 경계해야 한다는 완벽주의 사고(思考)를 지니고 있는 것을 느낄 수 있다. 조그마한 허점이라도 생기면 낭패를 당할 수 있기 때문에 국가 안보에 철저해야 한다는 것이고, 주한 미군은 전쟁 억지력(抑止力)을 행사하고 있기 때문에 주한 미군이 절대로 필요하다는 것을 주장하고 있는 것으로 알고 있다. 그러나 보수진영의 반대편에 있는 사람들은 안보에 대해 민감함이 보수진영 인사들보다는 다소 약한 것 같은 느낌을 주면서 갈등을 빚고 있는 듯하다.

보수주의 생각을 가진 사람들 중에는 다는 아니지만 비교적 친미적이요 반공 사상을 가진 자들이 많은 것 같고, 그 반면 반대편에서도 다는 아니지만 비교적 일부분은 반미(反美)적인 색채가 있는 듯도 하고 북한에 대해는 좀 안이(安易)하게 생각하는 듯한 느낌이 들기도 한다. 이렇게 보수주의 사람들의 생각과는 차이가 있음을 볼 수 있다. 이러한 갈등은 남북통일이 이루어지기 전에는 양태(樣態)는 변할지 모르나 항상 있을 것이어서 이러한 폐단을 근본적으로 없애자면 통일을 해야만 한다.

때때로 군중집회가 열려 궐기하는 것을 볼 때가 있는데 염려스럽기도 하다. 단체로 행동을 하기 전에 먼저 정당성이 중요하고, 국익을 생각하면서 국가에 대한 애착심을 가지고 애국적인 행동을 해야 할 것이다. 냉정(冷靜)을 가지고 판단해 어떻게 움직이는 것이 국가와 사회에 유익이 될 것인가에 대하여 생각하고, 시국(時局)을 잘 판단하여 정답을 가지고 움직여야 할 것이다.

이런 것에 대해 비근한 예를 든다면, 맥아더 장군의 동상을 놓고 철거해야 한다는 쪽과 그러면 안 된다는 쪽이 대결한 적이 있는데, 이것도 국민간의 갈등으로서 자칫 잘못하면 큰일을 범할 수도 있다. 지금은 조용해졌는데, 또 어떤 문제가 생겨나 대결하지 않을까 조바심이 생긴다. 어떤 경우가 생겨난다 하더라도 대한민국 호(大韓民國號)는 흔들림 없이 계속 안전하게 항해해 나가야 할 것이다. 국가에 대한 안전장치는 안보에 대한 민감성이라고 생각된다. 우리 국민 모두가 국가의 안보를 위해 염려하는 생각이 있어야 하고, 국가와 사회에 대한 애착심(愛着心)이 있어야 한다. 대한민국 호가 흔들리지는 않을까, 잘못되면 좌초(坐礁)되지는 않을까 염려하는 애국심이 없다면, 아무리 정당하다고 소리를 높인다 해도 정당하지 못할 것이다.

분명히 깨달아야 할 것은, 중요하고 어떤 예민한 문제가 대두되는 경우에는 갈등으로 인해 위험이 따를 수 있다는 점이다. 단결하면 힘이 되지만, 만약 의견이 분열된 상태에서 불행한 사변(事變)을 당한다면 국운이 위태로울 수도 있다. 자칫하면 국민의 갈등이 사변을 불러들일 수도 있다는 것을 무게 있게 염려해야 할 것이다. 남북한을 의식하면서 생겨나는 국민간의 갈등은 우리 사회 안에 머물러 있는 폐단일 것인데, 통일되기 전에는 이러한 갈등이 없어지지 않을 것이다. 그러므로 우리는 하루 빨리 통일을 해야 할 것이다.

[6] 통일이 되어야만 주변국과 대등하게 살아갈 수 있다

우리나라는 지리적으로 거대한 중국과 일본 사이에 끼어 있다. 오랜 세월을 살아오면서 우리의 선조들이 이들 이웃의 큰 나라들에게 서러움을 당했고 자존심을 다 빼앗겼던 때가 있었다. 그 이유는 그들보다 약하기 때문이었다. 그래서 우리는 이웃의 거대한 국가들을 항상 의식하면서 살아야 한다. 우리나라의 이웃은 중국과 일본인데, 여기에 한 나라를 더 추가한다면 러시아일 것이다. 함경북도 북동쪽 두만강 최하류 지역의 짧은 거리(약 16km?)를 국경으로 해 러시아의 최 변방인 연해주와 접하고 있다. 러시아는 국토의 넓이도 세계에서 제일이고, 많은 인구에 군사력도 막강하며, 많은 지하자원을 보유하고 있어 앞으로 경제력도 엄청나게 커질 나라라고 모두들 말하고 있다.

우리 주변에도 작고 약한 나라들이 더러 있으면 외롭지는 않겠지만, 분명한 것은 작고 약한 나라는 전연 없고 거대하고 강력한 국가만 존재하고 있다는 사실이다. 이것을 망각해서는 안 될 것이다. 물론 요즘 세상에서 약한 나라라고 해서 함부로 침략은 하지 않을 것이지만, 우리나라가 이들 국가들에게 얕보이지는 않아야 할 것이다. 약한 자를 얕보는 것은 개인 간이나 국가 간이나 다 마찬가지일 것이다. 군사력(軍事力)만 말하는 것이 아니라 경제, 과학, 정치, 외교, 교역, 스포츠 등 모든 분야에서 이웃과 대등하거나 아니면 우월해야 한다. 그렇게 되어야 강한 자도 얕보지 않고 친구가 되기 원해서 악수의 손을 내밀 것이다.

과거에 우리의 선조들이 명나라와 청나라로부터 몹시 서러움을 당했고 또 일본에게 고통당한 것을 생각하면서 오늘날을 살아가는 우리 민족은 강력한 나라를 이루어 그들과 같이 대등하게, 당당하게 이웃해 살아가는 모습을 우리의 선조들에게 보여 드려야 한다. 그러나 불행하게도 분단국이 되어 우리끼리 앙앙 하는 모습을 보니 통탄의 눈물이 나지 않을 수 없다.

우리나라는 통일하여 덩치를 키우고 통일의 바탕 위에서 여러 면으로 힘을 길러 이웃나라와 대등한 위치를 만들어야 한다. 우리 민족은 숙명적으로 우리보다 강대한 나라들 틈에서 살아오면서 약했기 때문에, 우리의 선조들은 이들 국가들로부터 서러움을 당했다. 오늘날에 이르러서도 우리가 남북으로 분단된 상태를 너무 오래 지속시키면서 계속 약하면, 그들이 우리 민족에게 서러움을 가져다줄는지도 모른다. 그리고 그럴 가능성을 배제(排除)할 수는 없을 것이다.

구한말 우리의 선조들이 일본에게 나라를 빼앗겼는데, 그때의 역사를 공부해보면 우리나라는 쇄국정책(鎖國政策)을 써가면서 앞선 외국의 기술을 받아들이지 않고 정치 싸움만 일삼다가 약체가 되어 봉변을 당하고 말았다. 그때 일본만큼 국력이 강하지는 않았더라도 어느 정도의 국력만 있었어도 결코 강점(强占)은 당하지 않았을 것이다. 아무리 남의 땅이 탐나더라도 한꺼번에 자기 나라의 군사력 100%를 쏟으면서 공격하지는 않았을 것이다. 국토를 침범해 상륙하려는 세력과 맞서서 방어 할 수 있는 능력만 충분했어도 상대는 침략 계획을 포기 했을 것으로 생각된다.

언젠가 제가 본 일이다. 그 광경이 잊히지 않고 나에게 교훈을 주고 있다. 개 한 마리가 고양이를 쫓고 있는데, 고양이가 급하게 도망을 가고 개는 그 뒤를 따라갔다. 그러다가 고양이가 붙잡힐 형편이 되니까 달아나는 것을 포기하고 맞서서 뾰족한 이빨을 내어놓고 앙, 하면서 달려들었다. 그러자 덩치가 훨씬 더 큰 개도 물 자리를 찾지 못하고 뻔히 내려다보더니 그만 포기하고 그냥 가버렸다. 아마 개가 따라갈 때는 '요것 작은 고양이' 하고 따라갔지만, 막상 고양이가 달아나는 것을 포기하고 사력을 다해 달려들면서 죽기 아니면 살기로 대항할 자세를 취하니, 개의 입장이 난처하게 된 것이다. 고양이와 한 판 하려면 자신도 그 뾰족한 이빨에 물릴 것 같아서 그만둔 것으로 여겨진다. 이때 고양이가 개보다는 약했지만 날카롭고 뾰족한 이빨로 대항하니 덩치가 더 큰 개도 포기하는 쪽을 택하고 말았다. 세상의 생존경쟁에서 살아가는 이치는 짐승의 세계나 사람이 살아가는 세계나 마찬가지이다.

그때 구한말 외국 군함들이 우리의 해안에서 무력시위를 할 때도 우리에게 고양이의 뾰족하고 날카로운 이빨이 있었더라면 상대편에게 겁을 주었을 것이고, 헐값으로 당하지는 않았을 것이다. 이런 생각을 하면 우리는 민족적으로 자각해야 할 것이 있는 것 같다. 구한말 대한제국이 일본에게 합병되는 국치를 당했던 원인을 살펴보면, 앞날을 바라보지 못하고 쇄국정책을 쓰면서 선진외국의 신문명을 배척만 할 뿐 안이하게 국내 일만 생각하면서 세월을 보내다가 약체(弱體) 국가가 되었던 것이다. 우리는 위기가 닥쳤을 때 막아낼 힘이 없어서 이웃 나라에게 국권을 빼앗겼던 쓰라린 경험이 있다. 오늘날도 앞날을 볼 수 있어야 한다. 분단 상태에서 너무 오래 간다면 이것은 옛날의 쇄국정책보다 더 어리석은 것이 되고 말 것이다.

일본과 중국은 우리에게 있어서 담장을 사이에 두고 맞닿은 이웃 중에서도 이웃이다. 모두 우리에게 없어서 안 될 우방이다. 앞으로도 계속 우호적인 관계가 지속되어야 한다. 도움을 주기도 하고 받기도 하면서 친근하게 살아가야 할 운명을 지니고 형성된 가까운 이웃이다. 그러나 인접국과의 관계는 항상 좋은 것은 아니다. 따뜻한 봄날과 같은 계절만 우리에게 계속되는 것이 아니라 회오리 바람도 때때로 불어올 수 있고 거센 태풍이 불어올 수도 있는 것이다. 분명한 것은 가까운 나라끼리도 어떤 때는 다투기도 한다는 점이다. 다투다가 또 좋아지게 될 것이지만 "약하면 항상 손해 볼 수 있다"는 것을 우리 민족은 가슴 깊이 간직해야 할 것이다.

우리 민족은 모든 면에서 빨리 발전하여 오늘날 생존하고 있는 오늘의 주인인 우리가 먼저 그 발전의 혜택을 누려야 하고, 또 우리의 후손들이 이 땅 위에서 양질(良質)의 삶을 살아갈 수 있도록 풍요로움과 자유와 안정을 전수시켜주어야 할 것이다. 우리와 이웃하고 있는 일본과 중국은 현재도 거대하고 강력하다. 그러나 미래에는 더욱더 커져 모든 면으로 초강대국(超强大國)이 될 것으로 여겨지고 있다. 그러므로 우리 민족만이 여기에서 소외될 수는 없다. 우리 민족은 통일을 이루지 못하면 이웃 나라들과 어깨를 나란히 할 수 없을 것이다. 그렇지 않아도 이웃 나라와 비교하면 국토도 작고 인구도 적다. 이러한 자연적인 열세(劣勢)에 처해 있으면서 통일을 이루지 못하고, 오히려 우리(남북한)끼리 군사적으로 대결한 상태에서 분단이 계속된다면, 결국 이웃 나라들과 대등하게 살아갈 수 없는 약자로서 항상 업신여김 받을 수밖에 없을 것이다.

우리는 통일을 이룩하여 덩치를 키워야만 이웃 나라 중국과 일본 사이에서 대등하게 살아갈 수 있는 여건이 될 것이다. 약한 자는 강한 자 앞에서 항상 기가 죽어서 살아야 하고, 강한 자는 항상 사기가 청청할 것이다. 우리나라는 남북한이 합치면 모든 면으로 커지면서 강력해질 것이다. 군사적으로도 커질 것이고 경제적으로도 엄청나게 커질 것이다. 스포츠 면에서도 월등하게 커져서 올림픽에서도 금메달을 더 많이 따올 것이다.

우리와 지리적으로 아주 가까운 일본은 어떠한 나라인가? 일본(日本)은 모든 면으로 발전되어 있고 경제적으로도 세계에서 미국 다음으로 부강한 나라이다. 무역 규모를 보더라도 세계에서 2위의 자리를 차지하고 있다. 군사적인 면에서도 다른 나라를 의식하면서 만약의 경우 대결할 수 있는 최신 첨단무기와 장비를 갖추어 놓은 상태이다. 핵무기를 보유하지는 않았지만 제조할 수 있는 능력을 가지고 있다는 말을 모두가 하고 있다. 지금도 일본과 중국은 상대를 의식하고 있을 것이다. 중국이 핵무기를 가지고 있는 것을 일본이 좋아할 이유가 없을 것이다. 그러므로 음성적으로 대결하고 있을는지 모르는 일이다. 그래서 일본이 핵무장을 염두에 두었는지는 몰라도, 프랑스로부터 엄청난 양의 플루토늄(plutonium)을 수입한다는 뉴스를 몇 년 전에 우리는 들은 바 있다. 아마도 플루토늄을 수입에만 의존하지는 않을 것이고, 일본 자체 내에서도 생산이 가능할 것이라는 것을 의심하는 사람은 없을 것이다. 그래서 추리(推理)하는 것은 일본이 아직까지 핵무기 제조를 하지 않고 있지만, 가정(假定)하여 어떤 경우에 자국에 불리한 여건이 생겨나고 다른 나라를 의식해 마음만 먹는다면, 그 시점에 가서는 엄청난 양의 핵무기를 신속하게 생산할 수 있는 기술과 능력을 가지고 있을 것이라고 말하는 사람이 많다. 이렇게 일본은 경제대국이면서 군사적으로도 대국의 틀을 가지고 있다. 핵무기(核武器)는 아직 없지만 가질 준비는 완성되었을 것이라고 모두들 말하고 있다.

또 중국(中國)은 어떤 나라인가? 공산주의를 오랫 동안 했기 때문에 경제적으로 늦게 움직이기 시작했지만, 오늘에 와서는 엄청나게 발전하고 있는 나라이다. 넓은 국토에 세계에서 제일 많은 인구를 가진 나라로서 모든 면으로 엄청나게 거대한 나라이다. 경제적으로 이제 움직이기 시작해 나날이 상승곡선을 그리면서 급속하게 속도를 증가시키고 있는 것을 우리는 보고 있다. 저가 물건으로 선진국의 시장을 크게 점령했고, 그 질이 나날이 향상되고 있다고 한다.

우리나라의 시장에서도 중국산 물건을 많이 유통시키고 있어, 중국산 물건을 빼버린다면 시장이 텅 빌 정도로 중국 제품들이 시장을 점령하고 있다. 워낙 큰 나라이기 때문에 현재 시점에서도 양적으로 전 세계에서 미국 다음이라고 알고 있다. 그래서 많은 사람들이 말하기를, 앞으로 몇 년이 지나면 경제가 미국을 능가할 것이라고 조심스럽게 예측하는 소리를 심심찮게 듣는다. 경제만 그런 것이 아니라 군사적인 면으로도 막강하다. 원자 폭탄을 가진 핵보유국이면서 그 양도 상당할 것이라고 생각한다. 그렇기 때문에 국제기관에서나 인접국 관계에서 상당한 위상과 발언권을 가지고 있는 실정이다.

그러면 우리 민족은 어떠한가? 아직까지 남북으로 분열되어 따로따로 나라를 이루고 있으면서 군사적으로 첨예(尖銳)하게 대결의 틀이 짜여 있다. 모든 국민이 통일을 원하고 있지만, 통일은 요원한 상태에서 강대하고 거대한 나라들 틈에 끼어 있는 형편이다. 그러므로 우리는 통일을 하되 속히 통일을 해야 할 것이고, 통일된 바탕 위에서 국력을 키워 나가야 할 것이다. 이들 거대한 나라와 힘겨루기를 하기 위해 국력을 키우자는 말은 아니고 또 그럴 수도 없다. 그러나 약하면 여러 면으로 얕보이게 될 것이다. 아이들이 노는 놀이마당에서도 힘이 약한 아이는 힘센 친구들에게 저절로 얕보이게 되면서 항상 사기가 위축되어 있어야 함과 같을 것이다.

이웃 나라를 의식하면서 우리가 명심해야 할 것은 핵무기 보유 사실이다. 이웃 나라에서도 핵무기를 보유하지 않았으면 좋겠는데, 중국은 벌써 대량의 핵무기 보유국가가 되어 있고, "만약 일본에서도 핵무기를 개발한다면 우리나라만 그냥 있을 수는 없다."라는 논리가 성립될 수 있을 것이다. 그러나 통일이 되지 않은 상태에서는 속수무책일 것이다 이웃 나라를 의식할 겨를이 없다. 만약 남한에서 핵무기를 개발한다면 북한에서 상응하는 조치를 취할 것이기 때문에 대결은 더욱 첨예해질 것이고, 또 북한이 핵무기를 보유한다면 남한에서 허용할 수 없는 실정이다.

그러나 오늘의 일본은 미국의 핵우산 아래 있기 때문에 잠잠하지만, 언젠가는 일본도 그냥 있지는 않을 것이라는 가상적인 인식을 항상 염두에 두어야 한다. 확실히는 알 수 없지만 추리할 수 있는 것은, 일본은 자국에서 생산되는 플루토늄과 외국에서 수입한 플루토늄이 대량으로 준비되어 있을 뿐만 아니라 기술력도 준비된 상태일 것이고, 시설면에서도 겉으로 드러나지는 않고 있지만 현재 있는 시설을 조금만 보완하면 짧은 기간 내에 핵무기 생산이 가능해 대량의 핵무기 보유국이 될 수 있는, 능력이 준비된 나라라고 추리해 말하는 사람이 많다.

이렇게 만반의 준비를 완성 단계에서 대기하고 있는 것은 이웃을 의식하지 않을 수 없기 때문이다. 그들은 중국의 핵무장을 항상 염두에 두고 있을 것이라는 것을 추리할 수 있을 것이다. 이런 내용을 그냥 소설 이야기같이 들어 넘겨서는 안 될 것이다. 우리나라는 지금 현재 핵무기 생산에 대해서 어느 지점에 있는지 모르지만, 우리가 아는 바로 우리 한국(남한)은 아직까지 생각도 하지 않고 있는 듯하다. 북한은 핵무기를 완성해 보유했다고는 하나 미국으로부터 테러지원 국가로 의심받고 있기 때문에 핵을 폐기하라는 압력이 계속되고 있어 결국은 굴복하지 않으면 안 될 처지에 놓여 있다. 또 북한이 핵무기를 가진다는 것은 우리 한국(남한)이 용납할 수 없기 때문에 우리(남북한)끼리 기(氣) 싸움을 하고 있는 실정이다.

그러므로 남북통일이 되지 않은 상태에서는 일본과 같은 흉내도 못 낼 것이라고 생각된다. 큰 칼을 차고 있는 사람에게는 어느 누가 덤벼 들지도 않을 것 같고, 혹시 상대에게 몇 찰을 얻어맞아도 사기 면으로 는 기가 죽지 않을 것이나, 정말로 약하여 상대방에게 얻어맞았다면 정말로 기가 죽어 살아야만 될 것이다. 이런 문제를 어떻게 다루어야 할지 정치하는 사람들이 많이 연구해야만 할 것인데, 이런 문제들을 놓고 대비하려면 통일이 이루어진 후(後)에라야 연구 할 수 있는 여건 이 성숙될 것이라고 생각된다. 이웃의 큰 나라와 대등하게 살기 위해 서 우리는 일차적으로 통일로써 덩치를 키워 밑자리를 놓아야만 할 것 이다.

세계에 많은 나라들이 있지만 군대가 없는 나라는 없다. 이는 만약 의 경우를 대비해서 군대가 필요한 것인데, 우리나라(통일조국)도 예외 가 될 수 없다. 결국 강력한 군대를 보유해야 할 것인데, 어떤 나라를 공격하기 위한 것은 물론 아닐 것이다. 그러나 이웃 나라들이 강력하 게 무장을 했기 때문에 우리도 그냥 있을 수는 없는 것이다.

현재 남북한으로 분단된 상태에서 남북 쌍방이 다 상당히 강력한 군 사력을 갖고 있다고 해서, "얼핏 보기에는 군사적으로 우리(남북한)가 이웃나라 일본(日本)보다 더욱 강력할 것이다."라는 착각을 하기 쉬울 것이나 그렇지 않을 수도 있다. 오늘날 남북한의 군사력은 휴전선을 사이에 두고 우리끼리 항오(行伍)를 벌이는 국내(國內)적인 군사력이라고 평할 수 있을 것이다. 우리의 국토 안에서 쌍방을 의식하면서 연마한 국내적인 전술로 준비되었을 것이고, 또한 여기에 맞게끔 장비와 무기로 무장했을 것이다. 그러므로 이런 식의 장비와 형태로서는 이웃나라의 안보정책의 강력한 군대와 비교할 때 너무나 열악(劣惡)한 것이라고 생각된다. 그러므로 우리나라도 빨리 통일해 하나의 군대를 만들고 이웃 나라들과 같이 상대국을 의식하는 안보적인 군대를 이루어야할 것이다. 전문가가 아니기 때문에 이런 주장이 틀릴 수도 있으나 우리 민족이 각성해야만 하는 것은 틀림없다.

세계 지도를 펴놓고 우리나라가 위치한 극동 지방을 보면서, 일본은 국토가 우리나라 남북한을 합한 것보다 더 크다. 우리나라의 국토 넓이는 22만㎢이고, 일본은 38만㎢라고 한다. 인구는 일본이 약 1억 3천만 정도라고 한다. 그리고 중국의 국토 넓이는 형언할 수 없이 넓으며 인구도 세계에서 제일인 13억명 가량이라고 한다. 게다가 등록되지 않은 인구도 셀 수 없을 정도로 많다고 하니 천문학적 숫자이다. 우리나라는 통일이 되면 인구가 7300만 명 정도 된다고 한다. 이웃나라와 비교하면 적은 수이긴 하지만, 이 정도만 되면 괄시 받을 위치는 벗어날 것이다. 유럽의 여러 나라와 이웃이 된다고 가정해보면, 독일 다음으로 인구가 많은 나라가 될 것이다. 그러니 우리나라가 통일을 이루면 인구 면으로 보아도 세계에서 중형급의 나라가 된다. 이런 바탕 위에서 모든 면으로 발전을 시켜 나가야만 일본이나 중국과 대등하게 이웃하면서 살아갈 수 있을 것이다.

지금 현재의 대한민국(남한)은 국민 개개인의 자유와 권리가 완전히 보장되어 자유를 누리면서 삶을 영위할 수 있는 사회가 되어 있다. 그리고 산업이 발달해 있고 경제적으로 부(富)가 이루어져 국민 대부분이 윤택한 생활을 하고 있는 사회가 되어 있다. 외국과의 교역은 수출입 물량의 규모를 볼 때 1조 달러의 고지를 눈앞에 두고 있다. 그리고 정신적인 억압이 없고 인권이 존중을 받고 있어 세계 여러 나라와 여러 면으로 비교해도 살기 좋은 여건이 갖추어져 있다.

그러나 이것은 반쪽뿐이다. 같은 민족인 북한은 가난을 벗어나지 못하고 자유가 없기 때문에 삶의 행복지수가 엄청나게 낮다고 한다. 그렇기 때문에 우리 민족은 '경순왕 따라하기 식 통일방법'으로 통일하여 남한의 삶의 바탕 위에 북한을 합병시켜 통일을 이루고, 통일된 국가를 잘 운영하면 남북한 7300만 동포가 활기차게 잘살수 있을 것이며, 극동의 열강들 틈에 끼어도 조금도 손색이 없을 것이라고 생각한다.

[7] 통일이 되면 분단비용(分斷費用)이 없어진다

한 가정을 꾸려가는 가계부를 검토해볼 때 수입보다 지출비가 더 들어가게 되면 가사운영을 제대로 할 수 없기 때문에 가장 많이 지출되는 부분의 쓰임을 줄여야 할 것이고 또 별로 필요치 않은 지출을 없애야 할 것이다. 이와 같이 국가의 살림살이도 마찬가지일 터인데, 우리 민족은 불행하게도 분단국이 되어 군사적으로 대결 상태에서 상대방을 의식하면서 군사적으로 열세를 허용치 않고 우위를 유지하기 위해 엄청난 국방비를 소비하고 있다. 이런 사정은 남북한 쌍방이 다 마찬가지다. 우리나라(남한)는 엄청난 국방비를 지출하고 있으며, 여기에 더해 주한 미군의 주둔 비용의 상당부분을 부담하고 있는 줄로 알고 있다. 특히 북한은 경제력이 열악한 형편인데도 남한과 대등한 비용을 써야 하기 때문에 북한 자신들의 총 생산비와 비례할 때 남한보다도 훨씬 많은 비율의 비용이 쓰이고 있을 것이다. 다른 나라에서는 쓰이지 않는 비용을 우리 남북한은 엄청나게 소비하고 있는 것이다. 그리고 양편의 군대를 유지하기 위해 얼마나 많은 인원을 근무시켜야 하는지 우리는 알고 있다. 우리는 하루라도 빨리 통일해 남북한 쌍방에서 쓰이는 엄청난 군사비용을 줄이고, 이 재원을 활용해 삶의 향상을 위해 쓰면 통일 조국의 살림살이가 더욱 풍요로워질 것이다.

[8] 통일을 미루다가 잘못되어 영구분단(永久分斷)으로 갈까 두렵고, 또 엉뚱한 방향으로 가지 않을까 두렵다

우리의 삶의 현장에서 경험하듯이 예기치 않던 일들이 발생해 희망했던 일을 그르치는 일이 허다하다. 그렇기 때문에 어떤 일이 일어나기 전에 빨리 서둘러 일을 마무리 짓자"라고 하는 말은 우리의 생활 속에 항상 따라다니는 상식이다. 우리 민족의 통일도 마찬가지 이치일 것이다. 통일하는 일이 너무 오래 지체되면 우리가 예측하지도 못한 엉뚱한 방향으로 가버릴 가능성이 희박하지만 항상 있을 수 있다. 우리는 그러한 일도 염두에 두고 각양의 가정 시나리오를 상상하면서 하루라도 빨리 통일하기 위해 관심과 열기를 일으켜야 할 것이다.

통일이 늦어지면 통일하는 방향으로 가는 것이 아니라 반대 방향으로 갈 수도 있다는 것이다. 이런 가상(假想)의 생각은 기분 나쁜 예상임에 틀림없다. 그러나 우리는 이런 가상적인 예측을 하면서 항상 고민해야 할 것이다.

남북통일은 반드시 해야만 하는 가장 비중이 큰 일임에는 틀림없는데, 우리의 국민 중 상당 수가 통일을 꼭 해야만 한다는 사실을 망각하고, 통일에 대해 무관심으로 살아가고 있어 통일에 대한 관심과 열기가 생겨나지 않고 있는 듯하다. 무슨 일을 하더라도 그 일을 하기 위해서는 항상 마음속에 소원을 품고 있어야만 언젠가 열정과 행동이 나올 수 있는데, 오늘날 우리 국민들 중 상당 수가 통일에 대해 무관심하고 무의식중에 있는 것같이 보여 애타는 마음 한량없다.

우리 민족은 분단 이후 60년 이상의 세월을 보내면서 어려운 과정들을 많이도 겪어왔다. 이런 중에서도 우리나라(남한)는 감사하게도 잘산다. 세계 어느 나라 못지않게 살기 좋은 사회가 되어 있어서, 오늘날 우리 사회의 주인인 젊은 분들은 이렇게 살기 좋은 여건 속에서 살아왔고 오늘도 살아가고 있다. 오늘의 젊은 분들은 분단되는 과정도 목격하지 못했고 6.25 전쟁도 경험하지 못했다. 전후(戰後)의 가난도 체험하지 못했다. 그래서 가난과 전쟁 같은, 인간에게 고통을 가져다주는 요건(要件)에 대해서 둔감하거나, 아니면 예민하지 못할 수도 있을 것 같다.

그러나 우리 민족은 깨달아야 한다. 통일을 빨리 이루지 못하고 미루다가 잘못되면 예기치 못했던 어떤 일이 불거져 나와 우리 민족을 슬프게 할지도 모른다는 사실이다. 모든 염려스러운 일들이 생겨나기 전에 빨리 통일하는 방향으로 뱃머리를 돌리는 것이 가장 현명할 것이다. 남북 간의 대화에서 좋은 결과가 빨리 나타나지 않을 때 상대편을 증오하면서 **"이대로가 좋다, 통일이 필요치 않는다."**라며, 통일을 부정하는 분위기가 대두될는지도 모른다. 이렇게 되면서 영구분단(永久分斷)으로 고착되지는 않을까 염려스럽고 두렵다. 이런 가상적인 생각을 할 때 아찔한 생각이 스쳐지나간다. 통일을 계속 미루다가 잘못되면 **"엉뚱한 방향으로 갈 수도 있다."**라고 가상하니 온몸에 소름이 돋는 것 같다. 엉뚱한 방향이라고 가정하는 말을 하니 이것은 **영구분단(永久分斷)**이란 말보다 우리 민족에게 더 역겨운 표현이다. **"통일은 언젠가는 우리 민족끼리 이루어질 것이다."**라는 안이한 생각만 해서는 안 된다.

임진왜란이 일어났을 때 일본 군대가 우리나라에 상륙해 우리 민족을 괴롭혔고, 또 이에 대항하기 위해 명나라의 군대가 우리나라 안에 들어와서 우리나라를 돕기는 했지만, 그때 우리 선조들은 약자로서 양쪽 군대에 의해 너무 서러움을 겪었다. 이때 일본과 명나라 간에 말이 오고간 것이 있었다고 하는데, 그것은 우리나라의 국토를 분리 점령하자는 내용이었다고 한다. "조선의 북쪽 지방은 명나라가 차지하고 남쪽 지방은 일본이 차지하자."라는 말이 오갔지만 성사되지 못했다는 기록을 읽을 수 있다.

이런 일들을 놓고 가정적(假定的)인 시나리오를 생각할 때, 만약 우리나라가 빨리 통일을 못 하고 분단을 너무 오래도록 끌고 가다가 남북관계가 잘못되어 전쟁이 일어난다거나 어느 한쪽에서 급변하는 소용돌이가 일어나면, 그때 가서 우리 주위에 있는 인근 국가에서 어떤 엉뚱한 생각을 가질 수도 있지 않을까 하는 기분 나쁜 생각이 드는 것이다. 수년 전에 국내의 한 인사가 말하기를, "일이 잘못되면 북한이 다른 쪽(?)으로 흡수될 수도 있다."라면서 국민의 경각심을 촉구했다. 만에 하나를 놓고 가정하는 시나리오일 테지만, 우리에게 경각심을 불러일으키는 말로 무게 있게 들어야 할 것이다. 우리 민족이 정신을 못 차리면 기분 나쁜 가정설(假定說)도 있다는 것이다.

그러므로 통일을 멀리 미루어서는 안 될 것이고, 지금부터 통일을 우리의 관심권 안으로 끌어들여 통일방법을 찾는다면 좋은 방법이 반드시 있을 것이다. 필자는 우리나라 역사를 읽으면서 오늘날 분단된 우리 민족이 통일할 수 있는 가능한 방법을 발견했다. 그 방법이 바로 '경순왕 따라하기 식 통일방법'이다. 이 방법은 우리의 선조(先祖)들에게서 온 것인데, 이 방법이 가동되면 뜻밖에 통일이 빨리 이루어질 수 있을 것이며, 현재 남북한의 정권을 맡은 담당자들도 반대하지 않을 것을 확실히 믿는다.

제6장

본론(本論) : 경순왕 따라하기 식 통일방법

– 우리 민족에게는 분단(分斷)과 통일(統一)의 역사가 있다.
우리의 선조들로부터 통일의 방식을 배워야 한다 –

[1] 우리 민족이 변천해 내려온 역사

우리의 민족국가(民族國家)가 생성된 역사를 보면 국조 단군(國祖檀君)께서 고조선을 세운 것으로 되어 있다(BC 2333년). 너무 오래된 고대 역사는 문자로 전해진 것이 거의 없다. 최초의 역사책을 쓰는 사람이 우리 민족과 민족국가의 시작을 신화(神話)로 시작했기 때문에, 그 설화(說話)가 신빙성은 약하지만 분명한 것은 우리 민족이 일찍(그때)부터 이 땅 위에서 나라를 구성해 오랜 기간 동안 이어져 내려왔으며, 그 후 문자로 세밀하게 기록되어 후대인(後代人)에게 전해지고 역사적인 유물들이 전해져 내려 왔음으로 우리는 우리 민족의 역사를 생생하게 알 수 있다.

우리 민족의 고대 역사를 보면 계속 변천되어 내려오면서 나라의 이름들이 바뀌는 것을 볼 수 있다. 고조선(古朝鮮)은 통일된 국가였을 것이지만 너무 먼 역사인 데다 생생한 기록이 없어 상세히는 알 수 없을 것이고, 고조선 이후 여러 개의 국가들이 생성되면서 변천의 역사가 이어져 내려왔다.

우리 민족은 단일 민족으로서 한반도를 영토로 하여 오랜 세월 동안 변천하면서 존속되어 내려오다가 신라, 고구려, 백제 등 삼국이 형성되면서 각각 찬란한 문화를 꽃 피웠다. 삼국시대(三國時代)의 역사를 보면, 3개의 국가가 한반도에 함께 존속하면서 나라를 달리하는 인접국인 까닭에 우방이면서도 전쟁의 역사도 함께 지닌 채 역사를 이어왔다. 그러다가 결국은 신라가 세력을 얻어 삼국을 통일했다. 이 통일이 고조선 이후 우리 민족이 한반도에 거주한 이래 민족적으로 행한 **첫 번째의 통일(676년)**이다.

통일신라가 찬란한 문화를 이루면서 216년간 지속되다가 백성들 중에서 국가(國家)에 대해 불평하는 세력들이 생기고 각처에서 봉기가 일어났다. 그러면서 결국은 조국(신라)을 배반하고 이탈해 나간 세력들이 후백제와 후고구려를 따로따로 세웠다. 그로써 통일신라는 불행하게도 셋으로 쪼개져 다시 3국으로 분단되는 후삼국시대(後三國時代)가 되고 말았다. 이 후삼국시대는 44년간 지속되면서 살벌하게 대결했다. 민족적으로 볼 때 이때는 아주 불행한 시기였다. 백성들에게는 고통과 전쟁의 공포가 있었고, 평화를 그리워하고 통일 신라를 생각하며 다시 통일을 사모했을 것이다. 통일을 꼭 필요로 하는 시대가 된 것이다.

민족적으로 볼 때 완전한 과도기로서 마치 오늘날 남북한이 따로따로 분단되어 있으면서 대결의 틀이 짜인 형태와 너무나 닮은 시대였다. 이러한 시대에 신라의 경순왕이 3국의 정세를 분석하고 민족통일의 뜻을 품어 신라를 고려(高麗)에 합병해 통일국가를 이루었다. 결국 고려가 두 나라를 흡수 통일함으로써 통일된 민족국가로서 세계무대의 일원이 되어 오늘까지 이른 것이다. 그때 후삼국의 통일이 우리 민족에게는 **2번째의 통일(936년)**이었다. 이는 오늘날 남북통일의 모델이 되고 있다.

그리하여 우리 민족이 하나의 국가로 1천년이 넘도록 지속되다가 원통하게도 1945년 다시 분열되어 남한과 북한이 따로 나라를 이루게 된 것이다. 세계적인 냉전시대를 통과하면서 대결의 틀이 짜였고, 불행하게도 남북한 간에 동족상잔(同族相殘)의 전쟁을 3년 넘도록 하다가 휴전된 상태에서 세월을 보내면서 오늘에 이르렀다.

오늘날 남북한이 이념을 달리해 오면서도 모두들 남북통일을 외치고 있다. 그러나 아직까지 통일은 묘연하기만 하고, 막연하게 통일을 기다리고 있는 실정이다. 오늘날 우리가 고대하는 남북통일은 우리 민족의 **3번째 통일(20xx년?)**일 것이다. 이는 오늘날 우리 민족이 풀어야 할 거대한 숙제로 남아 있다.

[2] 우리 민족의 첫 번째 통일 : 신라(新羅)가 삼국통일(三國統一)을 하다(676년)

1. 백제(百濟)와 고구려(高句麗)를 나당연합군(羅唐聯合軍)이 침공해 멸망시킴

신라는 일찍이 백제와 고구려로부터 상당한 타격을 입으면서 원한이 쌓인 것같이 보인다. 그 때문에 신라는 당나라와 연합해 백제와 고구려를 공격했다.

백제의 멸망 역사를 보면, 신라와 당나라의 연합군에 의해 멸망되었다. 결국 백제의 멸망은 신라와 통일하기 위한 전초적(前哨的)인 절차였던 셈이다. 백제의 마지막 왕(31대)인 의자왕은 643년 고구려와 화친한 것을 계기로 신라의 소유인 당항성(黨項城)을 공략해 신라를 괴롭혔다. 그로 인해 신라는 원한이 쌓여 갈등의 골이 깊어졌고, 아마 이때부터 신라에서는 백제를 경계하면서 때를 기다렸을 것이라고 생각된다. 또 백제는 내적으로 사치스런 태자궁과 망해정(望海亭)을 건축하면서 백성에게 힘든 노역을 시키고, 왕과 왕의 측근들은 향락에 빠지면서 민심을 잃었다. 훌륭한 인재를 배척하면서 인재 등용을 잘못해 정치 또한 문란해졌다.

이때 나당연합군(羅,唐聯合軍)이 백제를 공격했다. 신라는 **김유신 장군**이 거느린 5만의 군사로 **계백 장군**이 거느린 5천의 백제군과 싸워

황산벌에서 신라가 승리했다. 한편 소정방이 이끄는 13만의 당나라군은 백강(白江, 지금의 금강) 하류로 공격해 들어와서 백제군을 격파했는데, 이때가 660년 의자왕 20년이었다. 이렇게 하여 백제는 개국 후 678년 만에 멸망하고 말았다.

고구려의 멸망도 신라와 통일하기 위한 전초적(前哨的)인 절차가 되었다. 고구려는 한반도에서 형성된 3국 중에 영토가 제일 넓은 데다 동남쪽으로는 신라와, 서남쪽으로는 백제와 연접되어 있고, 평양을 중심으로 해서 북쪽으로는 압록강과 두만강을 지나 넓은 땅을 소유했고 국력도 대단했다. 그러나 국운이 기울어 멸망이 가까웠다. 고구려 말기 재상이면서 장군인 연개소문이 북쪽으로 천리에 이르는 장성(長城)을 축조해 당나라의 침입에 대비했다. 그러던 중 정치적으로 불리한 입장이 되자 정변을 일으켜 영류왕을 살해하고 보장왕을 추대해 새 왕으로 세우는 동시에 자신은 대막리지가 되어 실권을 획득했다.

신라와의 관계는, 고구려에 힘을 요청하러 온 김춘추(金春秋)를 감금하고, 신라와 당나라의 교통로인 당항성(黨項城)을 점령했다. 그리하여 고구려는 신라와 관계가 악화되어 결국 신라가 당나라와 연합해 쳐들어오게끔 빌미를 제공하게 되었고, 김춘추가 왔을 때 신라와 친근한 관계가 될 수 있는 좋은 기회를 놓치고 말았다. 그리고 당나라와는 주종 관계가 아니라 대결 관계로 지내면서 당나라의 침범을 여러 번 막아냈다. 신라와 화해를 권고하는 당나라 태종(太宗)의 요구를 고구려가 거부하자 이에 격노한 태종이 연개소문의 시군학민(弑君虐民)의 죄를 문는 구실로, 645년 17만 대군을 이끌고 고구려를 침공했다. 그리하여 고구려는 안시성(安市城) 전투에서 60여 일간의 공방전 끝에 당나라 군대를 격퇴했다. 그 뒤에도 여러 번 당나라의 침입을 받았으나, 침공을 당할 때마다 막아냈다. 이렇게 당나라 세력을 막아낼 정도로 강력했던 것이다. 그러나 신라와 당나라에 대한 외교관계를 소홀히 한 결과 양국에서 고구려에 대한 원한이 쌓여 결국은 신라와 당나라가 군사 동맹을 맺고 고구려를 침공한다.

설인귀가 이끄는 당나라의 대군(50만?)과 김인문이 이끄는 신라의 대군(27만?)이 고구려를 공격해 평양성을 함락시키고 고구려를 멸망시켰다. 이렇게 700여 년을 이어온 고구려 왕조가, 막을 내리니 기원 668년 보장왕 27년이었다.

2. 나당전쟁(羅唐戰爭)

신라와 당나라의 연합군은 660년에 백제를, 668년에는 고구려를 멸망시켰다. 그때 고구려의 상황을 보면 비참한 지경이었다. 저항 세력이 자라나지 못하게 하기 위해 보장왕과 유력한 고구려인들을 당나라로 잡아갔다. 조정(朝廷)이 몰락했으니 통치 계통은 없어지고 외세의 세력이 땅을 덮었으며, 전쟁에서 승리한 당나라 군대가 주인 행세를 하기 시작한다. 당나라는 일찍부터 품은 야욕을 이때부터 실천하게 된다. 즉 평양성에 안동도호부를 설치하고 고구려 전역을 지배할 체제를 갖추면서 당나라 홀로 승전국(勝戰國) 행세를 했다. 전쟁을 할 때는 신라와 동맹관계를 유지하면서, 백제와 고구려를 차례로 점령한 후에는 승자 행세를 단독적으로 하려 했고, 거기서 한 걸음 더 나아가 동맹국인 신라까지 지배하려는 야심을 드러냈다. 이렇게 일들이 진행됨으로써 우리 민족과 한반도의 형편은 풍전등화(風前燈火)와 같았다. 외세의 세력이 우리 민족과 한반도를 완전히 삼키려는 순간이었으므로 우리 민족은 위기 촉발 직전에 직면하게 되었다.

그러나 신라는 신라대로 야망이 있었다. 백제와 고구려의 국토는 신라와 연접되어 있고, 다 같은 고조선의 후예인 동족국가(同族國家)이므로 당연히 신라가 그 나라들을 흡수해 합병 통일하는 것이 순리였을 것이다. 따라서 신라도 삼국을 통일하려는 욕망이 반드시 있었을 것이다. 그럼에도 불구하고 그때의 상황은 그렇지 못했다. 당나라에서는 야욕을 품고 고구려와 백제는 물론 신라까지 통치하려 들면서, 백제 땅에 웅진도독부(熊津都督府)를, 고구려 땅에는 안동도호부(安東都護府)를 두었다. 또 신라를 계림대도독부(鷄林大都督府)로 삼아 신라까지 지배하려는 야욕을 보였다. 특히 평양에 안동도호부로 하여금 삼국을 총괄토록 함으로써 한반도를 완전히 지배하려는 의도를 드러냈다. 이때 우리 민족은 민족적으로 볼 때 주권과 국토를 완전히 빼앗기게 될 위기에 직면했던 것이다.

이때 신라가 당나라를 상대해 싸운 전쟁이 나당전쟁이다. 이 전쟁은 우리 민족에게는 사활이 걸린 전쟁으로서 7년 간 계속되었다(670-676

년). 이렇게 전시정국(戰時政局)이 되니 저절로 새로운 편이 짜이는데, 고구려의 유민(遺民)의 입장에서 본다면 당나라와 신라가 다 같이 침략자였지만, 당나라가 고구려의 땅을 차지하려 드는 마당에서는 신라를 아군으로, 그리고 당나라를 적군으로 대항하게 되었다. 이는 당나라는 타민족이요, 신라와 고구려는 같은 민족이라는 생각이 여기서 그 색깔을 드러낸다. 당나라군을 몰아내지 않으면 민족적으로 주권을 완전히 빼앗기게 될 운명에 봉착했다. 그래서 신라는 고구려의 부흥군과 힘을 합해 670년 3월 당나라군을 공격했다. 이로써 나당전쟁은 시작되었다.

당나라와 신라의 국력을 비교할 때, 신라는 당나라에 대해 상대가 되지 않았다. 하지만 신라는 민족의 생사가 달린 전쟁이었기에 결사적으로 항쟁했다. 우리의 땅에서 전쟁을 했기 때문에 군(軍)이 아니더라도 아이 어른 할 것 없이 총동원되었을 것으로 추리된다. 전쟁이 진행되는 중 671년 10월 신라군은 황해에서 설인귀가 거느린 당나라군을 격파했고, 675년 9월 신라군은 이근행이 이끄는 20만의 당나라군과 매초성 전투에서 승리했다. 또 675년 11월 기벌포 앞바다에서 설인귀의 해군을 격파했다. 이렇게 전쟁이 진행되면서 대형(大形) 전투에서 신라가 승리함으로써 7년 만에 전쟁을 승리로 끝맺었다.

그 당시 우리 선조들의 장한 모습에 찬사를 보내야 할 것이다. 자칫 잘못했다면 기가 죽어 아무 말도 못 하고 그냥 따라갈 수밖에 없는 처지이기도 했으나 절대로 그럴 수가 없었던 것은, 우리 민족의 영토인 한반도를 당나라가 점령해 주관하는 것을 용납할 수 없고, 우리 민족끼리 통일해 한반도를 차지하면서 하나의 나라를 만들어 한 정부 밑에서 살기 원했기 때문이었을 것이다. 아마 신라의 왕과 중신(衆臣)들은 백제와 고구려를 합병해 삼국을 통일하려는 야망이 일찍부터 있었을 것인데, 같은 민족으로서 좁은 땅에 살면서 나라를 달리해 서로 대결하는 것보다는 크고 힘 있는 하나의 나라를 만들기 원했을 것이다. 그래서 대계획(大計劃)을 실천시켜 결과적으로 삼국을 통일한 것이라고 생각된다, 이것은 나당전쟁의 열정을 보아서 알 수 있을 것 같다. 당나라의 군사를 불러들인 것은 좋은 방법은 아니었지만, 신라가 태평시대를 이루고 있을 때 당나라와 연합한 것이 아니라, 고구려와 백제가 신라를 괴롭게 하므로 고육책(苦肉策)으로 부득불 당나라와 연합했으리라 생각된다. 그 사정을 이해할 것 같기도 하다. 신라와 당나라가 연합한 것은 각자 목적이 있었을 것이니 결국 동상이몽(同床異夢)이었을 것이다.

국사(國史)를 읽으면서 그때의 상황을 상상하면 아찔한 생각이 든다. 우리 민족이 멸망의 위기가 닥쳤을 때 민족끼리 단결하지 않았더라면, 강대한 당나라 군사를 몰아내지 못하고 그들에게 영영 예속되었을 것이다. 고구려의 유민 입장에서는 신라도 침략자였지만, 민족이 살아남기 위해서는 신라편이 되어 거대한 당나라군을 몰아내고 국토와 주권을 되찾아 우리 민족이 통일할 수 있는 기반을 완전히 만들어 낸 것이 장하기만 하다.

나당전쟁이 7년이나 걸렸으니 큰 전쟁이었을 것으로 생각된다. 기록은 거대하게 써놓은 것이 별로 없는 듯하지만 우리는 상상해 볼 수 있다. 신라는 당나라에 비교해 작은 나라였는데, 나당전쟁에서는 당나라 군대를 물리쳤다. 아마 그때 우리 선조들은 결사각오(決死覺悟)의 자세로서 전투에 임했을 것이며, 많은 희생이 있었을 것이라는 것은 얼마든지 추리할 수 있다. 당나라가 신라에게 호락호락할 나라가 아니 었는데, 우리의 땅을 포기하고 물러간 배경에는 최선을 다하는 우리 민족에게 천혜(天惠)가 있었던 것으로 생각된다. 그러니 결과적으로 우리의 국토 한반도(韓半島)는 우리의 선조들에게, 오늘날 우리(남북한)에게, 그리고 앞으로 태어날 우리의 후손들에게 길이길이 살아갈 우리 민족의 터전으로 하나님께서 특별히 내려주신 땅 이라는 것을 분명히 알 수 있다.

3. 신라(新羅)가 백제와 고구려를 합병하여 삼국통일(三國統一)을 하다

나당전쟁에서 당나라가 신라를 이기지 못하고 안동도호부는 요동으로, 웅진도독부는 건안성으로 옮겨가게 되었다. 우리 한민족(韓民族)을 지배하려 하고 땅을 차지하려 했던 당나라의 세력이 물러갔다. 그로써 신라가 명실상부하게 삼국(三國)을 완전히 통일해 우리의 민족국가를 한반도(韓半島) 위에 이룩했다. 물론 그때보다 더 먼 옛날의 고조선(古朝鮮)은 통일국가였지만, 그 시대는 너무 먼 옛 역사라서 상상할 수 없을 것 같고, 삼국시대의 역사는 충분한 기록이 있고, 유적과 유물들이 오늘까지 전해져 오므로 오늘날 우리에게 생생한 가까운 역사이다. 신라가 삼국을 통일함으로써 우리 민족은 한반도에서 통일국가의 모습을 갖추고 한반도에서 주인 행세를 할 수 있는 통일국가가 되었다.

신라가 주체가 되어 백제와 고구려를 합병해 통일신라를 이루어, 이 땅 위에는 다른 나라가 존재함이 없이 통일조국이 건설되었던 것이다. 얼마나 경사스러운 일인가? 3국이 대립하면서 좁은 한반도 위에서 서로 다투면서 살았으나 통일국가를 이루었으니 민족적으로 볼 때 지극히 큰 선물이요 영광이었다. 그때 우리의 선조들이 이룩한 엄청난 역사는 오늘날 그들의 후손(後孫)으로 살아가고 있는 남북한 우리 민족 모두가 볼 때 위대하고 자랑스럽고 장한 사건이다. 오늘날 남북한 국민 모두가 그들의 후손이니 다 같이 박수갈채를 보내야 할 것이다. 그때부터 우리 민족이 우리의 국토 한반도 위에서 하나의 통일국가를 만들었으므로 덩치가 커지고 국력이 커진 것이다. 하나의정부 밑에서 같이 살게 되었다. 이것이 신라의 삼국통일(676년)이다. 이는 우리 민족의 위대한 **'첫 번째의 통일'**이었다.

4. 통일신라(統一新羅)는 어떻게 존속(存續)되었는가?

통일신라는 676-892년 후삼국이 시작되는 후백제의 견훤이 즉위하는 해까지 **216년간** 계속되었다. 통일신라는 고구려와 백제를 흡수 합병하여 통일국가를 이루어 전성기와 혼란기를 지나는 동안 과거의 고구려 백제는 기억 속에서 사라져 없었을 것이고, 오직 **통일신라**만이 백성들의 마음속에 조국(祖國)으로 자리 잡고 있었을 것이다. 신라가 삼국통일을 이룩한 뒤 왕권(王權)은 더욱 강화되어, 신문왕(31대 왕) 때는 강력한 전제 왕권이 구축되었다. 귀족세력을 억누르는 정책을 썼고, 통일에 따른 중앙과 지방의 여러 행정, 군사 조직을 완비했다. 신라 제33대 성덕왕(聖德王) 때는 전제왕권 하에 전성기를 누렸다. 그러나 그 후 귀족들의 횡포에 시달려 백성들의 삶이 고달과 불만이 표출되었고, 곳곳에서 조국을 배반하는 세력이 생겨났다. 그리하여 통일신라가 216년 동안 존속되다가, 불행하게도 후백제와 후고구려(고려)가 통일신라에서 분열, 건국되었다. 이로써 통일신라는 3분(分)되어 후삼국시대(後三國時代)를 맞이하게 된다.

[3] 통일신라가 다시 삼국(三國)으로 분열되는 슬픔의 역사

통일신라가 676-892년 216년간 존속되는 중에, 9세기 말에 이르러 신라 사회는 혼란해지기 시작했다. 오랫 동안 신라 사회를 지탱해온 신분제도(골품제도)가 기능을 상실해, 중앙 통치체제가 약화되면서 지방 호족들이 새로운 세력으로 생겨났다. 따라서 중앙의 통제력이 잘 먹혀들지 않았다.

호족(豪族)이란 한 지방을 관장하던 성주(城主)나 촌주(村主)의 세력을 말한다. 이들은 조상 때부터 같은 지방에서 살면서 몇 개의 촌락을 다스리면서 많은 토지를 가지고 있었다. 그러므로 그 지방의 경제권과 실권을 지니고 가병(家兵)을 양성하고 경제적, 군사적으로 힘을 기르면서 세력을 넓혀갔다.

신라 제51대 진성여왕이 다스리던 때 신라 사회는 혼란이 시작되었다. 호족들은 각자의 군(軍)을 양성해 가병들을 거느렸으며 국가의 통제에서 벗어나려 했다. 이러한 풍조가 생겨나는 때 견훤과 궁예가 조국(통일신라)을 배반하면서 각자 자신의 군사를 거느리고 신라의 변방을 야금야금 점령해갔다. 서쪽 지방은 견훤이, 북쪽으로는 궁예가 점령해 갔다. 그러다가 마침내 892년 신라 진성여왕 6년에 견훤은 **후백제**를 세웠고, 9년 후인 901년 궁예는 **후고구려**를 세우면서 자신들이 왕이 되었다. 이렇게 통일신라가 쪼개지면서 후백제, 후고구려, 신라 이렇게 3개의 나라가 되고 말았다. 이 3개의 나라가 형성된 시대를 **후삼국시대**라고 한다.

민족이 분단되어 후삼국시대가 되면서부터 민족끼리 서로 적대 관계의 틀이 형성되어 전쟁으로 대결하게 되었다. 민족적으로 볼 때 이 시대는 정말로 수치스럽고 불행한 시대로서 심히 안타까운 민족 분열의 과도기(過渡期)였다. 후삼국시대는 44년 존속되면서 극렬한 전쟁을 수도 없이 했다. 그 와중에 수많은 사람들이 희생되었을 것이고, 백성들의 삶은 고달픔과 가난과 공포가 만연했을 것이다. 이러한 시대를 살았던 우리의 선조들은 평화를 그리워하는 가운데 통일을 요망(要望)했을 것이다. 그 시대는 마치 오늘날 우리 민족이 2분(二分)되어 남한과 북한이 따로따로 나라를 이루어 무력으로 대결하는 것과 똑같은(닮은) 불행한 시대였다.

[4] 남북통일의 방법은 우리 민족의 역사(歷史)에서 배울 수 있다

남북한(南北韓)의 통일방법은 '경순왕 따라하기 식 통일방법'이라는 타이틀(title) 밑에서 세부적으로 의견을 말하고자 한다. 우리 민족이 남북한으로 분단되어 대결 구도가 짜여 있고 통일이 요망되는 시대를 살고 있는 오늘날 우리에게 통일의 방법을 가르쳐주는 시대가 바로 후삼국시대이다. 후삼국시대는 마치 오늘날 남북한이 분단되어 대결하는 모습과 똑같이 민족이 분단되어 대결하던 시대였는데, 결국은 평화적으로 멋있게 통일을 했던 역사를 지니고 있다. 그래서 그때 후삼국의 역사를 세밀히 공부하면서 통일했던 방법을 배워서 오늘날 남북통일을 이끌어 내어야 한다. 그래서 후삼국과 관계되는 내용을 말하면서 한번 혹은 거듭되는 중복적인 설명을 하면서 인식을 돕고자 한다.

이제부터는 핵심적인 본론이다. **후삼국시대**의 우리 선조들은 혼란하던 시대를 슬기롭게 평화적으로 통일해 하나의 국가를 이룩하고, 우리의 한반도에서 명실상부하게 대외적으로 탄탄한 국가의 면모(面貌)를 보여주며 아름다운 문화를 계승시켰다. 이 위대했던 일들을 본받아 오늘날 남북한으로 분단된 우리의 조국이 하루 빨리 통일되어 양질(良質)의 삶이 7천만 국민 모두에게 돌아가야 한다. 후삼국시대의 신라가 고려에 합병해 통일을 이루었던 그 정신과 방법을 본받아 그대로 실행하면 오늘날 남북으로 분단된 우리 민족이 통일될 수 있다는 것입니다. 남북한의 정권 담당자들이나 일반 국민 모두가 만족할 수 있을 것이며 어떤 누구도 통일로 인해 손해 보는 사람이 전연 없을 것이다.

그래서 먼저 후삼국이 생성(生成)되는 과정들을 공부하고, 후삼국 간 전쟁의 역사를 공부하고, 또 그때 백성들의 생활상을 공부해야 한다. 그리고 후삼국으로 분리되기 전 시대의 조국이었던 통일신라를 그리워하면서 평화를 사모하던 모습, 그리고 새로운 통일이 절실히 요구되어 통일을 사모했던 사실, 궁극적으로 후삼국이 멋있게 통일했던 과정들을 공부해야 할 것이다. 그때 당시에 진행되었던 통일작업이 오늘날 남북한이 통일할 수 있는 방법을 가르치는 예행연습이 되었고, 모델이 되고 있습니다.

[5] 후삼국시대(後三國時代) : 892-936년

1. 신라(新羅)

우리 민족의 조국이었던 통일신라가 통일국가로서 존속되어 내려오다가 불행스럽게도 후백제와 **후고구려(고려)**가 분리되어 나감으로 인해 국토와 백성이 삼분(三分) 되어졌음으로 이제부터는 통일신라가 아니고, 후삼국 중에서 일원(一員)이 된 작은 신라(新羅)이다. 신라는 존속기간이 992년인데 3등분으로 나누어 볼 수 있다.

첫 번째는 신라가 삼국을 통일하기 전 시대의 신라 733년, 두 번째는 백제와 고구려를 합병해 통일을 이룬 통일신라 216년, 세 번째로는 통일신라가 쪼개지면서 후백제와 후고구려가 분리되어 나가고 남아 있는 후삼국시대의 신라 43년간이다. 이렇게 연대를 나눌 수 있다.

통일신라의 영토는 한반도 거의 전부였으나, 후백제와 후고구려(고려)가 영토를 가져감으로써 모국(母國) 격인 신라의 영토는 확 줄어들었지만, 원래의 신라 영토는 거의 보존되고 있었다. 후삼국시대 초창기에는 신라가 후고구려에게도 시달림을 받았다. 후고구려의 궁예 왕은 신라를 몹시 증오했다는 기록이 있다. 그러나 궁예 왕의 18년간의 집권이 끝나고 왕건이 왕위에 오르면서 국호를 고려(高麗)라고 고쳐 부르고 고려의 태조가 되었다. 고려태조 왕건은 신라와는 친근 정책으로 국교 관계를 유지했고, 후백제와는 대결하면서 크고 작은 전쟁을 수도 없이 했다.

이러는 중 후백제는 항상 신라를 괴롭혔다. 927년에는 후백제의 왕 견훤이 신라를 공격해 들판에 쌓아둔 곡식을 불태우기도 하면서 행패를 부렸다. 경주에 쳐들어가서 경애왕(景哀王)을 죽이고 경순왕을 즉위시키고 물러갔다. 그로 인하여 신라는 후백제에 대하여 원한이 맺혔다. 경순왕은 후백제의 견훤 왕이 세워주어서 신라의 왕이 되었지만 후백제의 견훤 왕에게는 원한이 쌓여 있었고, 고려태조 왕건과는 친근 정책을 펴나갔다. 고려태조 왕건도 후백제와 대결했으나 신라와는 친근 정책을 폈다. 고려태조 왕건과 신라의 경순왕이 친근하게 만나 예를 갖추면서 피차 친근 외교를 행했던 한 장면의 기록을 읽을 수 있다.

고려태조 왕건은 931년 봄 2월에 50여 명의 기병을 거느리고 경주 부근에 가서 신라의 왕을 뵙기를 청했다. 왕은 모든 관원들과 함께 교외에 나가서 정중하게 맞이해 대궐로 모셔 들어와 서로 대해 인정(人情) 깊은 예를 정중하게 올렸다. 그리고 임해전에서 태조를 위한 잔치를 베풀었는데, 경순왕이 술이 취하면서 이렇게 말했다.

"나는 하늘의 도움을 입지 못해 환란이 그치지 않고 있으며, 후백제의 왕 견훤이 우리를 침범해 불의한 짓을 마음껏 하여 우리를 괴롭히고 나라를 망쳐놓았으니, 이 얼마나 분통한 일입니까?"

그러면서 계속 눈물을 흘리며 울자 측근들도 목이 메어 울지 않는 사람이 없었으며 "고려태조 왕건도 경순왕을 따라 눈물을 흘리면서 위로했다"고 기록되어 있다. 그리고 태조는 10여 일 동안 머무르다가 돌아갔다. 그때 경순왕은 도성 밖 먼 곳까지 따라가며 전송했고, 사촌아우 유렴(裕廉)을 볼모로 태조를 따라가게 했다고 한다. 그래서 서라벌 사람들이 "전번에 견훤이 왔을 때는 늑대와 범을 만난 것 같았는데 이제 왕공(王公=王建)이 오니 마치 부모를 대하는 것 같구나."라고 평(評)했다고 기록하고 있다. 아마 그때의 신라인들은 견훤과 왕건을 비교해 왕건을 친 우방의 왕으로서 존경을 보낸 것 같다. 일반 백성들뿐 아니라 신라의 왕과 그의 조정 신료들도 고려태조 왕건에 대한 친근감이 있었던 것을 볼 수 있다.

태조는 본국으로 돌아간 후 8월에 신라에 사신을 보내 왕에게는 안장을 얹은 말을 드리고, 여러 관료들과 장사들에게는 차등을 두어 예물을 주었다고 한다. 이러한 내용으로 미루어 볼 때 태조 왕건과 경순왕과의 관계는 우의(友誼)가 지속되었던 것 같다. 고려와 신라의 관계는 우호적이었기 때문에 고려에서 군사를 거느리고 신라를 공격할 입장이 아니라 우호적인 선린(善隣) 관계로 지내는 친근한 우방 관계였음을 알 수 있다. 이렇게 고려와 신라의 사이에서는 우호적인 관계를 깊게 해 양국 간의 관계와 양 정상(兩頂) 간의 관계는 항상 우의를 바탕으로 하는 친근한 관계를 유지하고 있었다. 그러므로 양국은 전쟁 대상이 아니라 우의를 만족하게 쌓은 우방이었음을 볼 수 있다.

고려태조와 신라의 경순왕 사이에는 개인적인 인정(人情)도 통하고 있었다는 것을 읽을 수 있다. 경순왕이 슬피 울 때 고려태조 왕건도 따라 울어주었다는 사실, 그리고 경순왕은 자기의 마음속에 쌓여 있는 원통함을 태조 왕건 앞에 쏟아냈다. 이것을 보면 태조를 믿고 의지하려는 마음을 읽을 수 있다. 이러한 우호적인 관계의 틀 속에서 신라는 후백제의 공격을 받을 때는 고려에 도움을 청하고, 고려는 신라의 요청에 응하면서 군사를 보내 신라를 도왔다. 그 예로 신라의 요청에 의해 고려에서 군사를 보내어 후백제와 대형 전투를 치른 적이 있는데, 이것이 저 유명한 공산전투이다. 신라는 후삼국 중에서 모국(母國)이었고, 민족의 전통(傳統)을 가지고 있는 국가의 조직을 가지고 있었지만, 약체가 되어 고려의 도움을 필요로 하는 입장이 되어 있었다.

경순왕은 후삼국 시대 말기(末期)에 신라의 왕이 되면서 정치에 입문하게 된다. 경순왕은 약해진 신라를 통치하면서도, 혼란한 후삼국 말기의 복잡한 민족적 대결구도를 해결해야 할 시대적인 사명을 가지고 있었다. 모든 백성들의 마음은 조국의 땅에 평화가 깃들기를 바랐을 것이고, 전쟁이 아닌 평화를 원했을 것이다. 또 삼국이 빨리 통일되기를 간절히 사모했을 것이다. 그때의 백성들 중에 어른들은 통일신라 시대를 보았을 것이다. 통일신라의 백성으로 살았던 사람들이 많이 생존해 있을 때였기에 더욱 더 통일이 그립고 필요한 시대였다.

이때 경순왕은 지나간 시대의 통일신라를 그리워하면서 민족통일을 위해 정치적인 구상(構想)을 했다. 그때의 시대상을 파악하면서 먼저 신라를 고려에 합병해 통일 할 것을 계획하고, 그 뜻을 관철시키기 위해 군신회의(群臣會議)를 소집해 의논케 했다. 또 신라를 고려에 합병해 고려와 통일하기로 결단 내리고 일을 진행시켰다. 이러한 때 경순왕의

아들 마의태자(麻衣太子) 형제는 극구 반대하면서, 한 나라의 흥망성쇠
는 반드시 천운이 있으므로 힘을 다하지 않고 천년 사직을 가볍게 고
려에게 넘겨주는 것이 합당하지 않다면서 생명을 걸고 반대했다. 그러
나 경순왕은 아들들의 만류에도 끌려가지 않고 우리 민족은 반드시 통
일국가를 이룩해야 한다는 일편단심으로 결단한 바를 실천해 신라를
고려에 합병, 통일을 이룩했다(935년 11월).

2. 후백제(後百濟)

통일신라 진성여왕(제51대) 때 이르러 나라가 혼란한 틈을 타 반기를
들고 일어나는 세력이 있었다. 그 중에서 상주 가은현, 지금의 문경시
가은읍에서 태어난 농민 출신 견훤이 신라의 군인으로서 서남해 지방
의 방위에 공을 세워 비장(裨將)이 되어 명성을 얻게 되었다. 그러나 견
훤은 여전히 신라인이요 신라의 권력 밑에서 자라난 군인 출신이었다.
신라의 녹(祿)을 먹는 사람이지만 나라가 혼란한 틈을 타 반기를 들고
일어나 여러 성을 공략하여, 옛 백제 땅을 정복했다. 모국(母國)인 통일
신라를 배반하고 진성여왕 3년, 각지에서 일어난 반란의 무리들을 이
끌고 무진주(武珍州)에 이어 완산주(完山州)를 점령하고, 옛 백제를 부흥
시킨다는 명분을 내세워 완산주를 도읍으로 삼아 892년(진성여왕 6년)에
자신이 왕위에 오르면서 후백제 개국을 선포했다. 이렇게 하여 후백제
는 신라를 괴롭히고 고려와도 여러 번 혈전(血戰)을 하면서 후삼국 가

운데 하나의 나라가 되어 세력을 키워나갔다.

후백제는 892-936년까지 44년 간 존속했다. 918년 후고구려의 왕 궁예가 축출되고 왕건이 왕위에 오르면서 고려(高麗)국이 선포되자, 견훤은 왕건의 고려국 건국을 하례하면서 좋은 유대를 가지려 했다. 그러나 후백제가 신라를 공격하면서부터 고려와 사이가 벌어지고 말았다. 920년 견훤이 신라의 진례성(進禮城)과 대야성(大耶城)을 공격할 때 고려가 신라에게 도움을 줌으로써 고려와 후백제 두 나라는 서서히 대결 상태로 들어갔다.

후백제의 왕 견훤은 926년 신라를 침공해 수도 경주를 함락하고, 친려정책(親麗政策)을 취하던 경애왕을 죽인 다음, 김부(金傅:경순왕)를 왕으로 세우고 모든 것을 탈취해 철수했다. 이때 고려태조 왕건은 신라의 요청에 의해 직접 군사를 이끌고 공산 전투장(대구 팔공산)에서 신라 정벌을 마치고 돌아가는 후백제의 왕 견훤을 맞아 대형 전투를 벌였다. 그러나 고려가 크게 패하고 후백제가 승리해 이때부터 후백제가 항상 우위(優位)의 위치를 차지하게 된다. 고려와 후백제는 공산전투 후에도 자주 전투를 했는데 후백제가 우세했다.

그 후 고려와 후백제 사이에는 대형 전투가 또 한 차례 있었다. 930년 고창(지금의 안동[安東]) 전투에서 후백제가 고려군에게 대패(大敗)하면서 차차 세력이 기울어졌다. 유능한 신하들이 왕건에게 투항해 갔고 세력이 크게 위축되었다. 후백제는 서서히 쇠퇴하기 시작하면서 934년에는 웅진 이북의 30여 성을 고려에게 빼앗겼다. 나라 안에는 내부의 불화로 내분이 싹트기 시작했으니, 외적으로나 내적으로나 석양의 빛이 짙어 오고 있는 중이었다.

그런데 결정적인 순간이 후백제의 왕가에서 일어나고 있었다. 견훤 왕이 넷째 아들 금강에게 왕위를 물려주려 하자, 맏아들 신검(神劍)이 불만을 품고 두 아우와 모의해 정변(政變)을 일으켜, 부왕(父王)인 견훤 왕을 금산사에 유폐시켰다. 그리고 부왕의 특별한 사랑을 받고 후계자로 낙점되어 있던 금강(金剛)을 동생이지만 정적(政敵)이니까 살해한 뒤 신검 자신이 아버지를 밀어내고 왕위에 올랐다(935년 3월). 결국 쿠데타는 성공했지만 도덕도 인정(人情)도 마비되고, 효도(孝道)는 완전히 말살되고 말았다.

견훤 왕은 43년간 후백제의 왕으로서 위세 당당하게 호령했으나 말로(末路)에 이르러서는 아들에게 왕위를 빼앗기고 유폐(幽閉)된 생활을 하다가, 유폐된 지 3개월 만에 탈출에 겨우 성공해 고려태조 왕건에게 투항 하여 갔다(935년 6월).

그처럼 위세 당당했던 견훤 왕은 자신에게 도전자가 있으리라고 상상을 못 했을 것이다. 그러나 권력을 빼앗으려고 하는 반역 세력들이 동작을 개시할 때는 살기(殺氣)를 띠면서 갑자기 들이닥치는 것을 보게 된다 이 반역의 세력도 멀리서 온 것이 아니고, 측근에서 자신을 항상 호위하고 경호해 주던 부하들에게서 발생했다. 이렇듯 권력은 청천벽력 같이 순식간에 무너지는 것을 볼 수 있다. 견훤 왕은 권력을 빼앗김으로써 신변의 자유도 빼앗겨 감금(監禁) 생활을 해야만 하는 가련한 신세가 되었다. 그런 상태에서 간신히 빠져나와 도망쳤다. 자기나라 안에서는 신변이 안전한 곳이 없어 다른 나라로 망명을 가야만 했던 가련한 신세가 되고 만 것이다. 그렇게 위세 당당하던 후백제의 상왕(上王)이 고려에 망명하여 망명객의 신세가 되면서부터는 권좌를 빼앗아간 아들을 원수로 여겨 후백제를 침공하기 위해 준비하는 세력이 되었다. 자기를 반역한 아들 신검을 치고 후백제를 정복해 고려에 합병시킬 것을 고려태조 왕건에게 계속 간곡하게 간청하고 있었다.

사위인 박영규(朴英規)는 고려에서 망명 생활을 하고 있는 장인이자 전 왕(前王)인 견훤과 내통하고 있었다. 이로써 후백제는 완전히 분열 상태가 되었으며, 벌써 고려의 세력권 안으로 들어갔다고 해도 과언이 아닌 상황이었다. 이렇게 볼 수 있는 배경은 견훤이 고려에 투항하여 환대를 받고 있는 중에 후백제의 요원들 중에서 전 왕 견훤과 내통하는 자가 있고, 후백제의 장군들 중에서도 견훤을 지지하는 자들이 있었기 때문이다. 이렇게 장군들 중에서도 견훤을 지지하는 자가 있다는 것이 후일 일리전투 장에서 색깔이 나타났다. 남은 것은 신검이 이끄는 군사인데, 사실 이것은 고려에서 볼 때와 망명지(亡命地)에 머물러 있는 견훤이 볼 때 한 판 진투로서 끝내는 일만 남겨 놓은 것이다. 결국 후백제의 왕이었던 견훤이 고려 땅에서 망명생활을 하며 후백제를 침공할 세력으로 숨어 있었으므로 후백제는 꺼져가며 고려에 편입될 징조가 벌써 짙게 나타나고 있었던 것이다.

그때의 상황을 볼 때 후백제의 신검(神劍) 왕은 국가를 이끌어 나가

기가 너무 힘이 들었던 것으로 추리해볼 수 있다. 국력은 다했고, 지난 날 아버지 견훤의 휘하에 있던 세력들이 모두 다 자신의 부하가 된 것은 아니므로 군력(軍力)이 감소되었다. 그러므로 당장 고려를 침공해 들어 갈 수도 없는 형편이고, 또 고려에 항복한다고 가정해도 할 수 없는 것은 견훤이 고려에서 망명생활을 하며 복수의 칼을 갈고 있었던 것이다. 그 때문에 이러지도 저러지도 못할 형편이었을 것이다.

이런 상황이 된 후백제는 이제 국운이 마지막 조종이 울리고 있는 형편에 고려에게 정복될 날이 임박하고 있었다. 이렇게 후백제와 고려의 관계가 돌아가는 것을 볼 때, 후삼국을 완전 통일하는 데는 후백제가 문제가 되고 있었던 것은 아닌 것 같다. 이때 신라에서 결단을 내려 신라를 고려에 합병시킨다면 후삼국은 완전히 통일될 수 있었을 것이다. 그래서 신라의 경순왕은 후삼국의 정세를 판단하고 민족통일을 기획(企劃)했다. 즉 신라를 고려에 편입시켜 고려와 신라의 통일을 먼저 이루면서, 후백제가 고려에 흡수될 수 있도록 정세를 만들었던 것이다. 결국 후백제는 일리전투에서 고려에게 항복하면서 고려에 합병되었다 (936년).

3. 후고구려(後高句麗)

9세기 말에 이르러 통일신라 각지에서 호족들의 반란이 일어나자, 혼란한 틈타 궁예가 북쪽 지방을 점령하면서 조국(통일신라)을 배반하고 후고구려를 세웠다. 궁예는 신라의 한 왕의 서자로서 세달사에 들어가 승려가 되었다가, 892년 북원(北原, 지금의 원주)의 반란군 두목 양길(梁吉)의 부하가 되어 양길의 군사를 거느리고 여러 성을 공격했다. 황해도, 강원도, 경기도 일대를 공략해 여러 성을 점령하고, 철원을 근거로 해서 나라의 면모를 갖추면서 자신의 상관인 북원의 양길에게 대항해 그 땅을 빼앗고 점점 세력을 키웠다. 그리고 송악을 근거지로 하여 고구려 부흥과 신라 타도라는 명분을 내세우면서 나라를 세워 국호를 후고구려(後高句麗)라 선포하고 궁예 자신이 스스로 왕위에 올랐다 (901년).

이로써 결국 3개의 나라가 한반도 위에서 난립하게 되어 민족끼리 대결하는 판이 짜였다. 이 시대를 후삼국시대(後三國時代)라고 한다. 민족적으로 볼 때 불행하고 부끄럽고 구슬픈 민족적 과도기였다. 마치 오늘날 남북한이 분단되어 민족적인 과도기를 살아가고 있는 것과 너무나 비슷한 여건이었다.

후고구려를 세운 궁예 왕이 끝까지 왕 노릇을 하지 못하고 18년 만에(901-918년) 막을 내리게 된다. 궁예 왕은 여러 가지의 학정 때문에 백성과 측근 부하들에게 악한 왕으로 인식되었다. 그 중에 한 가지를 지적한다면, 신라를 멸도(滅都)라 일컫게 하고 투항해 오는 신라인을 모조리 죽여 생명의 귀중함을 잃어버린 왕이 되어 전제군주로서 횡포가 심했다. 그리고 자신을 미륵불이라고 하여 신격화하고, 교만이 절정에 이르게 되면서 백성을 괴롭히고 많은 신하를 희생시키는 무모한 생활을 했다. 국력이 강해지고 국가의 체제가 정비되니 지나치게 왕권을 강화하고 점차 횡포를 거듭하여 폭군으로 변했다. 많은 신하를 죽이고 횡포를 일삼았으므로 결국 측근의 부하들이 반역(反逆)을 일으키고 만다.

궁예 왕이 몰락하는 과정을 보면, 철통같이 왕의 신변을 경호하던 측근 부하들의 마음이 자기 곁을 떠나면서 도리어 반역자로 돌변해 정변(政變)을 일으키게 된다. 결국 918년에 부하인 신숭겸, 홍유, 복지겸, 배현경 등이 그를 배반하고, 궁예 왕 이 특별히 신임하던 부하 왕건(王建)을 새로운 왕으로 추대하게 된다.

궁예 왕은 자신에게는 아무런 도전(挑戰)이 없으리라고 생각했을 것이나 측근에 있던 자들, 즉 이때까지 자기에게 복종하면서 자신을 호위(護衛)해주던 충신과 장군들이 돌변해 반란을 일으키고 그를 대적하여 다른 왕을 세웠다. 새로운 왕으로 추대 받은 왕건도 자기에게 충성을 다하던 부하였으나 그도 등을 돌렸다. 이때까지 자기를 경호해주던 부하들이 도리어 자신의 생명을 해칠 대상이 되었다. 그리하여 궁예 왕은 그들의 낯을 피해 도망을 가야만 생명을 유지할 수 있는 처지가 되고 말았다. 일이 이렇게 진행되니 다급해진 궁예 왕은 살 길을 찾아 평민의 옷으로 갈아입고 평강(平康)으로 도망을 갔다. 그러나 그곳 백성들도 그를 싫어하여 결국 그들에게 살해되고 말았다. 그처럼 권력을 휘두르던 왕이 처량하게 죽어간 것이다. 그로써 후고구려의 수명도 다하게 되었고, 궁예 왕 개인의 인생도 비참하게 끝나 버렸다.

궁예를 대신해 왕이 된 왕건은 나라 이름을 고쳐 고려(高麗)라 하고,

고려국을 선포하기에 이른다. 그래서 후고구려라는 이름은 없어지고 그 자리에 고려가 대신해 자리를 잡는다. 나라 자체는 그대로이면서 왕조와 국호만 바뀌어 고려가 된 것이다(918년). 그리하여 후삼국은 신라, 후백제, 고려 이렇게 여전히 3개국으로 분열된 상태이다.

4. 고려(高麗)

후고구려를 세운 궁예 왕이 실각되면서 대신 왕위에 오른 왕건(王建)이 후고구려의 간판을 내리고 국호를 고려(高麗)라 선포하고 고려의 태조(太祖)가 되면서 세워진 나라이다. 왕건이 등극하던 원년이 고려의 개국원년이 되었다(918년). 고려태조 왕건은 후백제와는 크고 작은 전투를 계속 하면서 적대관계에 있었으나 신라와는 우호적인 관계를 유지해 우의(友誼)를 다졌다. 즉 신라와는 친근한 우방으로 전쟁이 필요치 않은 선린관계(善隣關係)가 성립되어 있었다. 이렇게 후삼국시대가 진행되면서 후백제와 크고 작은 전투를 하는 중에 고려가 약세였으나, 930년 대형전투인 고창전투에서 고려가 후백제를 누르고 승리하면서부터는 계속 고려가 우위의 자리를 유지하고 후백제는 쇠퇴 일로에 들어서고 만다. 그 후 고려는 후백제의 영토였던 웅진(공주) 이북의 30여 성(城)을 빼앗아 고려의 영토로 편입시켰다. 그리고 신라의 호족들 중에서 상당수가 신라를 떠나 고려에 귀화했다. 이렇게 하여 고려의 세력(勢力)은 점점 커져 삼국(三國) 중에서 가장 활기(活氣)가 살아나는 나라가 되었다.

935년 6월에는 후백제를 호령하던 견훤 왕이 비참하게 자신의 아들 신검(神劍)에게 권력을 빼앗기고 유폐생활을 하다가 간신히 도피해 고려에 투항해 들어왔다. 고려로서는 큰 장수를 얻은 격이었다. 후백제의 내부를 완전히 알고 있으면서 무예와 전법에 능한 견훤이 고려 편이 되어 있었다. 그는 자신의 보좌(寶座)를 쿠데타로 탈취해간 아들 신검을 비롯해 그 세력을 원수로 여겨 하루 빨리 원수를 갚기 위해 후백제를 처서 신검을 죽이고, 후백제를 고려에 합병시키기를 태조 왕건에게 간청했다. 그러므로 언젠가는 후백제와 한 판의 전투가 남아 있지만 승리할 수 있는 조건이 갖추어져 있어서 적당한 때만 맞추면 되는 형편이었던 것이다. 이렇게 정세가 흘러가고 있어, 멀지 않은 시점에 후백제는 고려에게로 흡수될 수밖에 없는 여건이 성숙되는 중이었다.

후삼국의 정세가 이렇게 돌아가고 있을 때 신라의 경순왕이 후삼국(後三國) 통일을 기획하면서, 각본에 따라 신라를 고려에 귀부(歸附)하기로 결단하고 민족통일을 위해 위대한 일을 실행에 옮기는 역사의 진행을 볼 수 있다.

경순왕은 신라를 고려에 합병하겠다는 통보(通報)를 태조 왕건에게 보냈다. 아마도 이런 결단을 내린 배경에는 통일신라를 상상하면서 후삼국이 완전히 통일해 민족이 하나의 국가가 되어야 한다는 정치적인 계산이 깔려 있었으리라 생각된다. 아무런 조건 없이 신라를 고려에 넘기겠으니, 신라를 받아들여 고려에 합병하고 신라의 군대와 국토와 백성을 받아들여 통일국가를 만들기 바라는 소원이 담긴 내용이었다. 고려태조 왕건으로서는 아침 햇빛이 떠올라 어두움을 밝히듯이 고려의 앞날이 밝아 오는 역사적인 순간이었을 것이다. 같은 민족으로서 하나가 되어야만 했는데 분단국(分斷國)이 되어 크고 작은 전쟁을 수없이 했고, 많은 사람이 전쟁에서 희생되는 것을 목도하며 친히 그 전쟁에서 주역으로 활약했던 태조 왕건으로서는 감개무량했을 것이다.

비록 신라는 약한 상태였지만 삼국 중에서는 모체(母體)이면서 전통 있고 조직력이 있었으므로, 그대로 받아들여 통일을 이루면 겨레의 전통을 잇는 나라가 될 것이고, 아직까지 후백제 신검의 군사가 남아 있지만 신라가 고려에 합병되면 고려의 국토와 국력은 커져 고려의 사기(士氣)와 위상이 올라가고 후백제의 사기와 위상은 밑으로 떨어질 것이 분명한 사실이었다. 그리고 후백제의 신검을 칠 때는 앞장설 견훤이 있으니 문제될 것 없었다. 정세가 이렇게 돌아감으로 인해 민족통일이 눈앞에 보이기 시작했을 것이다. 지나간 날의 통일신라를 상상하면서 **통일고려(統一高麗)**가 눈앞에 보이기 시작했을 것이다. 신라가 고려에 귀부(歸附)해 오는 행위는 바로 민족의 통일을 이루는 행위라는 것을 태조 왕건은 확실히 인정했을 것이다. 만약 신라가 그런 결단을 내리지 않았다면 신라와는 친근한 이웃국가로서 그냥 우호적인 선린관계로 지내야만 했을 것이다. 그러므로 민족이 통일해 통일조국을 이룬다는 것은 상상도 할 수 없었을 것이다. 그러나 신라의 경순왕이 신라를 고려에 합병하기로 결단을 내림으로 인해 통일이 가능했던 것을 볼 수 있다.

사실 신라의 경순왕이 신라를 등에 업고 고려로 들어와 고려와 합병 통일을 이루는 행위는 그때 3국(고려, 신라, 후백제)이 돌아가는 정국(政局)의 흐름을 보아서 사실상 후삼국이 완전히 통일되는 것이나 다를 바 없었다. 정치적인 계산으로는 후삼국의 통일이 완성된 것이라고 해석해도 무방할 것이다. 경순왕의 결단과 실행보다 시간적으로 약 반 년(半年) 먼저 후백제의 상왕(上王) 견훤이 자기의 세력을 음성적으로 데리고 고려에 망명해 들어와 있는 중이어서, 실질적으로는 신라만 남은 형편이었다. 아마 경순왕은 이러한 여건들을 보면서 3국이 통일할 수 있는 방향으로 일을 추진했을 것으로 역사를 이해하고 싶다.

935년 11월 신라의 경순왕은 모든 권력을 고려의 조정으로 넘기기 위해 왕좌(王座)에서 내려와 경주(慶州)를 떠나 개경(開京)으로 가게 되었다. 그 행렬이 대단하여 경주에서 개성까지 가는 데 10여 일이 걸렸다고 한다. 경순왕 일행이 도성까지 도달했다는 전달의 글을 태조가 받고 대상왕철(大相王鐵) 등을 보내어 영접하도록 했다. 태조 또한 교외로 나가서 경순왕을 영접해 위로하고 대궐 동쪽에 있는 가장 좋은 집 한 구(區)를 주어 **경순왕의 갸륵한 공을 치하했다고 한다. 그를 민족적인 차원에서 통일을 이루는 일등공신으로 받아들였던 것이다.**

그래서 태조 왕건은 진정으로 고맙게 생각해 앞으로 가족과 같은 관계로 항상 같이 지내기를 원하며 최상의 예우를 해주었다. 봉록 1천 석을 주고 시종(侍從)하는 관원과 장수들도 채용해 주고, 유화궁(柳花宮)

을 하사했다. 또 존귀한 지위인 정승공(正承公)에 봉했으며, 경주(慶州)를 식읍(食邑)으로 주고 경주의 사심관(事審官)으로 임명했다.

이때의 태조의 심정을 기록한 것을 보면, "왕이 나라를 나에게 주었으니 그 은혜를 받음이 큽니다. 원컨대 왕의 측근 종실과 혼인을 맺어 길이 장인과 사위의 의(誼)를 계속하고 싶습니다."라고 말했다고 한다. 그래서 모든 예우에 더해 태조 자신의 애지중지하던 맏딸 낙랑공주(樂浪公主)를 경순왕에게 주어 아내를 삼게 했다. 이렇게 최상의 예우를 하는 과정에서 왕뿐만 아니라 고려 조정(朝廷)의 모든 관원과 장군들, 백성에 이르기까지 모두 성대히 환영했을 것을 믿는다.

고려 조정과 태조 왕건이 귀부(歸附)해오는 경순왕에게 베푼 그 엄청난 예우(禮遇)의 위대한 행위를 찬양해야 할 것이다. 보통의 예우는 요식 행위로 형식상 대우하면서도 좀 멸시를 하는 그러한 예가 있지만, 태조 왕건은 절대로 그렇게 하지 않고, 진실하게 최상의 예우와 대우를 해주었다. 조금도 차별치 않겠다는 다짐이 담겨 있고, 너와 내가 차별 없는 하나라는 증거로 자기의 사랑하는 딸을 내어주어 아내를 삼게 함으로써 한 가족으로 받아들인 위대한 행위를 볼 수 있다. 정말 이러한 정신적인 바탕 위에서민 하나가 될 수 있을 것이다.

불행하게 3국으로 분단되었던 후삼국시대를 살았던 우리의 선조(先祖)들이 싸우지 않고 평화적인 방법으로 통일하는 모습은 세상 모든 민족에게 칭송을 받아야 마땅할 것이다. 또 그들의 후손으로서 오늘날을 살아가고 있는 남북한 7천만 국민이 박수갈채를 보내야 할 것이다. 또

저 높은 곳, 하늘에서 내려다볼 때 얼마나 아름다웠을까! 아마도 하나님도 칭찬하셨을 것이다.

그때 그 일들을 실행한 우리의 선조들이 오늘날 우리를 향해 당부의 말씀을 한다면, "우리의 사랑하는 후손들아, 너희들이 남북으로 분단되어 살아가고 있는 남북한(南北韓) 2국 시대(二國時代)가 너무 길구나. 그러니 우리가 실행했던 것과 같이 너희들도 결단을 속히 내려 하나의 통일국가를 만들어라."라고 하실 것이다. 오늘날 우리는 경순왕의 결단과 실천을 보았고, 고려태조 왕건 대왕이 귀부(歸附)해 오는 경순왕을 대우하는 모습을 보았다. 이런 내용들은 소설이 아니고, 우리 민족의 선조들이 친히 실행했던 생생한 역사의 기록이다. 그래서 오늘날 남북분단 2국 시대를 살아가고 있는 우리는 그때 우리의 선조들이 실행했던 것을 따라하여 통일조국(統一祖國)을 만들어야 할 것입니다.

5. 마의태자(麻衣太子)의 처신을 보고 깨달을 것이 있다

경순왕의 장자인 마의태자는 부왕(父王)의 결단과 실천에 대해 상당한 불만이 있었다. 나라의 흥망성쇠는 천운이 따르는 법인데, 쉽게 나라를 포기하고 신라를 고려에 귀속시키는 것은 타당하지 않다고 강력히 주장했다. 그러나 경순왕은 설득 당하지 않고, 결단대로 신라를 고려에 합병시킨다. 이렇게 되니 자신의 뜻이 받아들여지지 않고 천년사직을 고려에 넘기게 됨을 안타깝게 생각해 마의태자는 세상을 비관하며 홀로 개골산(皆骨山)으로 들어가 바위를 의지해 집을 짓고 들어가 베옷을 입고 초근목피로 연명하며 일생을 보냈다는 기록이 있다.

마의태자가 주장하는 내용에도 일리가 있을 것 같다. 그러나 마의태자는 부왕의 깊은 뜻을 이해하지 못한 듯하다. 마의태자는 고려가 신라와 같은 민족이라는 사실이 별로 의중에 없는 듯 보인다. 고려가 신라를 흡수해 통일을 이루는 것과 신라가 고려를 흡수해 통일을 이루는 것이 민족적으로 볼 때 다를 바 없다는 것을 인식하지 못했다. 마의태자의 입장에서는 고려를 신라에 귀속시켜 통일을 이룬다면 환영했을 것이나, 그때의 정세가 그렇지 않다는 것을 파악하지 못했다. 최선책이 안 되면 차선책을 택하는 지혜가 아쉬웠다. 마의태자는 큰 틀로 보았을 때 신라가 한반도의 한 쪽 지방에 위치하는 작은 한 부분이라는 것을 깊이 이해하지 못한 듯하다. 또 신라와 후백제와 고려가 한 민족이요 **통일신라**의 백성이었기에, 언젠가는 통일 국가를 만들어야 한다는 거대한 숙제가 경순왕이나 자기 자신에게 있다는 것을 이해하지 못한 듯하다.

애석하게도 신라 천년사직만 아깝게 생각할 뿐 통일고려가 민족의 통일체(統一體)라는 것을 깨닫지 못했다. 약해진 신라보다 돋아오르는 힘 있는 고려로 통합하는 것이 백성들의 민심이라는 것을 읽지 못했다. 어느 방법이 민족 전체에게 유리할 것인가를 생각지 못한 듯하다. 이처럼 곧은 절개(節槪)와 충정을 가진 사람이 통일된 조국(고려)에서 귀중한 요직을 맡아 민족을 위해 충성하지 못하고 하나밖에 없는 생애를 그렇게 허무하게 보내버린 것이 무척이나 안타깝다. 더불어 사는 인간 세상에서 자신의 생각보다 남의 생각이 우월할 때가 있음을 깨달았다면 좋았을 텐데 하는 아쉬움과 연민이 느껴진다.

경순왕이 만약에 마의태자와 같은 생각이었다면 그 당시 통일은 있을 수 없었을 것이다. 또 경순왕이 아들 마의태자에게 설득 당했다면 통일은 없었을 것이다. 신라는 고려와 이웃해 이웃국가로서 얼마 동안은 관계가 지속되었을 것이나 언젠가는 서로 충돌이 생겨날 가능성이 있었고, 우리 민족이 어떻게 흘러 내려왔을는지 의문스럽다. 만약 그대로 분단국으로 계속 역사가 이어져 왔더라면 우리 민족은 어떠했을까 하는 아찔한 생각이 스쳐지나간다. 마의태자의 역사가 현실적으로 우리에게 주는 교훈이 있을 것 같다. 좋은 정책을 펴는데도 그 정책에 반대하면서 정당하게 보이 명분을 내세워 큰일을 그르치게 할 위험도 있을 수 있다는 교훈을 받아야 할 것이다. 앞으로 '**경순왕 따라하기 식 통일방법**'으로 통일하는 작업을 가동시켜 북한을 남한으로 합병해 통일하려 할 때, 북한의 어떤 인사가 어떤 명분을 크게 주장해 일을 힘들게 하는 어리석은 우를 범하는 제2의 마의태자가 되어서는 안 된다는 교훈을 받아야 할 것이다.

경순왕이 사랑하는 아들의 강권(强勸)에 설득되지 않고 자신의 큰 뜻을 진행시킨 일은 우리 민족에게는 크나큰 행운이 되었다. 좋은 방향으로 흐르는 정책에는 자신의 뜻과 맞지 않더라도 따라하는 것이 현명할 것이라는 교훈을 우리에게 주고 있다. 마의태자는 현실보다 명분을 중시했으나, 큰일을 이루기 위해서는 명분도 접어야 할 때가 있다는 것을 우리에게 교훈하는 것으로 받아야 할 것이다. 마의태자의 주장처럼 천년사직을 중시하는 명분이 당연하기도 하나, 신라와 고려가 같은 민족이므로 반드시 통일을 해야만 한다는 명분보다 우선할 수는 없다는 교훈을 우리는 받고 있다.

6. 후삼국 간의 전쟁의 역사

1) 공산전투(公山戰鬪)

927년(태조10) 대구 팔공산(八公山) 일대에서 벌어진 후백제(後百濟)와 고려(高麗) 와의 전투를 공산전투라고 한다. 이는 동족상잔(同族相殘)의 대형 전투였으며 민족의 비극이었다. 얼마 전만 하더라도 다 통일신라의 백성이었는데 분국(分國)이 되면서부터 서로 상대를 의식하면서 군사력을 키워나가야만 하는 민족의 과도기(過渡期)였다. 후백제의 견훤과 고려태조 왕건은 외교상 화친을 맺고 있었으나 모든 분야에서 마찰의 가능성을 안고 있었다.

927년 후백제의 견훤이 모국(母國)인 신라의 여러 고을을 잇달아 공격하면서 근암성(지금의 문경시)과 고울부(지금의 영천시)를 점령했다. 사정이 이렇게 급박해지자 신라의 경애왕(景哀王)은 고려태조 왕건에게 구원병을 요청했다. 그러자 고려태조 왕건은 신라를 지원하기 위해 곧 군사를 이끌고 출전했다. 그러나 지원군이 도착하기 전에 신라의 도읍지 경주는 이미 후백제 견훤의 군대에게 점령되었다. 경주에 입성한 견훤의 군사들은 온갖 약탈을 자행하고 경애왕을 죽였다. 그리하여 신라 국민들의 원한을 짊어지고 돌아가는 길이었다.

뒤늦게 신라 땅에 도착한 고려의 군대는 후백제 군을 공격하기 위해 이들이 돌아가는 길목에 군사를 대기시켰다. 이때 후백제 군은 약탈한 수많은 보물을 수레에 싣고 포로로 붙잡은 재상 영경(英景)을 비롯한 많은 관리와 기술자 등을 이끌고 귀환 길에 올랐다. 후백제군은 고려군의 공격을 받았고, 양국 사이에 치열한 전투가 벌어졌다. 그러나 공격을 가한 고려군이 대패했다. 고려 장군 김락(金樂)과 신숭겸(申崇謙)을 비롯한 많은 군사가 전사했으며 왕건 자신도 간신히 몸을 피할 수 있었다. 이 전투는 대형전투로서 쌍방에서 많은 희생이 있었다고 한다. 이렇게 되니 결국 고려와 후백제는 감정의 골이 점점 깊어져 서로 상대를 의식하면서 군사력을 키워나갔다. 그 무렵에는 후백제가 삼국(三國) 중에서 가장 강한 나라가 되어 있었다.

이렇게 삼국이 모두 전시(戰時)를 맞고 있었다. 공산전투는 고려와 후백제 간의 전투였으나 전쟁이 치르어진 곳은 신라의 땅이었다. 그러므로 이 전투에서 3국 모두가 희생자를 냈을 것은 분명하다. 처음 후백제군의 침략을 받으면서 그들과 싸운 신라군의 희생도 많았을 것이다. 그리고 고려군은 이 전투에서 후백제 군에게 패했으니 그 희생은 말할 수 없이 많았을 것이고, 후백제도 이 전투에서 이기기는 했지만 역시 많은 생명들이 희생되었을 것이다. 이렇게 민족끼리 죽이고 죽임을 당하는 혼란한 후삼국 시대의 동족상잔이 계속되었다. 이렇듯 후삼국은 서로서로 대결하고 있는 상태에서 크고 작은 전투를 수도 없이 했으니 백성들의 삶이 어떠했을까 짐작이 간다. 같은 민족끼리 분단되어 무력으로 대결하던 후삼국 시대는 민족적으로 볼 때 부끄럽고 수치스럽고 슬프고 원통한 시대였다.

공교롭게도 오늘날 남북한이 분단되어 무력으로 대결하고 있는 이 시대가 그때 후삼국 시대를 꼭 닮았다. 그때는 3국(三國)으로 분단되었고, 오늘날은 2국(二國)으로 분단되어 있다. 그때는 44년간의 세월을 흘려보낸 후 멋지게 통일을 했다. 오늘날 남북한의 분단은 벌써 60년이 넘는 긴 세월을 흘려보냈으나 아직까지 남북통일은 요원하기만 해 통일을 사모하는 사람들의 마음을 슬프게 하고 있다.

2) 고창전투(古昌戰鬪)

고려는 후백제와는 대결하고 신라와는 친선관계를 유지하면서, 신라가 후백제의 침공을 받을 때는 지원군을 보내는 친근한 관계에 있었다. 고려와 후백제는 대구 팔공산 근역에서 공산전투가 있은 후부터 계속 살벌한 대결 상태에 있었는데, 3년 만에 또다시 대형전투가 시작된다. 930년(태조13년)에 고려군과 후백제군 사이에 고창군(古昌郡, 지금의 경상북도 안동시)에서 벌어진 전투로서 쌍방이 국운을 걸고 최대의 군사력을 집결시킨 전쟁이었다.

후백제는 신라와 고려의 통로를 차단하기 위해 경상도 일대를 공격했고, 공산전투와 기타 지방의 전투에서 승리를 거둔 후 백제(後百濟)는 그 여세를 몰아, 930년 교통의 요지인 고창군(지금의 안동 지방)을 공격함으로 고려태조는 스스로 대군을 이끌고 고창군 병산으로 진격했다. 후백제의 왕 견훤도 석산(石山)에 진을 쳤다. 이렇게 하여 후백제군과 고려군이 한 판 대결로 맞서면서 대형 전투가 맹렬하게 전개되었다. 격전을 거듭한 끝에 쌍방이 많은 희생을 내면서 지방호족의 도움을 받아 고려가 승리했다. 그럼으로써 경상도 지역에 미치고 있던 후백제 견훤의 세력을 몰아낼 수 있었다.

후백제는 많은 군사를 잃으면서 대패했다. 이때부터 후백제는 국력이 쇠퇴해지고, 반대로 고려는 이때부터 후백제를 압도하면서 항상 우위에 섰다. 이렇게 되니 고려는 후삼국 통일의 주체 세력으로 등장한다. 군사력에서만 그런 것이 아니라 백성들의 심리가 이미 고려를 향하고 있었다. 이렇게 후삼국 시대는 대결과 전쟁이 이어지는 비극적인 시대였다. 같은 민족이지만 좁은 땅에서 분단국으로 살아가려니 전쟁이 떠나지 않았다. 골육상잔(骨肉相殘)의 비극이 만연한 시대였다. 그때의 백성들(우리의 선조들)의 삶을 상상할 때 연민이 느껴지지 않을 수 없다. 이런 역사가 모두 우리의 선조들이 밟아온 발자취이며, 민족 간에 짜인 틀이 그러했다. 공교롭게도 오늘날 남북한으로 분단되어 무력으로 대결하는 구조의 틀이 짜인 형편이 그때의 역사와 너무나 비슷하게 닮았다.

3) 일리전투(一利戰鬪)

후삼국 말기 936년(태조19)에 고려와 후백제 사이에서 있었던 전쟁이다. 일리천(선산 지방의 낙동강 지류)에서 고려군이 후백제군을 격파해 대승리를 거두었다. 일찍이 고려에 망명해 고려 땅에 머물고 있는 후백제의 전 왕(前王) 견훤이 자신의 왕좌를 빼앗아간 아들 신검(神劍)을 쳐서 원수를 갚고 후백제를 고려에 합병할 것을 고려태조 왕건에게 간청하자, 태조는 이를 허락하는 명분으로 후백제를 공격하게 된다. 장군 38명과 10만 명에 가까운 군사를 동원해 일선군(一善郡)으로 진격했다. 이때 두 나라의 군사는 일리천을 사이에 두고 진을 쳤는데, 1년 전(935년 6월)에 고려에 투항해 망명생활을 하고 있는 견훤도 갑옷을 입고 말을 타고 고려 장군들과 함께 후백제 군을 치기 위해 전쟁터로 갔다. 이때 후백제 장군들 중 일부가 자기의 군사를 거느리고 견훤 왕 앞에서 무릎 꿇고 항복함으로써 후백제의 군력(軍力)은 더욱 열세(劣勢)해져, 양군의 우열이 더욱 벌어지면서 전쟁에서 고려군을 당할 수 없게 되었다. 대세(大勢)에 따라 후백제의 왕 신검(神劍)이 고려에게 항복함으로써 1년간의 신검의 시대는 끝나고 후백제가 막을 내려 고려에게 합병되었다(936년 9월, 태조 19년).

이 전투에서 후백제를 건국해 다스리면서 위엄을 떨쳤던 견훤이 고려편의 선봉장(先鋒將)이 되어 후백제 군을 친 것은, 견훤의 입장에서 본다면 후백제를 친 것이 아니라 자신의 왕좌(王座)를 찬탈해간 아들 신검을 친 것이다. 또 다른 면에서 본다면 후백제는 벌써 고려에게 투항해 나라를 고려에 넘긴 지 한참 되는(1년 3개월 전?) 시기였다.

[6] 우리 민족의 두 번째 통일[後三國統一] : 936년

1. 우리 민족의 두 번째 통일(後三國統一)의 주역(主役) 경순왕(敬順王)

'경순왕 따라하기 식 통일방법'에 대해서 내용 설명을 하기 전에 먼저 경순왕이 어떤 인물인지 대략 알아보고자 한다.

경순왕은 신라 제56대 왕(927-935년)이자 마지막 왕으로서 9년간 왕위에 있었다. 본명은 김부(金傅)이며, 슬하에 마의태자와 범공 이 있었다. 이들은 경순왕이 신라를 고려에 귀부(歸附)할 당시에 벌써 성년(成年)이 되어 있었다. 이외에도 많은 자녀들이 있었을 것인데 그 후손이 오늘날 남북한 국민들 중에 함께 살고 있을 것으로 믿어진다. 생존 연수는 기원 979년 고려 경종 4년까지라고 기록되어 있는 것으로 보아 장수를 누린 듯하다.

경순왕은 후삼국시대 44년 중에서 대결이 절정에 달할 즈음에 신라의 왕이 되었다. 927년 신라가 후백제의 침공을 받아 경애왕(景哀王)이 시해(弑害)를 당하고 난 다음, 후백제의 왕 견훤에 의해 경애왕의 뒤를 이어 왕위에 올랐다. 그러나 경순왕은 난폭한 후백제의 왕 견훤에게는 원한이 쌓였고 오히려 고려의 태조 왕건과 친밀한 관계로 외교정책을 펴나갔다.

그는 고려를 축으로 하여 민족이 통일되기를 희망하면서 신라를 고려에 귀부(歸附)하여, 고려와 합병 통일할 것을 구상하고, 군신회의(群臣會議)를 소집해 이것을 의논케 하여 신라를 고려에 합병시켜 통일하기로 최종적으로 결단 내렸다. 그러나 큰아들 마의태자와 둘째 아들 범공은 생명을 걸고 극구 만류했다. 하지만 경순왕은 만류하는 인정에 끌려가지 않고 결심대로 신라를 고려에 합병시키는 일들을 추진해 고려와의 통일을 완성했다.

민족이 분단되어 대결의 틀이 짜인 후삼국을 하나의 국가로 통일시키기 위해 기획하면서 각본을 만들고 친히 실천해 신라를 고려에 합병시켜 고려와의 통일을 완성함으로써 고려의 덩치는 월등히 커지고 위상도 높아졌다. 후백제는 고려에 흡수될 수밖에 없도록 정세(政勢)의 흐름을 만들어 후삼국의 통일을 성사시킨 통일의 주역(主役)이 섰다.

대결의 틀이 짜인 후삼국의 정세와 대세(大勢)의 흐름을 정확히 파악한 경순왕은 요즘 말로 하면 정가의 소용돌이를 잘 파악하고 최선의 해결책을 찾아내는 통찰력 있고 수완이 탁월하며 정치적인 계산이 빠른 훌륭한 정치가였다.뿐만 아니라 민족을 사랑하는 마음이 충만해 삼국을 별개로 보지 않고 하나로 보고 통일신라를 염두에 두면서 후삼국(後三國)의 백성은 다 통일신라의 백성이기 때문에 하나로 통일해야 한다는 정치적인 철학을 가지고 있었음을 역사가 진행된 과정을 보아 충분히 알 수 있다. 이렇게 우리 민족이 하나의 나라를 이루어 한반도를 차지해 자자손손 이어올 수 있도록 대 업적을 이룬, 애족(愛族) 애국(愛國) 정신이 투철한 위대한 샛별이었다. 만약 그때 경순왕의 활약이 없었다면 통일이 이루어지지 못했을 것이다. 그리고 오늘날 남북한으로 분단되어 통일이 요망되는 요긴한 이때 공교롭게도 남북통일방법을 가르치는 모델(model)이 되고 있으며 그 정신을 우리에게 보여주고 있다. 그리고 후삼국 통일 후에는 고려에서 베푸는 은택(恩澤)을 입으면서 여생을 편히 살으셨던 어른이시다.

2. 후삼국시대의 정국(政局) 44년간(892-936년)

전 대목에서는 후삼국 각 나라의 사정들을 간략하게 논했다. 본 대목에서는 후삼국 시대의 역사가 흘러갔던 내역을 보충해 기록하려고 한다. 후삼국시대를 산 우리 선조들이 분단국이 되어 군사적인 힘으로 맞서면서 전쟁을 수도 없이 하여 삶이 심히도 고달팠을 것이다. 그러므로 그때의 백성들에게는 평화와 통일이 절실히 요구되었다. 이러한 역사를 읽으면서 오늘날 남북통일의 필요성과 시급성을 일깨워 통일에 대한 관심과 열기를 일으키고자 이 글을 쓰고 있다.

우리나라의 역사 중에서도 **'후삼국시대'**는 민족이 3분(三分)되어 대결의 틀이 짜인 시대였고, 오늘날에는 우리 민족이 남북으로 2분(二分)되어 대결의 틀이 짜여 있어 양 시대가 너무나도 닮은 시대이다. 우리 민족의 조국이었던 **통일신라**를 그처럼 쉽게 허물어 버리고 나라가 셋으로 갈리어 전쟁으로 혼란스러웠던 후삼국시대(後三國時代)가 너무나도 안쓰럽고 애달프기만 하다. 그 시대가 기원 892-936년까지 44년간의 일이다.

이 기간에는 전쟁이 많았기 때문에 많은 사람들이 전쟁에서 희생되었다. 이것도 다른 민족과의 싸움이 아니라 같은 민족인 신라, 후백제, 고려 삼국(三國) 간의 싸움이었다. 결국 통일신라의 영토였던 한반도(韓半島) 안에서 일어난 동족상잔의 부끄러운 전쟁이었다. 이렇게 서로 상대를 의식하면서 군사력을 키워 나감으로써 백성들의 삶은 불안과 슬픔과 공포가 만연했다. 민족적으로 혼란한 후삼국 시대가 44년 간 계속되면서 그때의 백성들은 심히도 고통을 겪었을 것이며, 이는 민족사(民族史)적으로 볼 때 참 불행하고 부끄러운 일이다. 이렇게 흐트러지지 않았더라면 통일신라가 우리 민족의 조국으로서 그대로 존속되었을 것이고, 전쟁의 위험도, 불안과 공포도 없이 평화롭게 살 수 있었을 텐데, 불행하게도 민족이 3분되어 군사적으로 대결하는 시대가 되고 말았다. 이편저편 모두 통일신라의 국민이요 같은 민족이었는데, 그렇게 분단국이 되어 많은 군인들이 전사를 했으니 남편을 잃어버린 젊은 미망인들이 수도 없이 많았을 것이며, 많은 가정에서 가족이 궐(闕)이 생겨나는 슬픔과 공포가 있었을 것이다. 전화(戰禍)로 일반 가정과 국가의 살림살이가 대단히 어려웠을 것이라 추측되기도 한다. 그 시대를 살았던 우리 선조들의 모습을 상상하니 연민이 느껴진다.

그때 44년간의 후삼국으로 혼란하던 **분단 3국시대(分斷三國時代)**가 공교롭게도 오늘날 남북한이 군사적으로 대결하면서 **분단 2국시대(分斷二國時代)**로 살아가고 있는 모습과 어떻게 그처럼 닮았을까!

그때의 **후삼국(後三國) 삼분(三分) 시대**와 오늘날의 **남북한(南北韓) 이분(二分) 시대**의 여건이 똑같고 해결해야 할 문제의 성격도 똑같다는 것을 역사공부를 하면서 새삼 깨닫는다. 오늘날 우리는 우리의 선조들이 살았던 후삼국시대를 몹시 안타깝게 생각하면서 그 시대를 한심한 시대라고 비난하는 마음이 있다. 그러나 그때 우리의 선조들은 불행했던 시대를 너무 길게 끌고 가지 않았고 44년 만에 평화적으로 멋있게 통일해 하나의 조국을 만들었다. 이런 과정들을 보면서 오늘날 우리 민족이 남북으로 분단되어 2국시대로 살아가고 있는 7천만 남북한의 국민은 크게 도전을 받아야 할 것이다.

그 시대의 우리 선조들은 흐트러진 3국을 통일해 하나의 국가를 만들어 우리의 국토 한반도(韓半島) 위에서 민족의 전통을 이어오게 했으니 그 위대함을 찬양하지 않을 수 없다. 오늘날 우리는 선조들이 일구어 놓은 이 땅 위에서 남북이 분단되어 있고, 60년이 넘는 세월을 흘려보냈으나 아직까지 통일의 기미는 보이지 않고 있으니, 그때 그 시대 3국을 멋있게 통일한 우리의 선조들에게 죄송스럽고 부끄럽기 한이 없다.

그때 후삼국 시대의 마지막 시점의 역사를 다시 더듬어 보면서 교훈을 얻으려고 한다,

신라와 고려와의 관계는 대결의 대상이 아니라, 항상 친근한 관계에

있었다. 그러나 후백제와 고려의 관계는 항상 대결 상대였다. **고창전투**에서 후백제는 고려에게 패(敗)하여 우위를 빼앗기면서 고려보다 열세한 위치에 처하게 되었고, 또 북쪽 지역의 여러 성을 고려에게 빼앗겨 비상시국을 맞고 있는 중에 내부적으로는 왕가에서 왕위 승계문제로 왕자들 간의 알력이 심했다. 견훤 왕의 왕위가 누구에게 갈 것인가로 갈등하던 왕자들 간의 살육극이 나타나 맏아들 신검(神劍)은 아버지 견훤 왕을 배신하고 정변(政變)을 일으켜 아버지 견훤 왕을 금산사(金山寺)에 유폐(幽閉)시키고, 부왕(父王)에게 총애를 받으면서 후계자로 지목받고 있는 동생을 죽여 쿠데타에 성공했다. 이렇게 신검의 시대가 되면서 견훤 왕의 시대는 막을 내린다.

그리고 유폐되어 감금생활을 하던 견훤 왕은 3개월 만에 간신히 도망쳐 고려로 탈출하는 데 성공했다. 그리고 고려태조 왕건에게 대우를 받으면서 아들 신검(神劍)에 대한 복수의 칼을 갈았다. 이렇게 신검은 후백제의 새로운 왕이 되었지만 부왕(父王)의 세력이 고려 내부로 들어가게 되고 망명생활을 하고 있는 견훤을 지지하면서 내통하는 신하가 있었으니 그 조정(朝廷, 후백제의 조정)이 기울어져 가고 있음을 알 수 있다. 견훤은 비록 실권을 빼앗기고 고려로 도망간 망명객 신세였다고는 하나 여전히 자기편이 있어 자신과 내통하면서 힘을 실어주는 자가 있었고, 비록 망명지이긴 하지만 그곳에서도 신검(후백제의 왕)을 대항할 세력으로 존재하고 있기 때문에 후백제에게는 계산에도 없는 무서운 복병의 세력이 도사리고 있는 실정이었다.

견훤은 자기의 왕좌를 빼앗아간 아들 신검을 쳐서 원수를 갚고 후백제를 고려에 병합시키기를 원하면서, 태조 왕건에게 후백제 신검을 쳐서 정복하라는 간청을 계속하고 있는 형편이어서 후백제가 고려에 합병되는 것은 시간문제였다. 후삼국의 정세(政勢)가 이렇게 돌아갈 때 경순왕은 3국을 통일시키기 위해 각본을 만들어 통일의 주역으로 샛별같이 나타나 통일을 성사시켰다.

3. 경순왕(敬順王)은 신라(新羅)를 고려(高麗)에 합병하여 민족통일(民族統一)을 완성했다

후삼국시대의 말기에 3국 중에서 모국(母國) 격인 신라의 왕 경순왕은 삼국(三國)이 움직여 가는 정세를 정확히 읽으며 조국 통일의 방법을 강구했다. **후삼국시대**를 결산하고 3국을 통일해 통일된 하나의 민족국가를 만드는 방법이 어떤 것일까? 어떻게 하면 3국을 평화적으로 통일해 **통일신라**를 회복할 것인가? 이런 궁리를 했을 것이다. 정세의 흐름을 이용해 3국이 통일할 수 있는 방법을 기획했고, 그 각본에 따라 신라를 고려에 귀부하면서 민족통일의 시동을 걸었다.

귀부(歸附)라는 말의 뜻을 국어사전에서는 **"스스로 와서 복종함, 귀속해 붙좇음"**이라고 설명하고 있다. 경순왕이 '신라를 고려에 귀부했다'는 말은 신라를 고려에 넘기면서 '고려에서 하는 대로 따를 것이다.'라는 내용일 것이다. 경순왕은 신라를 고려에 귀부할 때 아무런 조건을 달지 않았다. 만약 경순왕이 고려에서 수용하기 힘든 조건을 달았다면 그때의 통일은 이루어지지 못했을지도 모른다.

경순왕이 신라를 고려에 넘긴 이유에 대해서는 각양(各樣)의 추측이 생겨날 수 있을 것 같다. 경순왕의 움직임은 나름대로 바라는 바가 있었을 것인데, 후삼국의 통일을 희망했을 것은 분명하다. 후삼국이 다시 통일을 한다면 이것은 바로 **'통일신라가 회복되는 것'**이라는 계산을 했을 것이다. 경순왕이 신라를 고려에 합병시킨 행위는 민족의 장래를 생각하는 충정에서 나온 움직임이었다.

항복(降伏)은 상대편과 세력 다툼에서, 혹은 전쟁을 하면서 도저히 이길 수 없다고 판단될 때 희생을 줄이면서 자기가 살아남기 위해 할 수 없이 행하는 행위일 것이다. 그때 고려와 신라는 친근한 우방이었고, 양국정상 간의 사이도 항상 우호적인 관계에 있었다. 그러므로 양국 사이에서는 아무런 세력다툼이 없고 전쟁상태에 있었던 것도 아니었다. 또한 고려가 신라를 향해 위협을 가한 것도 아니어서 고려에서 신라를 향해 전쟁을 선포하거나 싸움을 걸어올 가능성은 전연 없었다. 그 당시 양국 간의 관계가 이러했는데 경순왕이 지레 겁을 먹고 그저 살기 위해서 신라를 고려에 내어바친 것은 절대로 아니다. 오히려 신라와 고려는 항상 친근한 관계에 있었고, 경순왕과 고려태조는 아주 친근하게 접촉했던 역사의 기록을 읽을 수 있다.

단, 가상(假想)할 수 있는 것은, 경순왕의 생각에 후삼국의 형편이 이렇게 살벌하므로 언젠가는 신라도 전쟁에 휩싸일 수 있을 것인데, 만약 이렇게 된다면 많은 희생이 따르고 젊은 청년들이 피를 흘려야 한다는 것을 생각하면서, 이런 가상적인 시나리오를 없애는 길은 일찍이 신라를 고려에 합병시키는 것이 유일한 선택이라고 판단했을 수도 있을 것이다. 경순왕은 통일신라의 전통을 이어 받은 신라를 다스리는 왕으로서, 통일신라에서 이탈해 생겨난 후백제와 고려를 어떻게 하면 신라와 합병해 다시 통일조국을 만들 것인가에 대해 정치적인 계산을 했을 것이라 생각된다. 그때의 정세의 흐름을 살피면서 통일방법을 연구했을 것이다. 즉 전쟁을 해 후백제와 고려를 정복하고, 두 나라를 흡수하여 통일신라를 회복하는 것은 그때의 정세가 허락지 않을 것이기 때문에 불가능한 방법이었고, 또 상대방에게 강청(强請)해 너희 고려가 신라에 귀부(歸附)해 오라! 또 너희 후백제가 신라에 귀부(歸附)해 오라 하는 것도 가당치 않는 방법이었을 것이다. 그래서 방법을 달리해 경순왕 자신이 다스리는 신라를 고려에 귀부함으로써 양국을 합병해 통일을 먼저 이루고, 다음으로 대세의 흐름에 따라 후백제도 고려에 흡수될 수 있도록 정세(政勢)의 흐름을 만들면서 통일 작업에 시동을 걸었던 것은 분명한 사실일 것이다.

그때 3국의 형편은 고려가 솟아오르는 중에 있어 백성(국민)들의 마음이 고려로 향하고 있었을 것인데, 신라의 많은 호족들이 고려로 귀화(歸化)해가고 있었다. 지금의 용어로 말을 한다면 많은 사람이 신라를 탈출해 고려로 인구의 이동이 진행되고 있는 형편이었다. 그리고 후백제는 고려에게 정복될 날이 임박한 것을 경순왕은 충분히 감지했을 것이다. 그래서 경순왕은 후삼국 통일을 기획하면서, 통일신라를 되돌려오기 위해서는 먼저 신라를 고려에 귀부(歸附)하여 합병하는 것이 유일한 방법이라는 것을 깨달았을 것이다. 그렇게 되면 후백제도 쉽게 고려로 흡수되어 3국이 통일된다는 정답을 예견했을 것이다. 이렇게 되면 통일고려(統一高麗)의 얼 속에 통일신라의 전통(傳統)이 심겨져 존속될 것도 계산했을 것이다. 이런 계산은 그때의 상황에서는 아마도 최선의 정치적인 해법(解法)이었을 것이다.

이런 결정을 내렸던 배경은 고려의 백성과 국토가 전부 이전 통일신라의 백성이요, 통일신라의 국토였다는 것, 그리고 같은 민족이라는 것을 깨달았기 때문이었을 것이다. 그래서 경순왕은 신라의 왕이지만 신라만을 위해 시대를 해결하려 하지 않고 민족적인 차원에서 3국(三國)이 통일될 수 있는 방향으로 역사를 끌고 갔다. 자신의 나라 신라를 고려에 합병해 통일을 이룩하면 고려는 더욱 더 강성해져 모든 민심이 고려로 집중될 것이고, 약화 일로에 처해 있는 후백제도 고려에 합병되어야 한다는 시대적 분위기가 조성되면서 후백제는 더욱더 사기가 시들어 결국 고려에 합병될 것이니, 후삼국의 완전 통일이 눈앞에 보였던 것으로 생각된다.

이렇게 되면 결국 통일신라가 회복되는 것이나 마찬가지일 텐데, 국명은 고려로 바뀌었으나 백성과 국토는 여전히 통일신라의 것 그대로이고 정권만 바뀌기 때문에 고려 속에 통일신라의 맥을 이어간다는 계산이었을 것이다. 이렇게 되면 민족이 통일되어 우리 국토 한반도 안에서 하나의 국가가 존립(存立)된다는 정치적인 계산이었을 것이다.

경순왕의 행위는 분단된 3국을 통일국가(統一國家)로 만들기 위한 고귀한 행위였으므로 우리 민족에게 길이길이 찬양 받아야 마땅할 것이다. 그러므로 오늘날 우리가 역사를 평가함에 있어서 그때 통일의 주역들에게 훈장을 수여하는 심정으로 그 공로들을 높이 평가해야 할 것이다. 자칫 잘못해 민족사에서 위대한 일을 한 그 어른들의 위상을 깎아내리는 실수를 범해서는 절대로 안 될 것이다.

그 당시 고려와 후백제의 관계를 세심히 살펴보면, 벌써 후백제의 일부 세력(견훤)이 고려에 들어가 있으면서, 그 세력이 도리어 후백제의 정권을 증오하며 후백제를 정복해 고려에 편입시킬 것을 고려태조 왕건 대왕에게 간청하고 있는 상황이었다. 이때 경순왕은 정세가 이렇게 흘러가는 것을 보면서, 신라 자신이 신라를 고려에 합병시키고 정세(政勢)의 흐름의 물고를 고려로 향하게 해 고려의 위상을 높이고 힘을 실어주면서, 후백제의 사기를 떨어뜨려 후백제의 변화를 이끌어 내어 결과적으로는 후삼국을 하나의 국가로 완전 통합해 통일조국을 이룩한다는 확고한 신념이었을 것이다. 신라 자신을 고려 속에 심어 내면적으로는 통일신라를 역사 속에 존속시키는 민족통일의 설계도를 완성시키는 작업이었을 것이라고 판단된다. 민족의 역사와 정신을 이어가는 것은 고려나 신라 어느 쪽이든 마찬가지라는 계산이었을 것이라 생각된다. 예를 들어 말을 잇는다면, 윗대부터 내려오는 조상답(祖上畓)을 부치다가 어떤 어려운 경우가 생겨 그 조상답을 남에게 팔아먹었다면 문중(門中)에게 죄를 짓는 일이다. 그러나 그 귀중한 조상답이라 해도 자기 사촌(四寸)에게 넘기면 문중에서 볼 때는 자기가 계속 가지는 것이나 사촌이 가지는 것이 마찬가지인 것과 같은 이치일 것이다.

경순왕은 신라를 고려에 귀속시켜 합병해도 같은 민족이요 다 통일신라의 백성이기 때문에 큰 틀로 보아서 민족의 간판을 내거는 것은 신라이든 고려이든 마찬가지라고 생각하고, 어떠한 수단을 동원하더라도 통일국가를 만들어 내어야만 한다는 간절한 소원을 담아 정치적인 계산을 했을 것이라 생각된다.

경순왕이 실행한 절차를 보면, 935년 군신회의(君臣會議)를 소집해 자신의 뜻을 의논케 해 신라를 고려에 귀부하기로 결정하고, 김봉휴(金封休)로 하여금 신라를 고려에 귀부하겠다는 국서를 고려태조 왕건에게 전달했다. 그리고 왕좌에서 내려와 고려의 도성을 향해 출발했다. 아마 말을 타거나 걸어서 가야 하기 때문에 상당한 시일이 걸렸을 것이고 그 행차의 행렬(行列)도 길었을 텐데 경순왕이 백관을 거느리고 신라의 도읍지 경주를 떠나 고려의 도읍지 개경(開京)을 향해 걸어가는 행렬이 30여 리에 뻗쳤다고 한다. 지금 같으면 대형 버스에 나누어 타면 많은 사람들의 움직임도 순식간에 이루어질 수 있을 것이나, 옛날 그때는 넓은 길도 교통수단도 없었을 것이니 그냥 걸어서 가는 행렬을 상상하면서 글을 읽어야 할 것이다.

이렇게 되는 것을 경순왕의 아들들이 극구 반대했다는 기록이 있는데, 아마도 왕자들 외에도 왕자들의 주장과 같이 생각했던 사람들이 있을 것이다. 신라의 왕(王)과 관원(官員)들이 고려의 도성을 향해 가는 모습이 반대자들의 분을 불러일으킬 수도 있었으나, 이 행렬에 대해 어떤 세력이 테러를 감행했다는 말은 전연 없다. 아마도 모든 백성들이 통일을 사모하면서 이를 성원(聲援)했을 것으로 추리된다.

이때 왕자들이 나름대로의 정당한 명분을 내세워 생(生)을 포기하면서까지 극구 반대하므로 경순왕의 심기(心氣)가 편하지 못했을 것이다. 그러나 경순왕은 이러한 일을 사사로운 일로 여기고 민족과 조국을 생각하면서 흐트러진 후삼국을 추슬러 통일조국을 만들어 가는 작업에 대해 어떠한 인정(人情)도 명분(名分)도 방해될 수 없다는 일편단심이 작용했을 것이다.

그 어른의 심경이 편치 않았음을 훤히 볼 수 있다. 결국 큰아들 마의태자(麻衣太子)는 불만을 품고 세상을 하직하면서 홀로 개골산으로 들어가 바위를 의지해 초막집을 짓고, 베옷을 입고 초근목피로 연명하며 일생을 보냈다고 기록하고 있다. 둘째아들 범공(梵空)은 화엄사에 들어가 승려가 되었다 고 한다. 이렇게 사랑하는 아들들이 아버지의 넓은 마음을 이해하지 못하고, 삶의 낙(樂)을 포기하면서 절망으로 들어가는 것을 보면서 부성애(父性愛)가 작용해 몹시도 마음이 아팠을 것이라 생각된다. 그러나 경순왕이 마음에 간직했던 민족애(民族愛)와 또 애국(愛國)의 심정을 되돌릴 수는 없었던 것이다. 오로지 민족과 국가를 생각하면서 자식들이 생을 희생하면서까지 반대하는 인정에도 굴하지 않고 민족의 통일을 달성시킨 그 위대함을 높이 평가해야 할 것이다.

통일은 한편에서만 움직여 이루는 것이 아니다. 그러면 고려 편에서는 어떻게 움직였을까? 통일을 이루기 위해 자신을 희생시키면서 권좌에서 내려 스스로 고려의 치하로 들어오는 경순왕과 그 신료들의 행위를 고려태조 왕건은 기꺼이 맞이하면서, 그 공로를 크게 인정해 최상(最上)의 예우를 하셨다. 너와 내가 일반이라는 심정으로 경순왕을 극진히 대우한 고려태조 왕건의 위대한 정신을 읽을 수 있다. 이 정신은 태조 왕건의 뜻만이 아니라 고려의 조정신료들의 공통된 생각이었을 것이며, 고려와 신라의 일반 백성들의 생각도 그러했을 것이라 생각된다.

이렇게 위대하게 민족통일을 이루어낸 것을, 한때의 한 장면으로만 생각해서는 안 된다. 다시 그와 같은 여건이 우리에게 생겨났을 때 해결하는 방법으로 활용해야 할 것이며 실행의 지침으로 삼아야 할 것이다. 공교롭게도 남북한(南北韓)으로 분단되어 있는 오늘날의 시대가 그때 후삼국 시대와 똑같다는 것이 발견되고 있다.그러므로 우리는 통일의 방법을 배우기 위해 멀리 갈 필요가 없다. 우리의 선조들이 성공적으로 실행했던 통일의 방법이 있다. 이 방법은 우리의 선조들이 친히 실행한 방법, 신토불이(身土不二) 순수한 국산품인 우리의 방법이다.

경순왕의 결단(決斷)과 신라 조정의 군신회의에서 경순왕의 의지를 받들어 신라를 고려에 귀부할 것을 결정하는 행위와, 고려태조 왕건이 관대하게 경순왕에게 최선의 예우를 하면서 멋있게 통일을 이룩한 그 장한 역사의 장면은 남의 것이 아니고 오늘날을 살아가고 있는 우리 민족의 것이요, 우리 선조들의 것이며, 우리 가문(家門)의 것이다. 그냥 지나쳐 보아서는 절대로 안 될 것이다. 그때 우리 선조들이 실행한 그 위대하고 그 고귀한 행위가 오늘날 남북(南北)으로 분단되어 있는 우리 민족(民族)에게 통일방법을 가르쳐 주는 교과서요 모델(model)이 되고 있다.

여기서 경순왕의 위대했던 정신을 찾아내야 할 분야들이 많은 것 같다. 경순왕의 통찰력은 3국의 백성(百姓)은 다 같은 통일신라의 백성이요, 같은 민족(民族)이라는 것과 "우리 민족의 국토 한반도(韓半島)에는 하나의 통일국가를 존립(存立)시켜야 한다."라는 신념을 지녔다. 비록 3국으로 분단되어 있지만 같은 민족으로서 같은 국토인 한반도 안에 거주하고 있기에 빠른 시일 안에 3국이 통일하여 하나의 통일국가를 존속케 하여 평화를 정착시키고 양질의 삶을 살아갈 수 있는 국가를 만들어야 한다는 간절한 소원을 실행시킨 것으로 평가해야 할 것이다.

고려가 같은 민족이 아니었다고 가정한다면, 경순왕과 그 신료(臣僚)들이 신라를 고려에 합병했을까? 절대로 아닐 것이다. 전쟁을 해야 한다면 전쟁을 해서라도 기어이 우리 민족의 국가를 한반도 안에서 존속시키려고 사력(死力)을 다했을 것이다. 민족을 사랑하고, 국가를 사랑하는 애족 애국의 정신으로 실천한 행위였음을 알 수 있다. 같은 민족끼리 같은 한반도 안에서 3개의 나라를 만들어 따로 살면서 전쟁을 일삼는 참상을 보면서 민족을 사랑하고 후손들을 사랑하는 마음으로 위대한 결단을 내려 통일을 이룩한 것이라고 높이 평가해야 할 것이며, 이러한 내용들을 천 근 만 근으로 무게를 실어 받들어야 할 것이다. 그러므로 경순왕의 결단을 평가 절하해 겁이 많고 무능한 왕이라고 평가하는 것은 아주 잘못된 판단이다.

역사는 소설이 아니고 실제적으로 있었던 일을 그대로 기록한 것이기 때문에 그 내역을 세심히 읽고 그때의 일들을 마음의 눈으로 보면서 판단하고 본받을 바를 본받아야 할 것이다. 고려와 신라의 통일은 아득하게 먼 옛날의 역사가 아니다. 그리고 그때의 경순왕은 아득한 먼 옛날의 사람이 아니다. 생생한 기록으로 오늘날 우리에게까지 전해 내려온 가까운 어제의 역사 속에서 활약한 어른이시다. 오늘날 남북한의 정권 담당자들은 경순왕을 존경하고 그 어른이 가졌던 정치적인 철학과 정치적인 계산법을 반드시 배워야 할 것이며, 그 애국심과 애족(愛族)의 마음씨를 배워야 할 것이다.

한나라의 역사가 한때를 분주하게 보낸 후에는 후대인들이 그때의 역사를 평가하는 것이 상례인데, 고려와 신라의 통일을 이룩한 통일의 주역들이 실행했던 그 갸륵한 정신을 오늘 시대의 역사학자들이 정확하게 평가해 공로를 찬양해야 할 것이다. 만약 그때 경순왕의 활약이 없었다면 통일은 이루어지지 못했을 것이고, 만약 그때 민족을 통일하지 못하고 계속 분난국가로 역사가 이어져 내려왔다면 어떠했을까? 아찔한 생각이 든다.

통일(統一)이라는 이 용어(用語)가 지나간 때는 별로 관심 있게 느껴지지 않았기 때문에 그처럼 고귀한 결단으로 이룩한 신라와 고려의 통일도 그저 그냥 보아 넘겨왔었다. 그러나 오늘날에 와서는 남북한으로 분단을 안고 살아가면서 통일이 꼭 필요한 시대를 살아가는 우리에게는 통일이라는 용어가 너무나도 귀중하고 요긴하다. 통일은 반드시 또는 빨리 이루어야만 하는 우리의 간절한 과제이기 때문에, 고려와 신라가 통일하는 모습이 너무나도 고귀하고 유난히도 빛이 난다. 그러기에 오늘날 남북한 분단시대를 살아가고 있는 우리는 그 시대의 조국통일의 아름다운 색깔에 도취되어야 할 것이다. 그리고 그 시대의 통일의 역군으로 활약한 공로자들을 우러러 존경해야 할 것이다.

후삼국시대 우리의 선조들이 3개의 국가로 3분(三分)되었던 후삼국시대와 오늘날 우리 민족이 남북으로 2개의 국가로 2분(二分)되어 있으면서 무력으로 대결하고 있는 모습이 너무나도 닮았다. 그러므로 오늘날 우리는 우리의 선조들이 실천한 그 통일방법을 배워 그대로 따라하면 분명히 통일이 될 수 있을 것이다.

그 통일방법 이 바로 '경순왕 따라하기 식 통일방법'이다. 이 방법은 우리 선조들이 실제적으로 실행한 방법이면서 오늘 시대를 살아가는 우리 남북한 국민과 쌍방의 위정자(爲政者)들에게 강력하게 전달되는 우리 선조들의 간절한 간청(懇請)임을 깨달아야 할 것이다.

오늘날 남북통일을 꼭 필요로 하는 이때 가장 핵심적인 역(役)을 수행해야 할 제2의 경순왕(?)을 우리는 기다리고 있다. 경순왕이 신라를 고려에 합병시켜 통일을 이루었던 역사와 같이, 제2경순왕이 나타나 오늘날 남북으로 분단되어 있는 우리 민족을 하나의 국가로 통합하기 위해 통일작업에 시동을 걸고 남북통일을 완성시키는 그 공로자는 우리 민족 7천만 국민 모두에게 최대의 존경을 받을 것이며 통일의 일등 공로자가 되어 민족의 영웅이 될 것이 틀림없을 것이다. 경순왕의 역을 담당해야 할 제2의 경순왕의 역할이 아니면 남북통일의 고귀한 선물을 누리지 못할 것이기 때문이다.

한 가지 비근(卑近)한 예를 들면 요사이 우리나라의 축구 혹은 야구 선수들이 국제 시합을 할 때 이때까지 이름도 모르던 선수라 할지라도, 한번 슛 골인을 하면 모든 국민에게 박수갈채를 받는다. 이러다가 또 어떤 선수가 홈런을 한번 날리면 그 선수가 또 좋아진다. 이러면서 이들 선수들의 팬(fan)이 되고, 그 선수의 이름만 들어도 그 선수가 좋아지는 경험을 하고 있다. 이와 같이 경순왕의 역을 담당하면서 통일의 주역이 되어 남북통일을 성사시키고 우리 민족의 삶의 여건을 호전시킨다면, 그때 가서 우리 민족 남북한(南北韓) 전체 국민들은 그의 팬이 될 것이 틀림없을 것이다. 그래서 그의 이름만 들어도 좋아지는 신분의 변화가 반드시 있을 것이다.

후삼국 분단3국 시대와 남북한 분단2국 시대를 비교해 보면, 전자(前者)는 우리의 조상들이 멋있게 해결하여 하나의 통일조국(고려)을 만들었고, 후자(後者)는 오늘날 우리 남북한 7천만 국민이 멋있게 해결하여 하나의 통일조국(대한민국)을 만들어 내야 하는 커다란 숙제를 안고 있다.

이제 우리 국민은 통일을 위해 눈을 크게 떠야 할 계절을 맞고 있다. 남북통일은 하면 좋고 안 해도 무방하다는 안이한 생각은 절대로 안 된다. 막연하게 통일을 멀리 미루다가 잘못되면 통일을 그르칠 어떤 위험이 발생하지는 않을까? 만약 빨리 통일하지 못하고 기회를 잃어버리면, 정말로 어려운 여건의 등 넝쿨이 분단된 우리 민족 위에 얽혀 우리 민족(특히 북한?)이 자유로울 수 없을 수도 있지 않을까 염려치 않을 수 없다.

필자가 국민의 한 사람으로서 애타게 부르짖는 것은, 민족통일을 위하여 온 겨레가 뜻을 모아야 할 계절이 되었다는 것과, '**경순왕 따라하기 식 통일방법**'으로 통일을 하자는 것을 선창(先唱)하고 있습니다. 그리고 인간의 역사를 섭리하시는 하나님께 기도하고 있습니다.

4. 고려태조 왕건은 경순왕을 통일의 공로자(功勞者)로 인정해 최상의 예우(禮遇)를 했다

고려의 입장에서 보면 신라의 경순왕과 그의 군신(群臣)들의 행위에 대해 고맙기 한량없었을 것이다. 3국의 모체(母體)인 신라가 아무런 조건도 없이 나라 전체를 고려에 넘기면서 기득권도 포기하고 통일국가를 만들기 위해 위대한 결단을 내린 것에 대해 감개무량했을 것이다.

신라에서 통일을 이루기 위한 동작이 나타나면서 일이 진행될 때, 고려에서도 민족을 통일하려는 욕구가 불같이 일어났을 것이라 생각된다. 고려태조 왕건에게도 통일의 욕망이 충만(充滿)했을 것인데, 신라에서 움직이는 것을 보고 민족의 통일을 바라보면서 감격했을 것이다. 그래서 고려태조 왕건은 신라의 정사(政事)를 고려로 넘기기로 결단 내리고, 고려에 귀부해 오는 경순왕의 공로를 높이 평가해 크게 찬양하고 거기에 상응하는 최상의 예우를 했다.

고려태조 왕건은 경순왕에게 유화궁(柳花宮)을 하사해 평안하게 여생을 살아갈 수 있게 했고, 정승공(正承公)에 봉하면서 명예도 높여주었다. 또 누구든지 고향을 그리워할 것이므로 경주(慶州)를 식읍(食邑)으로 주면서 경주의 사심관(事審官)으로 임명하셨다. 경순왕은 신라의 왕으로서 경주를 잊지 못할 형편이었는데, 이렇게까지 대우해 자신이 원한다면 고향과 같은 옛 신라의 도성인 경주에서도 살 수 있게 해주었다. 그리고 태조 왕건은 애지중지하던 자신의 맏딸 낙랑공주(樂浪公主)를 경순왕에게 주어 아내를 삼게 했다. 이렇게까지 하면서 고려 조정에서는 최상의 예우를 했고, 경순왕으로서는 최대의 대우를 받았다.

통상적인 예를 뛰어넘어 가식 없는 예우를 한 것은 친딸을 내어주어 아내를 삶게 한 일이다. 이러한 행위는 최대의 예우인 동시에 모든 예우에 대해 보증이 되는 것으로서 의심을 떨어버리고 안심하고 생을 즐기면서 살 수 있게 해주었다. 혹시나 예우하는 척하다가 나중에 배척하는 것이 아닐까 하는 의심이 생겨날 수도 있는 것이 사람 살아가는 관계일 텐데, 이런 의심이 생겨나지 않도록 완전한 증표를 준 것이나 다를 바 없다. 그 딸이 자녀를 낳으면 태조 왕건은 외할아버지가 된다. 이렇게까지 하면서 가식 없는 예우를 했던 것이다.

고려태조 왕건이 경순왕을 극진히 예우한 것은 경순왕의 넓은 뜻을 헤아렸기 때문일 것이다. 오늘날의 시대는 아무리 좋은 일을 했다 하더라도 이미 아내가 있는 사람에게 딸을 내어주는 일은 있을 수가 없다. 그러나 옛날에는 이런 예가 있었으니 이보다 더 크게는 예우할 수 없을 만큼 최상의 예우인 것이다.

혹자는 "경순왕은 이와 같은 대우를 받아 일생을 평안히 살기 위해 나라를 팔아먹었다."라고 혹평할지 모르나 그것은 지나친 평가일 것이다. 민족이 분단된 상태에서 신라가 그대로 존속되는 것보다 신라를 고려에 병합시켜 하나의 통일국가를 만들어야 하겠다는 소원이 핵심이었을 것이다. 그리고 자신들에게 주어졌던 그 대우는 그저 덤으로 따라온 것이라고 평가해야 할 것이다. 세상의 일은 다 그러한 것인데, 어느 누구라도 크고 가치 있는 일을 한다면 그 일 자체가 보람되는 것이고, 거기에 상응하는 대우는 저절로 따라가는 이치이다. 신라를 흡수해 통일을 이룬 고려 조정에서는 경순왕에게만 후의(厚意)를 베푼 것이 아니라고 생각된다. 신라의 중신(重臣)들과 장군(將軍)들, 또는 요직에서 일하던 분들 중 어떤 분에게는 벼슬을 내렸을 것이고 또는 어떤 요직에서 일하는 특전을 주었을 것이다. 신분과 공로의 정도에 따라서 상응하는 대우를 했으리라 생각된다.

경순왕이 신라를 고려에 귀부(歸附)하게 된 동기에 대해 생각이 많을 수밖에 없다. 일반 백성들은 통일을 사모하면서 고려와 신라의 형세(形勢)를 헤아려 신라를 고려로 합병해 통일해야 한다는 민심이 공감대를 형성했을 것이다. 민심이 이렇게 돌아가는 것을 보면, 고려 조정의 신료(臣僚)들과 태조왕건의 마음에서도 민심과 함께 그렇게 되기를 기다렸을 것이라고 생각된다. 이렇게 민심(民心)과 관심(官心)이 움직이는 시대의 정세를 정확히 파악한 경순왕과 신라조정의 신료들은 시대의 흐름에 따라서 움직였을 것이다.

한편으로 생각하면 경순왕과 신라조정의 신료들이 결단을 내릴 수 있게 희망적인 믿음이 생겨날 수 있도록, 통일의 공로자들에게는 통일 후에 고려에서 상당한 예우를 할 것이라는 언질이 있었을 것 같기도 하다. 그리고 당사자들은 그러한 예감을 했을지도 모른다. 경순왕과 그의 군신들이 동작을 개시하기 전에 고려와 신라 사이에서 물밑대화가 오고갔을 수도 있었을 것이다. 그러면서 경순왕 측에서는 통일이 이루어지면 고려에서 크게 환영할 것을 예측했을 것이고, 동시에 상당한 예우도 있을 것이라는 것을 감지해 신념이 쌓여 더욱 활기차게 결단 내릴 수 있었을 가능성이 있다. 그러나 이렇게 기록된 것은 없고 추리해 볼 뿐이다. 그러나 분명히 생각할 수 있는 것은 경순왕과 그의 군신들이 결단을 내리기 전 시점에서 생각하기를, 신라를 고려에 합병한 후 자신들이 홀대 받거나 신변에 위험이 있을 것으로 생각했다면, 통일이 귀중하긴 하지만 권력을 내려놓고 신라를 고려에 귀부하는 행위는 절대로 하지 않았을 것으로 생각된다.

그러면서 그때 당시 우리의 선조들이 통일조국을 이룩한 위대한 작업은 신라와 고려의 양국 관민(官民)이 합심해 이루어낸 합작품(合作品)이었다는 것을 추리하고도 남을 것 같다. 물론 경순왕과 그 조정 신료들이 통일로 인해 자신들에게 돌아올 희망적인 급부(給付)를 바라서만 그리한 것은 절대 아닐 것이다. 우선순위(優先順位) 로 국가와 민족을 위해 통일국가를 이룬다는 애국심과 자부심을 가지고 최선을 다했을 것이다. 또 차순(次順)으로 생각할 수 있는 것은, 자신들이 통일의 공로 자가 되어 상당한 대우를 받을 것이라는 확신을 가지고 최선을 다했을 것인데, 결국 양면(兩面)의 기대를 가지고 일했을 것이라 생각된다.

우리나라의 속담에 누이 좋고 매부 좋다는 말과 같이 통일을 함으로써 우리 민족 전체에게 유익이 돌아가고, 자신들은 공로를 인정받아 거기에 상응하는 대우를 받으면서 여생을 편히 살 수 있을 것이라는 믿음이 생겨났기에 어려운 결단을 내리고 일을 진행시켰을 것이다. 만약 경순왕과 군신(群臣)들의 생각에 신라를 고려에 귀부하면서 모든 무장을 해제하고 권좌에서 내려온 후에 예우는커녕 홀대(忽待)를 받고 불이익이 돌아와 남은여생이 평탄치 못할 것이라는 의심과 공포가 생겼다면 그처럼 고귀한 민족 통일을 이룩하는 일이라 할지라도 결코 그렇게 하지 못했을 것이다.

그래서 오늘날의 남북통일 작업이 진행될 때 경순왕 역을 담당해야 할 제2의 경순왕이 일어나 통일하는 일을 추진시켜 남북통일을 이룩하면, 그때 가서는 고려태조 왕건 대왕이 경순왕을 극진히 대우했던 그 정신을 이어받아 최선의 대우를 해야 한다. 그리고 또 이렇게 꼭 할 것이라는 합의된 국민의 의사(意思)를 표출해 보여주어 경순왕의 역을 담당할 이로 하여금 결단 내릴 수 있게 하는 에너지(energy)를 채워 주어야 한다는 것을 강조하고 있습니다.

경순왕이 신라(新羅)를 고려(高麗)에 합병하여 통일(統一)을 하게 된 이유는 무엇인가?

1. 고려(高麗)와 신라(新羅)는 같은 민족이라는 것을 특별히 감안했을 것이다

경순왕은 통일신라의 전통을 이어온 신라를 다스리는 왕으로서 통일신라가 세 조각으로 쪼개어진 것이 너무나 안타까워 다시 통일시키는 각본(脚本)을 만들고, 그 각본에 따라 신라의 국토와 백성과 정권을 고려에 넘겨주었다. 같은 민족이라는 바탕 위에서 통일신라를 회복시켜 존속시키는 행위였다. 결국은 정권만 넘겨준 것이요 백성과 국토는 여전히 통일신라의 그것이었다. 그래서 신라(新羅)라는 이름은 없어졌지만 고려(高麗)라는 새 이름으로 민족이 통일을 하게 되었으니, 결국 통일신라가 회복되면서 간판만 바꾸어 붙이는 격이 되었다. 같은 단일민족으로서 하나의 국가를 이룩해 자자손손 대대로 통일된 민족국가를 한반도 우리의 국토 위에 존속시키기 위해서였을 것이다. 만약에 고려가 아니고 다른 민족의 어떤 국가였다면 죽으면 죽을지언정 끝까지 전쟁을 하더라도 그렇게 하지는 않았을 것이다.

이웃의 거대한 국가의 국토에 비하면 우리 민족의 국토 한반도는 넓지 않기 때문에 반드시 통일된 하나의 국가로 살아가야만 한다는 염원(念願)을 가졌을 것으로 생각된다. 이는 통일신라가 삼국을 통일해 216

년 동안 우리의 국토 한반도 안에서 하나의 국가로 존속되어 왔기 때문에, 신라의 국왕으로서 누구보다도 통일된 국가를 소원했을 것이다. 또 후삼국의 백성이 따로따로이지만 원래는 통일신라의 백성이요 같은 민족이라는 것을 생각하고 옛 신라가 삼국을 통일했던 통일신라를 연상(聯想)하면서 어떻게 해야 통일신라를 부활시킬 수 있을까! 같은 민족으로서 분단국이 되어 있는 그 상태를 그냥 두고 볼 수 없는 애국적인 충정을 마음에 담았을 것이라 생각된다. 이런 생각의 바탕에서 하나의 나라를 만들자면 왕이 여럿 있을 수 없다는 것을 인식하고, 친히 왕좌에서 내려와 고려 국왕 치하로 스스로 들어가 민족통일을 완성했던 것이다.

2. 피를 흘려야 하는 전쟁을 피하기 위해서였을 것이다

아마 경순왕은 지금은 고려와 친근한 관계이므로 당장 고려에서 군사를 거느리고 와서 신라를 공격하거나 신라에서 먼저 전쟁을 시작하지는 않을 것이지만, 통일하지 않은 채 따로 이웃해 살다 보면 언젠가는 충돌이 생겨 전쟁으로 비화될 가능성이 얼마든지 있을 수 있다고 생각했을 것이다. 그러므로 동족간의 전쟁을 예방하려면 그 유일한 길이 통일이라고 여겼을 것이다. 미래의 위험 요건들을 미연에 없애 버리는 작업이었을 것으로 생각된다. 오늘날 남북한도 충돌의 가능성을 항상 지니고 있는 상태에서 훗날의 위험을 아예 없애기 위해서라도 통일을 서둘렀으면 하는 마음 간절하다.

오늘날 남북한은 현대의 과학문명으로 만들어진 최첨단 고성능 무기로 무장한 채 대결하고 있기 때문에 정말 위험한 틀이 우리 민족을 누르고 있다는 것을 잠시라도 잊어서는 안 된다. 비근한 예를 들어서 말을 한다면 앞집 아들과 뒷집 아들이 사이가 안 좋아 잘 싸우는데, 맨손으로 그냥 싸우면 피차 크게 상처 날 일이나 생명 위협이 없겠지만, 만약 날카로운 칼을 들이대며 싸운다면 그때는 정말로 생명이 위험하거나 치명상을 입는다는 것은 삼척동자도 아는 상식이다. 이와 같이 남북한의 군사 대결은 자칫하면 우리 민족에게 치명상을 입힐 가능성이 항상 존재한다. 만약 전쟁이 다시 일어나면 이쪽저쪽 할 것 없이 다 멸망하고 만다는 것을 우리는 명심해야 할 것이다. 그리고 경순왕의 갸륵한 뜻을 받들어 미래의 위험을 통일로서 예방하는 슬기로운 민족이 되어야 할 것이다.

3. 한반도(韓半島) 우리의 국토를 셋 혹은 둘로 쪼갤 수 없다는 충정(忠情)에서였을 것이다

경순왕의 생각은 통일신라의 국토 한반도를 상상하면서 주위의 거대한 인접국의 국토는 넓고도 넓은데 우리 민족은 좁은 땅에서 경계를 만들고 분단국으로 작은 나라가 되어 서로 대립하는 것은 절대로 안 된다는 정치적인 계산이 반드시 있었을 것으로 믿어진다. 같은 민족으로서 좁은 땅 안에서 신라이니 고려이니 후백제이니 하는 것을 정말 한심하게 생각하며 한반도 우리의 국토를 셋, 혹은 둘로 쪼갤 수 없다는 절대적인 소원(所願)을 품고 있었으리라 생각된다. 오늘날 남북한이 분단되어 좁은 국토를 갈라놓고 있는 형편이 후삼국시대와 똑같이 정말 한심한 시대이다. 어쩌다 보니 우리의 의사(意思)와는 아무런 관계 없이 타의(他意)에 의해 억울하게 분단되었지만, 다시 통일을 이루어야 하는 책임은 오늘날을 살아가는 우리에게 있다. 우리는 우리의 국토 한반도를 사랑해야 한다. 7천만 우리 민족이 함께 사랑하면서 살아야 하는 귀중한 우리의 국토이다. 이처럼 귀중한 우리의 국토를 두 조각으로 나누었으니 정말 한심한 일이 아닐 수 없다. 쪼개면 약해지고 합하면 강해진다는 공식이 우리 삶의 현장에는 항상 있다.

4. 백성의 민심을 읽었다

경순왕은 신라의 호족들이 대거 신흥 고려로 귀화해 가고 있는 민심을 읽으면서 통일의 주체는 신라가 아니라 고려라는 것을 깨달았을 것이다. 이것은 물이 높은 데서 낮은 곳으로 흐르는 자연법칙 같다고 판단했을 것이다. 그래서 경순왕은 자신의 나라 신라를 고려로 합병해 통일할 것을 결심한 것으로 보인다. 옛날에도 "민심이 천심"이라는 말이 통했던 것 같다.

원래 하나였던 나라가 분단되어 적대시하다가 다시 통일이 요구될 시점이 다다르면 한 쪽에서 다른 한 쪽으로 인구의 이동이 시작되었던 것은 옛날이나 지금이나 마찬가지인 것 같다. 분단되어 있다가 일찍 통일을 한 독일과 예멘도 통일 직전에 많은 인구의 이동이 있었는데, 인구를 받아들이는 쪽으로 통일이 되었던 것을 우리는 보아왔다. 오늘날 북한에서 탈북자들이 계속 늘고 있으며, 이들의 목적지는 남한이다. 벌써 많은 탈북자들이 남한으로 들어와 있다. 신라의 많은 호족들도 자진해 신흥 고려로 귀화해 고려의 통치권 안으로 들어가게 되었다. 이런 현상은 민심의 흐름이요, 정세의 흐름이었다. 경순왕께서 신라를 고려로 귀부(歸附)해 통일을 이루게 되었던 이유 중에 큰 비중을 차지했던 것은 민의(民意)의 뜻을 따랐던 것이다. 대세의 흐름을 거스르지 않으면서 가장 효율적인 방법을 강구하여 실천했던 지혜롭고 충성스러운 정치가였다. 앞으로 남북통일의 계절이 다가와 "'경순왕 따라하기 식 통일방법'이 가동될 그때는 북한의 정권 담당자들도 민심을 읽으면서 순리적인 방향으로, 물이 흐르는 방향으로 뱃머리를 돌릴 것을 확실히 믿는다.

5. 오늘날의 남북통일(南北統一)방법을 가르치기 위한 예행연습(豫行演習)이 되었다

역사의 흐름은 섭리자의 섭리(攝理)에 의해서 이루어진다. 오늘날 남북통일을 이루기 위한 위대한 가르침이 우리 민족의 역사 안에 있다.

그것은 후삼국시대의 신라와 고려가 평화적으로 멋있게 통일해 통일조국을 이룩했던 그 장한 모습일 것이다. 무관심하고 그냥 보아 넘기면 아무것도 발견할 수 없겠으나, 후삼국시대의 시국(時局)을 멋있게 통일한 우리 선조들의 장한 모습을 유심히 보아야 할 것이다.

신라의 경순왕은 신라를 고려에 합병시켜 신라와 고려의 통일을 완성했다. 고려태조 왕건 대왕은 경순왕을 통일의 공로자로 인정하여 극진히 예우하면서 이룩한 그 통일작업이 오늘날 남북통일방법을 가르치는 예행연습 이 되었고, 통일의 모델(model)이 되고 있습니다. 그러므로 오늘날 우리 민족에게 요구되는 남북통일을 성취시키는 일도 우리의 선조들이 실행한 그 과정을 따라하면 되도록 되어 있다.

모든 역사가 진행되었던 절차는 절대자(絶對者)의 섭리(攝理)에 의해 이루어졌음을 믿는다. 그분께서 신라와 고려의 통일을 섭리하셔서 그 시대의 통일을 이루게 하셨고, 또 그때 통일 작업이 진행되었던 방식과 절차들이 오늘날 남북으로 분단되어 있는 7천만 우리 민족에게 남북통일방법을 가르치는 예행연습이 되게 하신 것으로 믿는다.

오늘날 우리가 어디에 가서 통일교육을 받을 수 있을까? 어느 누가 그 방법을 우리에게 가르칠 수 있을까? 오늘날 현재 이 땅 위에서는 우리에게 통일방법을 가르칠 어떤 누구도 없을 것이다. 그리고 통일을 어떤 방식으로 하라고 명령할 사람도 없고, 명령할 수 있는 자격과 권리를 가진 사람도 없을 것이다. 그러나 오늘날 우리 남북한 7천만 민족에게 생명을 이어준 우리 선조들은 말할 수 있을 것이고, 그 말에 무게

가 실릴 것이다. 듣는 편에서도 겸허히 받아들일 수 있을 것이고, 또 받아 들여야만 할 것이다. 공교롭게도 그것을 우리의 역사가 가르치고 있다. 후삼국 시대 통일을 평화적으로 멋있게 성사시켰던 우리의 선조들이 오늘날 남북통일의 방법을 가르치고 있다. 그런 고로 오늘날 우리는 우리의 선조들이 실행한 그 방법을 보고 그대로 따라하면 통일이 될 수 있도록 되어 있습니다.

그러면 오늘날 남북한 중에서 어느 쪽이 경순왕의 역을 담당해야 할 것인가?에 대한 의문이 생겨날 것이다. 정답은 저절로 나온다. 후삼국 시대의 말기(末期) 통일이 요망될 당시, 신라와 고려의 형편을 보았을 때 고려는 생동력이 넘쳐났고, 신라는 모든 면에서 약한 상태였다. 그러므로 신라가 고려에 합병되었던 것은 그 시대 정세(政勢)의 흐름에 따라 순리적으로 진행되었던 것을 읽을 수 있다. 오늘날 남한과 북한의 형편을 비교하면서 정답을 찾으면, 북한을 남한으로 합병해 통일을 이루어야 한다는 정답이 저절로 나온다. 어느 한 쪽이 으스대거나 사기(士氣)가 죽을 것은 절대로 아닐 터이고, 통일 후에 양질의 삶이 보장되는 쪽으로 흘러가는 민족의 공통분모(共通分母)를 찾아가는 방향이 그것일 것이다.

그러므로 '경순왕 따라하기 식 통일방법'으로 통일작업을 진행시키면 어떤 명분으로도 거부할 수 없고 못 할 아무런 이유도 없을 것이다. 또 어느 누구도 자존심 상할 것 없고, 남북한 어느 쪽에서도 손해 보는 일은 전연 없을 것이다. 어떤 부류에 속해 있는 단 한 사람이라도 희생되거나 손해 보는 일은 전연 없을 것이며 모든 이에게 유익만이 돌아가는 흑자산업(黑字産業)이 될 것이다.

후삼국시대 그때의 통일을 이룩한, 우리 국민 모두의 선조(先祖)가 되는 통일의 공로자들이 우리를 향해 통일을 재촉하는 소리를 들어야 할 것이다. 특별히 경순왕의 역할을 담당해야 할 측(側)에서는 더욱더 귀를 기울여야 할 것이다. 물론 통일의 주체는 고려였지만, 통일이 될 수 있도록 결단을 내리고 실행에 옮긴 것은 신라 쪽이었기에 통일의 공로자는 신라 쪽의 인사(人士)들이었다. 우리는 경순왕을 높이 존경한다. 그는 민족의 통일을 성사시킨 통일의 공로자이다.

이제 경순왕의 역을 담당해야 할 제2의 경순왕이 나타나 오늘날의 남북통일을 성사시킬 그때는 통일조국에서 공로자를 특별히 예우할 것으로 믿으며, 우리 7천만 국민은 그 공로자를 높이 존경해야 할 것이다. 반드시 그렇게 할 것으로 믿는다.

[8] 우리의 선조(先朝)들이 이룩한 통일의 역사에서 배워야 할 교훈(敎訓)

1. 우리 민족의 첫 번째 통일[新羅三國統一]이 우리에게 주는 교훈

우리 민족이 한반도에서 하나의 국가(國家)로 이어져 내려온 것은 저절로 된 것이 아니라 우리의 선조들이 생명을 바쳐 싸우면서 땅을 빼앗기지 않고 유지해옴으로써 가능한 것이었다. 나당전쟁의 역사에서 당나라의 동작을 유심히 보면서 깨달을 것이 있다. 오늘날 우리가 빨리 통일을 못 하고 너무 오래가든가, 아니면 남북한 간에 알력이 있어 긴장이 지속되거나, 아니면 북한 내부에서 어떤 급박한 일이 일어난다거나 기타 어떤 경우가 생겨나서 당나라(상징적 호칭)에게 조그마한 빌미라도 주어서는 안 된다는 것이다. 긴 세월이 지나갔어도 그들에게는 항상 그러한 야욕이 있을 수 있다는 것을 우리는 잊지 말아야 할 것이다. 모든 가능성을 놓고 상상하면서 정말로 우리 민족이 경성해야 할 것이다.

신라가 당나라와 연합해 백제와 고구려를 공격해 멸망시킨 것은 나름대로 이유가 있었겠지만, 궁극적으로는 백제와 고구려를 흡수해 한반도에서 하나의 나라를 만들려는 원대한 꿈이 있었고, 이는 정당한 욕망이었다. 신라와 백제와 고구려의 백성은 고조선(古朝鮮)의 후예로서 같은 민족이요, 국토가 가깝게 인접되어 있는 같은 땅 한반도였다.

결국 신라가 3국을 통일했는데, 진행되었던 역사의 내용을 분석하면 교훈을 받아야 할 부분들이 많다. 같은 민족으로서 한반도 위에서 따로따로 작은 부분의 땅을 차지하면서 작은 국가를 형성해 이웃 동족 나라와 골육상잔(骨肉相殘)의 전쟁까지 하며 각자 자기 나라를 위해 충성을 다하며 살아가고 있었다. 이러한 일들은 남의 일이 아니고 우리 선조들이 살아온 발자취이기에 정말 아쉬움이 크다. 3개의 나라를 하나로 만들어야 한다는 생각을 왜 하지 못했을까?

특별히 계백장군 같은 이는 자신의 나라에 대해 충성심이 대단하여 꺼져가는 자신의 나라 백제를 위해 생명을 바쳤지만, 그때 백제가 신라와 통일해야 한다는 상식은 아예 없었던 것으로 보인다. 그 애달픈 우리 민족의 역사를 읽으면서 우리 칠천만 겨레가 다 같이 아쉬움을 느낄 것이다. 오늘날을 살아가는 우리는 민족이 분단된 것을 애석히 여기면서 통일의 필요성과 시급성을 발동시켜 민족통일을 앞당겨야 할 것이다.

2. 우리 민족의 두 번째 통일[後三國統一]이 우리에게 주는 교훈

후삼국시대를 끝내면서 후삼국의 통일은 고려를 축으로 해 삼국이 통일하게 되었는데, 이 통일이 우리 민족의 두 번째 통일이다. 우리는 이 두 번째 통일을 유심히 보아야 할 것이다. 왜냐하면 후삼국시대와 오늘날의 남북한 이국시대(二國時代)가 너무나도 비슷하고 후삼국의 멋진 통일의 역사가 오늘날의 남북한이 통일할 수 있는 방법을 가르치는 교과서와 모델이 되기 때문이다.

이렇게 우리 민족에게는 위대한 통일의 역사가 있다. 통일의 역사가 있다 하더라도 오늘날 우리가 따라하기에 불가능한 방법이라면 특별히 공부해야 할 필요가 없겠지만, 그때 신라와 고려의 통일은 정말로 멋있는 통일이었다. 너무나도 위대하고 고귀해 오늘날 분단 시대를 살아가는 우리에게는 부럽고 흠모할 만한 사건이다. 남북으로 분단된 조국을 통일시킬 수 있는 본보기(model)가 되는 역사였던 것이다.

분단으로 인해 대결의 틀이 짜여 있는 그 시대를 멋있게 통일했던 그 사건은 당시의 백성에게 큰 혜택이 돌아갔을 뿐 아니라 한 가지의 효과가 더 있다. 그것은 그들의 후손으로서 오늘날을 살아가고 있는 남북한(南北韓) 7천만 국민에게 남북통일 방법을 가르치는 지침서가 되고 있다는 것이다. 좋은 일은 남의 것을 보고도 따라하는 것이 귀할 것인데 우리에게는 선조(先祖)들로부터 주어져 있는 위대한 통일의 방법이 있다. '경순왕 따라하기 식 통일방법'이 그것이다. 이 방법은 우리의 선조들이 실행한 고귀한 우리의 방법이다. 이 책에서 강조하는 중요한 골격(骨格)의 내용은 필자의 의견이 아니다. 다만 우리 민족의 역사에서 통일을 이룩한 선조들의 동영상(動映像)이면서 명령이다.

오늘날의 남북통일은 쌍방의 협상으로서는 이루어낼 가능성이 없을 것 같고 '경순왕 따라하기 식 통일방법"으로만 가능할 것이다. 다른 방법으로는 불가능 하므로 유일한 방법이 될 것이다. 그러므로 우리 7천만 민족은 이 방법을 따라하여 또 한 번의 민족통일을 이루고 새로운 경축일을 만들어 내어야 한다. '경순왕 따라하기 식 통일방법'은 바로 후삼국의 신라와 고려가 통일했던 그 내용과 정신을 그대로 옮겨온 것이다. 그래서 오늘날의 남북한 통일도 이 방법으로 통일을 이루자는 소리가 바로 이 책의 내용이다. 이 책은 바로 '경순왕 따라하기 식 통일방법'을 전달하는 소리가 되는 것이다. 이 소리는 바로 우리 민족의 두 번째 통일을 이끌어낸 우리의 선조들의 음성일 것이다.

그래서 "경순왕 따라하기 식 통일방법으로 통일을 해야 합니다."라는 구호를 외치고 있는 것이다. 오늘날 7천만 국민은 통일의 에너지 (energy)를 품어야 한다. 이 에너지는 '경순왕 따라하기 식 통일방법'을 완전히 습득해야만 생성될 수 있다. 그리고 그 방법을 사랑하면서 서로 서로가 옆으로, 옆으로 전달하면서 외쳐야 할 것이다.

필자는 믿고 있다. 대한민국 모든 국민과 위정자들, 그리고 북한의 모든 인민들과 북한정권 담당자들 모두가 다 남북이 통일되기를 원하고 있을 것이며, 통일 후 국민들의 삶의 질(質)이 좋아져 자유와 풍요로움을 만끽하면서 관용과 화해로 서로 용서하고 사랑하는 사회가 되는 것을 분명히 소원하고 있다는 것을 믿는다. 이렇게 원하면서도 통일이 안 되고 있는 것은 가능한 통일방법을 찾지 못했기 때문일 것이다. 이제 7천만 우리 국민과 남북한 정권 담당자들은 우리의 통일방법이면서 실천 가능하고 모두에게 유익이 돌아가는 '경순왕 따라하기 식 통일방법'을 붙잡아야 할 것입니다.

특별히 경순왕의 역(役)을 담당해야 할 측에서도 통일의 열기가 살아나고 통일의 동영상을 상상하면서 그리워하는 마음이 충만해져야 할 것이다. 남북한이 따로따로 있으면서 역사가 계속되는 것은 민족적으로 볼 때 불합리하다는 것을 깨닫고 제2의 경순왕이 되어 신라(북한)를 고려(남한)에 합병하여 통일된 조국을 하루라도 빨리 만들어 우리 국민의 삶을 윤택하게 만들어야 할 것이다. 그리고 태조 왕건이 경순왕을 통일의 공로자로 인정해 극진히 예우와 대우를 했던 것처럼 남북통일을 앞장서서 이룩한 제2의 경순왕(통일의 공로자들)에게 통일된 대한민국의 국민과 정부에서 특별한 대우를 반드시 할 것을 믿는다. 우리 국민모두, 특별히 남북한의 정권 담당자들 모두가 통일이 됨으로 인해 각자에게 어떤 결과가 미치는지 손익계산(損益計算)을 한번 해보자! 모두에게 유익이 돌아가고, 모두가 만족해 할 것입니다.

3. 우리 민족의 세 번째 통일은 남북통일(南北統一)이다

우리 민족의 첫 번째 통일(676년)은 신라가 삼국(三國)을 통일한 것으로, 당나라의 세력을 몰아내고 민족의 혼을 찾으면서 실행했던 장한 통일이었다. 두 번째 통일(935년)은 후삼국(後三國)의 통일로서, 경순왕이 신라를 고려에 합병하여 평화적으로 통일을 이룩하여 후삼국이 하나 되는 계기(契機)를 만들었다. 정말로 멋있는 통일이었다. 이렇게 통일의 경험이 풍부한 우리 민족이다.

이제 세 번째 통일은 오늘날 남북한 7천만 우리 민족이 이루어 내어야 할 거대한 숙제(宿題)로 남겨놓고 있는 남북한의 통일이다. 우리의 선조들이 실천한 통일방식을 따라 멋있게 통일해 위대한 대한민국을 우리의 국토 한반도 위에 길이길이 존속케 해야 할 것이다. 또한 멋있게 통일하는 모습을 세계 사람들에게 보여 칭찬 받으면서 우리 민족의 위대함을 과시해야 할 것이다. 우리 민족은 할 수 있다. 우리의 선조들도 어려운 역경이 있었지만 통일의 역사(役事)를 거뜬히 완성하지 않았는가. 우리에게는 통일할 수 있는 방법이 있다. 우리 선조들이 실행해 통일을 이루었던 위대한 방법이 있다. 본 저작물의 내용이 그 방법을 설명하는 책인데 '경순왕 따라하기 식 통일방법'이라고 호칭하기로 했다. 많은 사람이 이 책을 읽고 공감(共感)하면서 옆 사람에게로, 이웃으로 전파되어 범국민적인 공감대를 형성하고, 북한의 요원들에게도 전달되어 그들도 함께 공감하면서 우리 모두에게서 열(熱)이 달아오를 때, 통일을 추진하는 작업에 시동이 걸릴 것입니다.

우리는 통일을 꼭 해야만 한다. 지금은 글로벌(global) 시대이기 때문에 독불장군으로는 살아갈 수 없다. 세계 여러 나라와 생존경쟁을 해야 하는 시대이다. 경쟁에서 뒤지면 풍요로운 생활을 할 수 없다. 특별히 우리 민족은 더욱 더 그러하다. 우리 국토는 넓지 못하고 자원이 별로 없다. 그렇기 때문에 산업을 일으켜 일자리를 만들고 좋은 물건을 값싸게 만들어 세계 시장에 내놓아야 한다. 시장 경쟁에서 앞선 자리를 확보해 돈을 벌어야만 국민이 살아갈 수 있다. 이제는 우리 땅에서 나는 것만 가지고 먹고사는 시대는 지나갔다. 그렇기 때문에 우리는 통일을 빨리 해 경쟁력을 높여야 할 것이다.

이제는 우리국민이 남북통일을 빨리 해야 한다는 소원을 품으면서 열기를 높여 나가야 한다. 남북통일의 고귀한 작업(作業)을 남에게 빼앗기지 말고 내가 먼저 비중 있는 역할을 담당하는 통일의 역군이 되기 위해 자기 몫을 찾아 노력해야 할 것이다.

[9] 후삼국시대의 신라(新羅)와 고려(高麗)의 통일이 오늘날 남북한통일(南北韓統一)의 모델이 되고 있다

1. 신라(新羅)를 고려(高麗)에 합병하여 통일을 이루었던 역사와 같이 북한(北韓)을 남한(南韓)으로 합병하여 통일을 이루어야 한다

후삼국 시대의 신라와 고려가 통일했던 내역을 공부하면, 오늘날 우리가 부러워할 수밖에 없는 방법으로 통일을 이룩했던 것을 볼 수 있다. 그 방법을 '경순왕 따라하기 식 통일방법'이라고 부른다. 이것은 필자의 아이디어(idea)가 아니다. 어느 누구에게서 배운 것도 아니다. 지나간 역사에서 통일을 이룩하셨던 우리 선조들의 것이다. 순수한 우리 민족의 것이다. 분단되었던 조국(후삼국)을 하나의 국가로 통일을 이룩한 선조들의 노하우(know-how)이다. 우리 7천만 국민은 우리의 통일방법을 배워 익숙해지면서 남북통일을 열창(熱唱)해야 할 것이다. 그리하면 우리가 그리워하던 남북통일도 생각보다 더 빨리, 더 쉽게 우리 곁으로 다가올 것이다.

그때 후삼국시대의 백성(우리 민족의 선조들)에게는 평화와 통일이 절실히 요구되던 시대였다. 바로 이때 민족을 사랑하고 민족의 통일을 간절히 사모하던 일방(一方)의 권력자들이 결단을 내렸다. 즉 신라에서 자진해 신라를 고려에 합병하면서 통일을 이루어내는 방식을 선택했던 것이다. 경순왕은 신라를 고려에 합병해 하나의 나라를 만들면서도 아무런 조건을 달지 않았다. 그저 신라를 고려에 귀부(歸附)하면서 왕좌에서 내려와 고려의 치하로 들어가 통일을 완성했다.

오늘날 남북한의 정세를 보거나 지나간 날의 각양 남북회담의 경험을 볼 때, 협상으로써는 통일방법을 도출해낼 수 없을 것 같다. 그래서 남북한 7천만 국민은 우리의 선조들이 실행한 통일방법을 모방해 남북한 중 어느 일방이 결단을 내리고 상대방(相對方)으로 합병해 통일을 이루어야 한다. 그러면 남북한 중 어느 쪽에서 결단을 내리고 상대방에게 합병하면서 통일을 이룰 것인가? 하는 질문이 생겨난다.

먼저 남한을 북한으로 합병해 통일을 이룬다고 가상할 때, 과연 통일 후에 삶의 질이 좋아져 통일조국의 7천만 국민이 자유와 풍요로움을 누리면서 행복하게 살아갈 수 있을까? 또 세계시장 생존경쟁의 질서 속에서 외국과 경쟁하면서 부(富)를 가져올 수 있을까? 이 질문에 대해서는 '불가능하다'는 정답이 저절로 나오는 것을 쌍방의 정권 담당자들이 먼저 알 수 있을 것이다.

그러면 북한(北韓)을 남한(南韓)으로 합병해 통일을 이룬다면 어떠할까? 이 질문에 대해 설명하는 것이 이 대목의 내용이 될 것이다.

오늘의 북한 사회는 기본권과 자유를 누리지 못하고 있고, 경제력이 열악해 빈곤한 살림살이로 배고픔과 헐벗으며, 여행도 마음대로 할 수 없는 사회라는 말을 듣는다. 그래서 통일이 된 후에는 국민에게 **기본권과 자유(自由)와 물질의 풍요로움**이 있는 살기 좋은 사회가 되어야 한다는 것이 전제조건이 되어야 할 것이다. 그래서 열악한 북한을 자유와 풍요로움이 있는 남한으로 합병해 통일을 이룩해야 한다는 정답이 나온다.

후삼국 시대의 통일은 신라가 고려에 합병해 통일을 이루었다. 민족적으로 볼 때 가장 멋있고 훌륭한 방법의 통일이었다. 그러면서 후대(後代)를 사는 오늘날 우리 동포들에게 통일의 방법을 가르치는 위대한 지침(指針)이 되고 있다. 이 방법을 오늘날 남북통일의 모델로 할 때, 자연스럽게 북한이 신라의 역을 담당해야 한다는 정답이 도출된다. 대한민국(남한)은 북한을 받아들여 통일을 주관해야 하는 위치이고, 북한은 대한민국(남한)에 합병되는 위치라는 것이 명확하게 보인다. 그러므로 북한에서 결단을 내리고 북한의 정권과 군대를 대한민국 정부에 이양하는 작업이 실천되어야 한다. 이렇게 될 때 한 편은 승자(勝者)이고 한 편은 패자(敗者)의 위치에 서는 것이 절대로 아니다. 양편이 동등하게 민족의 장래를 위해 애국적인 판단과 노력으로 헤어졌던 형제가 이제 화합(和合)하는 작업일 것이다. 이렇게 아름다운 움직임이 민족적으로 잔치하는 분위기에서 진행되어야 한다. 불화했던 형제가 화합하는 모양새는 얼마나 아름다운가! 사람을 비롯해 모든 생물이 찬사를 보낼 것이며 하늘의 천군 천사가 찬사를 보낼 것이다. 인간의 역사를 섭리하시는 하나님께서도 칭찬하실 것이며 통일을 이루는 데 비중 있는 역할을 담당하는 사람들에게는 더욱 더 칭찬하고 복을 주실 것이다.

오늘날 남북한이 분단되어 대결의 틀이 짜여 있는 모습이, 그때 후삼국 시대와 같이 통일이 절실히 요망(要望)되는 시대라는 것을 새삼 느낀다. 그때 3국 중에서 고려(高麗)가 활기차게 솟아오르고 백성들이 고려를 선호하게 되면서, 신라의 많은 호족들이 고려의 치하로 자진해 들어갔다. 그때의 형세(形勢)를 볼 때 고려가 주축이 되어 통일된 나라가 되어야만 통일 후 백성들의 삶이 더 윤택해질 것이라는 백성들의 계산(計算)이 나타난 것으로 이해된다. 그리고 백성들만이 아니라 정권을 맡은 국왕을 비롯해 군신(群臣)들 모두가 신라를 고려로 합병시켜 통일국가를 만들어야 한다는 계산이 나오면서, 그 계산의 각본대로 움직여 경순왕은 삼분(三分)된 민족의 통일을 위해 먼저 신라를 고려로 합병시키는 일들을 실행시킨 것이다. 이는 물이 높은 곳에서 낮은 곳으로 질서 있게 흐르듯이 대세의 흐름에 따라서 이루어진 일이다.

그때 고려에서는 국왕을 비롯해 조정신료(朝廷臣僚)들 모두가 신라를 정성껏 받아 들여 하나로 만드는 작업을 기쁨으로 진행시켜 아무런 마찰이 없었다. 모두가 기쁨과 사랑으로, 존경하는 자세로 일들을 처리했던 사실을 역사 공부를 하면서 알게 되었다. 그때 정말 우리의 선조들이 지혜롭게 민족을 통일시켜 통일조국을 우리의 국토 한반도 위에 정착시켰다. 이는 자주적으로 우리 배달민족끼리 행한 통일이었다.

이 얼마나 장한 일인가? 그래서 오늘날 남북한 분단시대를 살고 있는 우리도 시급하게 해결해야 할 문제가 남북한 통일이다. 통일은 해도 되고, 안 해도 되는 선택의 일이 아니다. 반드시 해야 하고, 빨리 하는 것이 우리 민족에게 이득이다. 이제는 통일하는 일을 우리 국민 스스로가 해결해야만 하는 요긴한 계절이 다가왔다. 그러나 통일을 이루기 위해 회담(會談)으로 남북문제를 해결하려면 너무나도 거리가 멀리 벌어져 있다. 그러므로 의견을 좁혀 통일하려면 정말로 불가능할 것 같다. 그러나 '경순왕 따라하기 식 통일방법'은 오늘날 분단 시대를 살아가는 우리에게 우리의 선조들이 내려준 고귀한 선물이다.

'경순왕 따라하기 식 통일방법'에는 국민 각자가 해야 할 몫이 있다. 그리고 특별히 정책을 담당하고 있는 분들은 더욱 더 큰 몫이 있을 것이다.

첫째로 일반 국민 개인 한 사람 한 사람이 움직여야 할 몫이 있을 것이다. 효율적이고 가능한 통일방법, 즉 '경순왕 따라하기 식 통일방법'을 공부해 공감(共感)을 먼저 가져야 한다. 이렇게 하기 위해서는 '경순왕 따라하기 식 통일방법'이 무엇을 말하는가 궁금하게 생각하면서 책을 읽어야 할 것이다. 다음으로는 이 방법을 이웃이나 가까운 친지 분들에게 전달해야 하고, 다음으로는 이 방법을 국민 대중의 뜻으로 결집해야 할 것이다. 그리고 국민 전체가 이 방법을 붙잡고 남북통일을 간절히 사모하면서 질서 정연하게 모양새 좋은 방법으로 남북통일을 열창하면서 단합된 뜻을 표출해 보여야 할 것입니다.

다음으로는 정책을 맡고 있는 북한의 정권 담당자들의 몫이 될 것이다. '경순왕 따라하기 식 통일방법'으로 통일을 하려면 대세의 흐름에 순응하여, 한 쪽에서 다른 한 쪽으로 합병하여 통일을 이루어야 할 것이다. 그때 경순왕의 결단으로 신라와 고려가 통일되는 과정들을 오늘날 남북통일의 지침(指針)으로 삼을 때 쌍방의 역할 분담이 자연스럽게 나타난다. 여러 가지의 상황을 감안할 때 북한 쪽에서 경순왕의 역을 담당해야 한다.

북한의 정권 담당자들이 경순왕의 역을 담당하기 위해서는 '경순왕 따라하기 식 통일방법'을 습득해 공감을 먼저 가져야 할 것이다. 그리고 다음으로는 '경순왕 따라하기 식 통일방법'으로 통일을 하자고 열창하는 전체 국민의 뜻을 수용해야 할 것이다. 그리고 경순왕의 결단과 같이 북한의 정권 담당자들이 결단을 내리고 북한을 남한으로 합병해 통일을 이루면서 통일의 공로자가 되어야 할 것이다. 이렇게 하는 것이 '경순왕 따라하기 식 통일방법'의 핵심적인 동작이다.

다음으로는 통일 대한민국에서 통일의 공로자들에게 대우하는 절차의 이다. 고려 조정에서는 신라에서 고려에게로 귀부(歸附)해 오는 경순왕에게 극진히 예우했다는 기록을 읽을 수 있다. 그리고 경순왕에게만 그렇게 한 것이 아닐 것이고, 군신(群臣)들과 군장(軍將)들에게도 공로에 따라서 차등적으로 적절한 방법으로 예우를 했으리라 생각된다.

이와 같이 오늘날 북한을 남한으로 합병해 통일을 성사시키는 일에 있어서도 경순왕의 역을 담당하는 한 분은 일등 공로자가 되어야 할 것이고, 다음으로 차등 공로자들이 있을 것이다. 이들 남북통일의 공로자들에게 고려 조정에서 실행했던 것과 같이 통일 대한민국 정부에서 상당한 예우를 해야 한다. 이렇게 되면 '경순왕 따라하기 식 통일방법'에서 가르치는 내용을 다 실천하는 것이 된다.

북한의 정권 담당자들이 결단을 내리고 무장을 해제하면서 북한을 남한으로 합병해 통일하는 것이 북한 편에서 손해를 보는 것같이 생각될지 모르나, 절대로 그렇지 않다. 통일이 되면 남북한 국민 모두에게 유익이 될 것이다. 특별히 북한의 인민들에게는 더 큰 유익이 돌아갈 것이다. 그리고 북한의 정권 담당자들 자신(공로자들)들에게는 특별한 대우와 영광이 돌아갈 것이다. 이들에게는 공로에 따라서 통일 대한민국(統一大韓民國)의 국민과 정부로부터 예우와 대우가 반드시 따를 것이라는 것을 의심치 않는다. 이렇게 되는 것은 고려태조 왕건 대왕이 경순왕에게 예우했던 정신을 본받아 대우하는 것이 될 것이다. 이렇게 하는 것이 '경순왕 따라하기 식 통일방법'의 핵심적인 방식이다. 이렇게 통일의 공로자들의 노력으로 통일이 될 때, 그 공로는 크게 찬양을 받아 마땅하며 우리의 후손들에게 길이길이 기억이 될 것이다. 그래서 하나님 앞에서와 사람 앞에서 떳떳하고 자부심을 가질 수 있으며, 명예와 존귀와 부가 따를 것이며, 여생을 편히 떳떳하게 큰 자부심을 가지고 살아갈 수 있을 것이다. 통일의 공로자들은 통일조국의 모든 국민에게 존경과 사랑을 받는 대상이 될 것이다. 그때는 서울이나 평양의 거리를 활보한다 해도 경호원 없이 다닐 수 있을 것이고, 가는 곳마다 박수를 보내는 군중이 모여들 것이다. 만약 이때 어리석은 자가 달려드는 경우가 생긴다면 옆에 있던 모든 군중이 경호원이 될 것이다. 이렇게 신분이 완전히 변할 것을 의심치 않는다.

'경순왕 따라하기 식 통일방법'으로 통일을 하면 모두가 좋다. 통일을 함으로 인해 손해가 되는 사람은 한 사람도 없을 것이다. 그렇기에 아니할 이유가 전연 없다. 혹 남한이나 북한의 정치인들이 손해를 보겠는가? 절대로 그렇지 않다. 그러면 남북한의 군인들이 손해를 보는가? 절대로 아니다. 북한의 군사 책임자 중에는 통일의 공로자가 나올 수 있을 것인데, 그것은 더욱 행복한 길을 찾아가는 것이 되면서 자부심을 가질 수 있는 길이다. 세상에 태어나서 이런 고귀한 일을 할 수 있는 기회가 주어진 자는 복(福)이 있는 자일 것이다.

남북통일을 이루는 작업은 우리 민족에게 가장 고귀한 작업이기 때문에, 통일을 성사시킬 때 크게 일할 수 있는 역할이 주어진다는 것은 천혜를 받아야만 가능할 것이다. 어떤 누구의 압력을 받아서 그 역을 맡아야 하는 것도 아니고, 또 어떤 누구에게 떠밀려서 그 역을 맡아야만 하는 것이 아니다. 오늘날 남북한의 정세(政勢)에 따라서 자연스럽게 되는 것이어서 아마도 절대자 의 섭리(攝理)에 의해서 되는 것이라고 생각된다. 그러므로 아무도 인위적으로 명령을 거스를 수 없을 것이며, 명령대로 순종하는 자는 큰 복을 받을 것으로 믿는다.

그리고 또 역으로 생각해, 일할 수 있는 기회가 왔을 때 우물쭈물하다가 기회를 놓쳐 버리면 들어오는 복을 잃어버리게 될 것이고, 또 일을 해야만 하는 위치에 있으면서 일을 하지 않으면 죄(罪)가 될 것이다. 혹시 어떤 자가 북한의 실권자들에게 결단을 만류(挽留)하면서 어떤 명분을 주장한다 하더라도, 통일을 이루어야 한다는 명분과 비교하면 번갯불과 반딧불의 비교도 안 될 것이다. 남북통일을 이루어야 한다는 명분을 능가할 명분은 아무것도 없다. 경순왕의 아들들은 신라를 고려에 넘긴다는 것은 신라의 천년사직을 소홀히 하는 것이라면서 합당하지 않다는 명분을 내세우면서 만류했다. 물론 이렇게 만류하는 명분도 상당한 의미는 있는 것이었지만, 흩어 졌던 민족국가를 다시 합해 통일된 하나의 민족국가를 이루어야 한다는 가장 고귀한 명분을 능가할 수는 없었다.

이렇게 경순왕의 역할을 담당해야 할 북한의 지도자들이 제2의 경순왕이 되어 통일을 이루기 위해 위대한 결단을 내리고 일들을 추진시켜 남북통일을 완성하면, 우리 민족 모두에게 존경의 대상이 되는 것은 물론, 북한 자체 내에서도 혹시 원한이 쌓여 있는 자가 있다 하더라도 통일을 이루는 모습을 보면서, 또 남한의 모든 국민이 통일의 공로자들을 칭송하는 열기를 보면서 모든 원한(怨恨)이 봄빛에 눈 녹듯이 다 없어지고 오직 새로운 존경심이 생겨나 사랑하는 대상자가 될 것이다.

그리하여 통일 후에는 7천만 우리 국민 모두에게 높임과 귀히 여김과 사랑을 받는 대상자가 될 것이다. 그리고 우리 국민들뿐만 아니라 세계 여러 나라 사람들로부터 찬사와 박수갈채를 받을 것이다. 우리는 그 날을 앞당기기 위해 노력을 게을리 하지 말아야 할 것이다. 그 날이 뜻밖에 빠른 시일 안에 다가와 세계를 깜짝 놀라게 할지 아무도 모른다.

만약 북한의 당국자들도 너무 오래 주저하며 판단을 늦추면 일을 그르칠 염려가 있을 것이다. 모든 것이 적절한 때가 있다. 먹기 좋게 잘 익은 과일도 그 때를 놓치면 먹을 수 없는 품질이 되어버리는 것을 보면서 교훈을 받아야 할 것이다. 이번 우리나라의 통일작업은 용서와 화해와 사랑을 바탕으로 해 과거의 불행했던 오명을 씻고, 또 씻어주고 씻김을 받으면서 겸손하게 서로 상대편의 움직임을 감사하게 생각해야 한다. 그러면서 통일 조국(구한말 대한제국)을 회복해 삼천리 한반도를 딛고 하나의 나라를 다시 세워서 멋있는 통일 대한민국(統一大韓民國)을 출발시켜 새로운 민족의 도약을 성취해 내야 할 것이다.

남북통일과 같은 큰일을 하려면 국민 전체가 힘을 합해야 한다. 이는 마치 가을 운동회 때 편을 갈라 줄 당기기를 할 때, 힘을 합치는 놀이이므로 힘을 쓰는 방향이 같아야 하고, 힘을 낼 때 똑같이 힘을 써야 한다는 것이다. 그래서 구령에 맞추어 영차, 영차 하는 것과 같이 우리 민족의 통일도 구령에 맞추어 영차, 영차 하면서 같은 시기에 같은 방향으로 함께 힘을 써야 할 것이다.

또 대형 운동장에서 국제경기가 열릴 때 응원석에 대형 태극기가 가끔 등장하는 것을 보는데, 이 태극기를 구김 없이 넓게 펴서 높이 들려면 모두의 손이 필요하다. 어느 한 사람이라도 손을 내리면 태극기가 밑으로 처져 내려오게 된다. TV에서 깨끗하고 정확한 화면을 보면 모두의 노력을 알 수 있다. 이와 같이 이제 남북통일의 작업은 어느 특정인의 노력만으로는 부족할 것이고, 국민 전체가 정성을 합해야 할 것이다.

우리 민족은 단결력이 대단한 국민이다. 일본 강점기에 일본 헌병과 경찰의 칼날이 시퍼럴 때, 1919년 3월 1일을 기해 일본의 강점통치 지배에 항거해 손에 손에 태극기를 들고 거족적으로 독립만세를 불렀다. 어느 한 지방에서만 그랬던 것이 아니라 우리나라 방방곡곡에서 일제히 독립을 쟁취하기 위해 전 민족이 한마음 한뜻이 되어 점령자의 위협에도 불구하고 아무런 무장도 없이 용감하게 독립만세를 불렀다. 그러나 그때는 힘이 약했기 때문에 여전히 일본의 압박에서 벗어나지 못했으나, 전 민족이 일사불란(一絲不亂)하게 자주독립을 쟁취하기 위해 민족의 함성을 외치는 데는 남녀노소가 따로 없었고 이 지방이나 저 지방이 다를 수가 없었다. 전 민족이 같은 뜻을 가지고 다함께 목소리를 높였다. 이는 우리 민족의 단결력이 위대했음을 말해주는 것이다.

그리고 근년에 와서 우리 민족의 위대함을 또 볼 수 있었는데, 세계인들이 아직까지 이렇게 하지 못했던 동작을 우리 국민이 먼저 했다. 월드컵 축구경기가 열렸을 때 우리나라의 선수들을 응원하기 위해 도시마다 중심 거리에서 열광적인 응원을 했다. 넓은 길을 꽉 메우고 또 넓은 광장을 꽉 채웠다. 수만 명의 군중이 손에는 태극기를 들고 붉은 옷을 입고 인도자의 구령에 따라 일사불란하게 '대한민국, 대한민국'을 힘차고 우렁차게, 목청 터져라 외치는 소리가 아직까지 귀에 생생하다. 이 광경을 세계인들이 TV를 통해서 시청하면서 우리의 응원단들이 외쳤던 '대한민국'을 따라 부르기도 했다.

이렇게 우리 국민은 우리에게 꼭 필요하고 요긴할 때는 전 국민이 함께 함성을 지를 수 있는 체질을 가진 국민이라는 것을 새삼 느낀다. 이제 우리는 또 한 번의 거족적(擧族的)인 구호를 힘차게 외쳐야 할 때를 맞았다. '경순왕 따라하기 식 통일방법'으로 통일을 하자. 통일, 통일, 통일! 우리 민족의 세 번째 통일을 불러들이기 위해 겨레의 소원을 담은 함성일 것이다. 화해와 용서와 사랑으로 가슴을 넓게 열면서 하늘과 땅이 들을 수 있도록 남북통일을 열창하면, 멀리 갔던 귀한 그분(통일)이 보기 좋은 모양으로 우리 곁으로 찾아올 것이다.

'경순왕 따라하기 식 통일방법'을 실행하려면 국민 모두가 각자의 역할이 있을 것 이다. 그 중에서 제일 핵심적인 역할이 경순왕의 결단일 것이다. 북한의 지도자들이 경순왕의 역을 담당해 북한을 남한으로 합병하면서 통일을 이루겠다는 결심을 먼저 해야만 할 것인데, 이 결심이 생겨나려면 충족되어야 할 조건들이 선행되어야 한다. 북한의 정권 담당자들이 북한을 남한으로 합병시켜 통일하려는 결심이 생겨날 수 있도록 하는 에에너지(energy)가 충족되어야 한다는 것이다. 다시 말해서 결단보다 우선해 보장(保障)을 받는 조건이 선행되어야만 할 것이라는 것은 얼마든지 이해 할 수 있다. 통일이 아무리 귀중하다 하더라도 통일이 됨으로 인해 자신들에게 손해가 발생하지 않을까! 또는 화가 닥치지는 않을까! 하는 의심이 사라지지 않거나 오히려 공포가 생겨난다면, 어느 누가 하겠는가? 만약 이런 의심과 공포가 없어지지 않으면 세상 어느 성인군자도 못 할 것이고 안 할 것이다. 그래서 이 문제를 풀어야만 하는 것이다. 이 문제만 해결된다면, 북한의 지도자들도 아니할 아무런 이유가 없을 것이다. 반드시 앞장서서 통일 작업에 시동을 걸고 힘차게 일을 진행시킬 것이라는 것을 의심치 않는다.

북한의 정치 체제는 한국과는 완전히 달라서 정권이 임기에 따라 순리적으로 바뀔 수 있는 제도가 아닌 것 같다. 하나의 정당(政黨)이 계속해서 집권하면서 체제 유지를 위해 힘써온 것으로 알고 있다. 이런 정치적인 틀을 안고 있기 때문에 만약 생명 같은 정권을 빼앗기거나 헐값에 내어놓아야 한다면, 다음 단계에 가서 신변(身邊)의 안전이 어떠할까 하는 근심이 따라다닐 것 같다. 그렇기 때문에 남북통일 문제에 있어서도 북한을 남한으로 합병해 통일한다면, 이는 자신들이 가졌던 무장을 해제(解除)하는 마당인데, 후일에 신변이 어떻게 될까 하는 의구심이 생겨나는 것은 분명한 사실일 것이다. 이런 마음은 어느 누구에게라도 여건이 같으면 본능적으로 다 동일한 마음이 작용할 것은 분명한 사실이다.

그러므로 북한의 정권 담당자들이 결단을 내리기 전에 먼저 그들의 마음속에서 각종 의심이 사라지고, 오히려 큰 기대를 가질 수 있게 해 결단 내릴 수 있는 에너지를 채워주어야 한다는 것이다. 이 작업은 우리 국민 모두의 몫이다. 그래서 통일의 공로자들에게는 그 공로에 상응하는 상당한 예우와 대우가 따라야 한다는 각계각층을 총망라한 국민적인 공감(共感)을 이루면서, 공로자들에게는 반드시 예우를 할 것이라는 보장성 있는 양심선언을 거족적(擧族的)으로 표출해 보여야 할 것이다. 국민들의 의사표시에는 진실을 보여주어 각양의 의심을 사라지게 해야 할 것이다.

북한의 지도자들도 진실인가 아닌가를 판단할 수 있을 것이고, 진실이라는 것이 믿어질 때 비로소 결단을 내리고 북한을 남한으로 합병해 민족을 통일시켜 하나의 국가를 만들어야 하겠다는 충동이 일어날 것이다. 이렇게 되면 통일을 열망하는 분위기가 남북한 쌍방에서 동시에 형성될 것이다. 그래서 통일을 갈망하는 용광로의 뜨거운 불이 모든 것을 녹이면서 북한의 실권자들도 한반도에서 하나의 통일조국을 이룩하는 통일의 기쁨과 엄청나고 거대한 일을 이룩하는 일에 쓰임 받는다는 긍지(矜持)와, 또 통일의 공로자가 된다는 기대와 기쁨으로 자부심을 가지고 활기차고 힘차게 일들을 진척시킬 것이다.

남북통일이 이루어지면 통일 대한민국에서는 고려 조정에서 통일의 공로자 경순왕에게 가식 없는 예우와 대우를 했던 역사의 정신을 이어받아, 오늘날 남북통일의 공로자들에게도 가식 없는 최상의 예우와 대우를 할 것으로 믿어 의심치 않는다. 일등 공로자 한 사람에게는 통일된 대한민국 정부에서 일등 공로훈장을 수여해 명예를 높이고 여기에 상응하는 각양 예우를 하면서 연금을 지급해 여생을 편히 보낼 수 있게 하고, 7천만 국민이 높이 존경할 것을 확신한다. 일등 공로자 한 명에게만 대우하는 것이 아니라, 수명의 차등(次等) 공로자들에게도 공로훈장을 수여하고 이에 상응하는 예우를 해 통일정부에서 연금을 지급하면서 여생을 편히 보낼 수 있게 할 것을 확신한다. 그리고 통일하는 일에 작은 공로가 있는 자들에게는 적소에 일자리를 주어 직업이 되게 해 실생활에 혜택이 돌아갈 수 있도록 해야 할 것이다. 통일 후의 대한민국 정부에서와 통일된 우리 국민(7천만)의 민심이 꼭 그렇게, 혹은 그 이상으로 예우할 것을 믿는다.

후삼국시대를 멋있게 통일한 우리 선조들이 오늘의 시대를 향해 결단을 촉구하며 담차게 말할 수 있을 것이다. 물론 인격적인 실체(實體)가 말하는 것은 아니지만, 그 조상들의 정신이 크게 소리치고 있음을 깨달아야 할 것이다. 그 어른들의 소리가 바로 '경순왕 따라하기 식 통일방법'이다. 지나간 한 시대(時代) 우리 민족의 역사인 후삼국 시대의 분단과 통일이 오늘날 남북한 분단 시대를 교훈하기 위해서 있었던 듯하기도 하다. 묘한 섭리가 작용한 것으로 여겨진다.

2000년 6월 13-15일 2박 3일 동안 평양에서 남북한 정상회담이 열렸을 때 기자들이 "남북통일이 언제 되겠습니까?" 하고 질문하자, 북한의 김정일 국방위원장이 **"내 마음 먹기에 달렸다."**고 말했다. 김정일 국방위원상 본인의 마음 속에도 통일의 염원을 품고 있다는 것을 의심하는 사람은 없을 것이다. 그러나 북한의 정권 담당자들 편에서 수용할 수 있는 통일방법이 나타나고, 손익계산(損益計算)이 맞으면 중대한 결단을 내릴 수 있을 것으로 생각된다. **"내 마음 먹기에 달렸다."**라는 말은 통일을 위해 김 위원장 본인이 중대한 결단을 내려야만 한다는 뜻으로 해석을 붙이고 싶다.

통일을 성취하기 위해 어느 시점에 가서 중대한 결단을 내려야 할 것에 대해 어느 정도 염두에 두고 한 말이 아닌가라고 조심스럽게 추리해 보기도 한다. 앞으로 '경순왕 따라하기 식 통일방법'으로 통일을 하자는 분위기가 조성될 때, 경순왕의 역을 수행해야 하는 위치에서 중대한 결단을 내릴 것에 대해 일찍이 기자회견에서 우연(偶然) 중에 남북통일에 대한 결단의 중요성을 나타내 보인 것으로 이해하고 싶다. 앞으로 어느 때 가서 '"경순왕 따라하기 식 통일방법'이 가동되면서 위대한 결단이 있을 것으로 기대한다.

남한(대한민국)은 북한을 받아들이는 순간부터 북한을 포함한 통일된 대한민국이 되는 것이다. 대한민국의 헌법과 체제의 바탕에서 통일이 되는 것이다. 이렇게 되면 북한의 모든 제도는 서서히 질서에 따라 자취를 감추거나 정비되어 나갈 것이고, 북한도 자유가 있는 사회가 될 것이며, 경제 발전이 신속하게 이루어져 살기 좋은 사회가 빨리 이루어질 것으로 믿는다.

이렇게 되면 외형적으로 볼 때 남한은 승자(勝者) 같고 북한은 패자(敗者)같이 보일 수도 있을 것이나 절대로 그렇지 않다. 똑같은 지위에서 통일을 이루는 과정이 그러할 따름일 것이다. 또 남한은 지배(支配)자, 북한은 피지배자처럼 보일 수도 있으나 결코 그렇지 않다. 다 같은 권리를 가지고 삶의 질이 더 좋은 방향으로 가는 모양새가 그러할 뿐이다. 잘못 생각하면 남한은 강하고 북한은 약해 백기(白旗)를 들고 굴욕적인 합병을 하는 것같이 보일 수도 있으나 결코 그렇지 않다. 북한은 강력한 군대를 보유하고 있으므로 백기를 들고 굴욕적인 외교를 해야만 하는 여건이 아니다.

다만 가장 필요한 남북통일을 이루기 위해 모든 대결을 중지시키면서, 민족의 장래를 위한 대의(大義)를 위해 무장을 해제하고 위대한 결단을 하여 실천하는 애국적이고 민족을 사랑하는 고귀한 행위라는 것을 우리는 이해하고도 남을 것이다. 어떤 자들이 북한의 실권자들에게 왜 북한을 남한으로 합병시키느냐는 비난을 혹시 한다 하더라도, 평화적으로 남북통일, 민족통일을 이룬다는 명분을 거스를 수는 없을 것이다. 북한을 남한으로 합병해 통일을 이루는 행위는 우리 민족 전체적인 필요에 따라 유일한 방법이며, 또 북한 인민(人民)들에게는 삶의 질이 더 좋아질 수 있는 방향으로 가는 것이다. 그러므로 어떤 이유를 붙여서 비난한다 해도 그 비난은 민족이 통일을 이루면서 하나의 통일 조국을 이룬다는 명분 앞에서는 빛을 발하지 못할 것이다. 경순왕도 신라를 고려에 합병하기로 결단을 내릴 때 반대와 비난을 받았다. 그것도 다른 사람이 아닌 자신의 아들들로부터 였다. 기록은 없지만 아들들 외에도 대신들이나 장군들, 또는 백성들 중에 유력한 자들이 반대하지 않았을 것이라고 단정하지는 못할 것이다.

그러나 경순왕은 인정에 매이지 않았다. 혈연적인 인정이 발목을 잡았지만 이를 뿌리치고 **더 가치 있는 일**을 성취시키기 위해 일편단심으로 밀고 나갔다. 그에게 더 가치 있는 일은 분열된 민족국가(후삼국)들을 하나의 국가로 통일시키는 일이었으니 신라를 고려에 합병해 통일

을 이루는 것이었다

북한의 정권을 맡은 자들도 결단을 내리려면, 경순왕이 군신회의(群臣會議)를 소집해 신라를 고려에 귀부(歸附)하는 건에 대해 의논한 것같이 아마도 북한 내부에서도 의논이 있어야 할 텐데, 이 과정에서 진통이 따르거나 아니면 모든 사람들의 의견이 하나가 되어 일사천리로 모든 일들이 결정될 수도 있을 것이다. 그러므로 이럴 경우와 저럴 경우의 여러 가지를 놓고 가상할 필요가 있다. 먼저는 경순왕의 역을 담당할 사람의 결심일 것이며, 다음은 정권 차원에서 결정이 있어야 할 것이다. 또한 반대자들이 있을 경우 설득하는 작업이 필요할 것이다. 각자의 의견과 관점에서 반대할 수도 있을 텐데, 높은 위치에 있는 자가 혹시 반대하면 밑에 있는 자들이 윗사람을 설득해야 할 것이고, 반대로 밑의 인사들이 반대를 하면 높은 위치에 있는 자가 밑의 인사들을 설득해야 할 것이다.

또 한 가지 문제는 명분(名分)이다. 북한을 남한으로 합병시키는 행위에 대해 비난 받을 수도 있지만 이러한 비난들을 극복해야 할 것이다. 비난을 극복하자면 먼저 자긍심과 자부심을 가져야 한다. 남북통일 하는 작업을 진행시키고 있다는 자긍심과 자부심일 것이다. 남북통일을 이루는 주역(主役)이 된다는 것, 이것보다 더 값진 보람은 없을 것이다. 그래서 정당하게 보이는 비난이 있다 하더라도 그것은 남북통일을 이룩하기 위해 일을 진행시키는 명분과 비교하면 하나는 번갯불이요 하나는 반딧불에 불과할 것이다.

통일이 되면 그때는 모든 분야의 것이 남한에서 북한으로 갈 것이다. 남한의 자본과 기업이 북으로 갈 것이고, 노력과 기술도 갈 것이다. 민간 차원의 많은 지원이 북으로 갈 것이며, 문화와 종교도 갈 것이다. 자유와 관심과 사랑도 함께 갈 것이다. 그리고 국가 차원에서 큼직한 국책사업들이 있을 것이다. 계획적인 설계 속에서 전 국토가 아름답게 균형 있게 발전될 것이다. 이렇게 되면 그 땅은 일차적으로 북한 주민의 것이 된다.

그러므로 북한을 남한으로 합병하면서 통일을 이룬다 하더라도 북한이 손해 보는 것은 절대로 아니다. 밑지는 장사가 아니고 모든 분야에서 큰 이득이 되는 거래(去來)이다. 자칫 북한에서 잘못 해석하거나 잘못된 계산을 해 북한을 남한으로 합병하는 통일이 북한에서 큰 손해를 보는 것같이 착각을 해서는 안 될 것이다. 그러면 남한에서 밑지는 것이 아니냐고 반문할 수도 있다. 그러나 절대로 그렇지 않다. 북한에서 남한보다 우월한 분야들은 다 통일 대한민국의 것이 된다. 남북한 모든 지역이 다 하나가 되어 우리의 삶의 터전이 될 것이다. 남한 지역주민이 북한 지역으로, 북한 지역주민이 남한 지역으로 자유로이 왕래하면서, 장차 때가 되면 원하는 곳에 가서 정착해 자자손손 살 수 있는 통일 대한민국의 영토가 되어 우리 민족이 대대로 살아갈 터전이 되는 것이다. 그때는 남한이나 북한의 호칭도 아무런 의미가 없어질 것이고, 오로지 대한민국만 존재할 것이다. 탈북자가 없어질 것이고, 탈북자를 단속하는 일도 없어질 것이다. 그때는 좌익이니 우익이니 하는 것이 없어진다. 보수주의도 없어지고 보수주의에 반(反)하는 세력도 없어진다. 그때는 보안법을 폐지하라는 구호도 필요 없을 것이고 보안법도 필요 없어질 것이다.

독일(獨逸)의 통일은 공산주의 국가였던 동독의 국민들이 자유와 풍요로움이 있는 서독을 사모하는 민의(民意)가 분출되면서 발단되었다. 많은 동독인들이 동독을 떠나 서독으로 탈출하고 있었고, 자국 내에 머무는 국민은 총궐기를 하면서, 동독을 서독으로 합병해 통일할 것을 열창했다. 군중의 힘으로 정권 담당자들을 움직이게 했다. 그러나 우리나라의 남북통일은 독일의 경우와는 달리, 인민(人民)들에게서 발원되는 것이 아니라, 북한 당국의 **정권 담당자들**의 결단으로 이루어져야 한다. 이렇게 되면 북한의 인민들은 지도자들의 결단을 전적으로 환영하며 지지와 성원을 보낼 것이다.

오늘날 북한 사회의 형편은 인민들이 큰 뜻을 품고 총궐기할 수 있는 여건이 되지 못한다. 만약 북한에서도 동독 국민들처럼 북한의 인민들이 총궐기하면서 정권 담당자들에게 무엇을 요구할 수 있는 여건이 된다면, 북한의 인민들도 동독 국민들과 같이 통일을 열창하면서, 북한을 남한으로 합병해 통일할 것을 당국자들에게 촉구 할 것이다. 그러므로 '경순왕 따라하기 식 통일방법'으로 통일작업이 시작되면 북한의 모든 인민들도 다 환영할 것으로 믿는다.

필자는 오래 전부터 남북통일에 대해 누구보다도 관심이 있었다. 그래서 남북통일에 대해 기도해왔다. 그러던 중 우리나라의 역사를 읽다가 통일의 방법을 발견했다. 아, 바로 이것이다. 통일의 동영상을 상상하면서 혼자 환호성을 질렀다. 그래서 역사를 읽으면서 깨닫고, 추리하고, 마음속으로 그때 후삼국 시대를 보면서, 또 오늘날 남북한의 형편을 보면서 양 시대가 너무나도 똑같다는 것을 알았다. 양 시대의 시급함도 같고, 국민의 간절한 소원도 같다는 것을 발견했다. 그리고 그때 경순왕이 결단을 내리고 통일의 주역이 되어 통일을 성사시키는 장면과 고려태조 왕건 대왕께서 공로자를 극진히 예우하는 것을 보면서, "아, 바로 이것이다."라는 생각이 들었다. 그때 우리의 선조들이 이룩한 통일방식이 오늘날 남북통일을 이룰 수 있는 지침서이자 모델이 된 것을 생각하면서, 이렇게 진행되었던 모든 역사가 절대자의 섭리 가운데 묘하게 오늘날 남북한의 통일을 이룰 수 있는 방식을 가르치는 명령이 되고 있음을 깨달았다.

그래서 먼저 발견한 자로서 잠잠하고 있으면 죄라고 느끼면서 사명감을 가지고 이렇게 글로 많은 분들에게 전달하고 있다. 이러면서도 이 내용이 우리 국민 모두에게, 또 북한의 요원(要員)들에게도 전달되어야 할 텐데 하는 고민을 하고 있다. 그러나 우리 국민 중에 누구든지 이 책을 읽기만 하면 공감할 것이라고 믿는다. 그리고 북한(北韓)의 정권 담당자들도 이 책의 내용에 대해 공감하리라는 신념(信念)을 갖고 있다.

그러므로 이 책의 내용인 '경순왕 따라하기 식 통일방법'은 대단한 위력(power)을 가질 것이라는 것도 의심치 않는다. 그래서 남북통일을 미래형으로 생각하지 않고, 현재형으로 바꾸면서 통일의 그 날을 가까이에서 기다리려 한다.

2. 북한(北韓)을 남한(南韓)으로 합병해 통일을 이루어야 하는 이유

1) 국민에게 기본권(基本權)과 자유(自由)가 있는 쪽으로 합해 통일을 이루어야 한다.

사람이 살아가는 데 있어서 행복의 요건을 말한다면 기본권과 자유가 보장되는 일이다. 이 기본권은 인간이 태어날 때부터 가지고 있는 기본적인 권리로서 자유권, 참정권, 사회권 등이 있다. 이는 인간이 사회생활을 하면서 인격적인 존재로서 살아가기 위해 반드시 필요한 권리일 것이다.

기본권 중에서 자유권은 양심의 자유, 종교의 자유, 언론의 자유, 집회의 자유, 결사의 자유, 주거이전의 자유, 직업선택의 자유 등으로 나눌 수 있다. 이와 같은 자유를 누릴 수 있는 권리가 개인 각자에게 주어진 상태에서 삶을 영위할 수 있는 사회가 되어야만 국민 각자에게 참 행복과 참 발전이 있다. 사람이 살아가는 데는 자기 자신에 대해 자기가 주장할 수 있는 자유와 권리가 있어야 한다. 이러한 자유와 권리를 억압당하면 발전도 삶의 재미도 없어 행복이 없어진다. 만일 이러한 자유와 권리를 행사하지 못하게끔 억압하는 사회가 되면, 그 사회 안에서는 참 행복이 있을 수 없다. 사람이 살아가는 데는 소유가 넉넉해야 행복을 누릴 수 있듯이 기본적인 권리와 자유가 보장되어야만 참 행복을 누릴 수 있다.

아마도 자유민주주의를 실행하고 있는 나라는 대게 기본권을 헌법으로 보장하고 있으며 기본권을 각자가 행사하면서 살아간다. 그러나 어떤 나라에서는 이 기본권이 제한을 받거나 아예 누리지 못하는 나라가 인간의 역사에서 흔히 있어 왔다. 우리가 들어서 아는 대로는 북한 사회는 각 개인이 가져야 할 기본권과 자유가 제한 받거나 억압당하고 있는 것으로 전해지고 있다. 그래서 국제기구에서도 북한의 인권문제를 심각하게 다루고 있는 실정이다. 그러나 남한 사회는 개인의 자유와 권리가 완전히 보장된다. 그래서 남북통일이 되는 그 날에는 북한의 인민들에게도 자유와 인권이 보장되어야 하기 때문에 이미 기본권과 자유가 있는 남한(대한민국)으로 북한을 합병하면서 통일을 이루어야 할 것이다.

2) 경제력이 우월한 쪽으로 합병하여 통일을 이루고, 삶의 질을 높이기 위해서이다.

사람이 살아가는 데 꼭 필요한 행복의 조건들이 몇 가지가 있다. 그 중에서 중요한 것이 물질의 풍요로움이다. 풍요로움이 있어야 배불리 먹을 수 있고, 좋은 옷을 입을 수 있고, 좋은 집에서 살고, 좋은 환경을 만들 수 있을 것이다. 그래서 통일을 하려는 마당에 통일조국의 각 가정의 안방(房)까지 풍요로움을 가져가야 할 것이다. 남북한 양쪽을 놓고 비교해 경제력이 열악한 쪽에서 우월한 쪽으로 합병해 통일을 이루어야만, 통일조국이 경제적으로 풍요로운 사회가 될 것이다. 남한과 북한과의 경제적 격차는 비교가 안 될 정도로 북한이 열악하다. 군사력이 아무리 강력해도 경제력이 열악하면 그 나라의 국민은 빈곤한 생활을 할 수밖에 없고, 그로 인해 고통을 겪어야만 할 것이다. 가난해도 행복하다는 말을 더러 하지만, 결코 그렇지 않다. 가난도 어느 정도의 가난이면 몰라도 극한 가난은 굶주림과 헐벗음, 배고픔과 추위에 떨어야 하고, 병이 들어도 제대로 치료받을 수 없다.

북한에서는 식량난을 겪는다는데, 요즘은 어떤지 몰라도 굶주리는 자가 많았고, 심지어 굶어죽은 사람이 수도 없이 많았다는 믿기 힘든 말을 들었다. 북한의 경제는 너무 열악해 외부의 도움을 필요로 하고 있는 실정인 것 같다. 그래서 남한의 돈이 여러 경로를 통해서 북으로 흘러 들어가고 있고, 민간단체에서도 여러 모양으로 북한의 열악한 곳을 찾아서 도와주고 있는 실정이다. 이러한 여건에서 남북통일이 될 때는 북한 사회도 더욱더 풍요로운 사회가 되어야 한다는 것이 전제(前提)되어야 하기 때문에, 경제력이 열악한 북한을 경제력이 우월한 남한으로 합병해 통일을 이루어야 할 것이다.

남한 사회는 벌써 풍요로운 사회가 되어 있다. 필자가 어릴 때와 소년시절, 청년시절, 장년기를 보내면서 그때와 비교할 때 너무나도 많이 변했다. 지나간 한때는 우리 남한 사회도 무척이나 가난해 어려운 생활을 해야만 했던 국민들이 수도 없이 많았다. 그러나 오늘날 남한 사회는 경제적으로 풍요로운 사회가 되어 있어 먹을거리가 너무나도 풍부하다. 물론 부자도 있고 가난한 사람도 있지만 사회 전체적으로 볼 때 부한 사회가 되어 있다. 따라서 가난한 사람도 풍요로운 사회에서 생활하기 때문에 풍요로움의 혜택을 입으면서 살아가고 있다.

시장에 가면 각종 먹을것이 얼마든지 있다. 그 중에서는 값이 비싼 것도 있고 아주 헐한 것도 많다. 그래서 각자가 자기의 형편에 알맞게 물건을 살 수 있다. 우리 사회에는 부자도 있고 가난한 사람도 있다. 돈 많은 부자들은 부를 마음껏 누릴 수 있다. 무엇이든지 원하는 것은 다 가질 수 있다. 돈 많은 부자들이 돈을 많이 써야만 우리 사회가 잘 운영된다. 그러므로 부자들이 국내에서 돈을 많이 쓰고 풍요롭게 생활하는 것을 아주 좋게 보면서 찬사를 보내고 있다. 비록 아직까지 부자가 되지 못하고 가난하다 하더라도 부자들에 대해 불평하지 않고 열심히 일하여 부자의 고지를 바라보며 희망을 가지고 열심히 일하는 사회이다.

남한 땅에는 국민의 생업체(生業體)가 활기차게 움직이고 있기 때문에 모든 사람들이 자기가 원하는 일터에서 열심히 일하면서 자신의 생계(生計)를 영위해 나간다. 그리고 농사짓는 사람이나 자영업을 하는 사람들은 열심히 일해 얻는 소득이 모두가 자기 것이 되므로 악착같이 일해 돈을 벌어 풍요로운 생활을 한다. 물론 가난한 사람도 있지만 우리나라보다 월등히 잘사는 나라에도 가난한 사람과 거지가 있다. 극히 가난하거나 약자에게는 국가와 사회에서 도움을 주고 있다. 현재 남한 (大韓民國) 사회에서는 지혜롭게 열심히 살면 누구든지 잘살 수 있다. 그래서 가난하다 하더라도 언젠가는 부자가 될 수 있는 길이 항상 열려 있으므로 항상 희망을 가지고 열심히 살아간다.

요사이 남한의 수출입 무역 물량은 계속 늘어나고 있다. 이렇게 무역 규모가 세계적으로도 유례가 없을 만큼 빠르게 성장하고 있다. 이런 추세라면 조만간 세계 10위권 이상 진입도 가능할 전망이라고 한다. 무역 규모 1조 달러 달성도 멀지 않다고 말하고 있다. 이렇게 무역액이 증가되는 것은 저절로 쉽게 이루어진 것이 아니라 모든 질서 속에서 전투적인 노력과 연구가 있었기 때문에 가능했다. 앞으로 우리나라의 경제가 더 발전할 수 있게끔 날개를 하나 더 달아주어야 한다. '경순왕 따라하기 식 통일방법'으로 통일 작업이 진행이 되면 수출 경쟁에서도 날개가 달릴 것은 확실하다. 그렇게 되면 통일조국은 세계의 선진국 대열에 들어갈 것이며 남한도 북한도 다 잘살게 되어, 북한 주민도 머지않아 지금 현재의 남한과 같이 집집마다 자가용을 굴리면서 살 때가 앞당겨질 것이다

지금의 시대는 세계화 시대이므로 국제질서 속에서 움직일 수 있는 경제력과 조직이 없으면 발이 묶이고 만다. 남한은 외화가 있어서 우리에게 필요한 것이 있으면 외국에서 모든 것을 수입할 수 있다. 그러나 외화가 없으면 외국의 물건들을 사올 수가 없어 결국은 국내에서 생산되는 것에만 의존하고 살아갈 수밖에 없어진다. 그러면 국토가 넓

지 못하고 별 자원이 없는 나라는 궁핍이 따를 수밖에 없을 것이다. 이런 현상은 바로 북한이 현재 겪고 있는 실정이다. 이 말은 북한을 깎아 내리려는 것이 절대로 아니다. 현실을 말해 통일 작업을 실행하는 과정에서 남북한 중 경제력이 열악한 쪽에서 우월한 쪽으로 합해 통일을 이루어야 한다는 당위성을 말하려는 것이다.

만약에 남한의 경제가 북한과 비슷하게 열악한 상태에서 통일한다면, 통일 후의 우리나라는 여전히 가난한 여건에서부터 시작해 쌓아올려야 하고, 그를 위해 긴 세월을 보내야 할 것이다. 아니면 항상 가난을 벗어나지 못해 민족적인 가난 속에서 고생을 해야만 할 것이다. 그러나 이런 생각은 아찔한 가상(假想)일 뿐, 현재 남한의 경제력이 세계인이 보기에도 엄청나게 발전된 상태이므로, 이 경제력의 바탕 위에서 통일이 되면 우리 민족의 조국, 통일 대한민국은 풍요롭고 자유와 인권이 보장되는 정말 살기 좋은 나라가 될 것이다. 우리의 선조들은 이 땅 위에서 살아오면서 부강을 누렸다는 기록보다 배고픔과 가난하게 살아왔다는 흔적이 더 많다. 우리가 겪어온 지난날을 회고할 때도 가난 속에서 배고프고 헐벗은 생활을 했던 것을 잊을 수 없다. 우리 남한 사회도 자나간 한때는 극한 가난 속에서 많은 국민이 배고프고 헐벗고 열악한 환경에서 생활을 해야만 했었다. 해방 후 수년 동안 너무나 가난했고, 그 어려운 때를 지나는 중에 6.25사변으로 전쟁과 가난의 고통에 시달렸다. 휴전 후에도 가난은 계속되어 많은 국민이 고생을 했다. 필자는 이러한 시대를 지나면서 가난의 서러움을 몸으로 체험하며 살아왔다. 1960년대 우리사회(남한)는 가난했다. 그래서 대통령이 어떻게 하면 국민들을 배고프지 않게 먹고살게 할까 노심초사 한 것을 우리는 기억한다. 새마을 운동을 일으켜, 가난을 물리치고 잘사는 동네로 만들기 위해 국민들을 계몽(啓蒙)시켰다. 새마을 노래를 만들어 부르게 하면서 국민을 선도(先導)했던 일들을 상기할 수 있다.

가난에서 벗어나려면 돈을 벌어야 하기 때문에 우리나라의 간호사와 탄광광부들은 잘사는 나라 독일로 외화벌이를 하러 가기도 했다. 오늘날 우리는 간호사라고 하면 상상하기를, 병원에서 흰 가운(gown)을 입고 예쁘게 환한 미소를 지으면서 대화에 응해주고 환자를 보살피는 화려한 직업으로 알고 있으나, 그때 서독으로 간 우리의 간호사(딸)들은 그 나라 사람이 혐오하는 일을 해야 했고, 죽은 시체를 만져야 하는 궂은일을 했다고 한다. 광부들은 위험한 지하로 내려가야만 했다. 그러나 그때는 우리 사회가 너무 가난했기에 자원(自願)하여 돈을 벌러 그곳으로 갔고, 국가에서도 외화벌이를 하러 보냈다. 모두 가난에서 탈출하려는 몸부림이었다.

어느 누구에게 들은 이야기이다. 그 후 박정희 대통령이 서독을 방문했을 때, 그 나라에 파견되어 궂은일을 하고 있는 우리의 간호사와 광부들이 본국의 대통령이 온 것을 친정아버지를 뵙는 심정으로 모였을 때, 대통령이 연설을 하려는 순간, 그들을 보고 서러움의 감정을 억제하기 힘들어 그 자리에서 하염없는 눈물을 흘리며 목이 막혀 말을 못한 채 흐느꼈다고 한다. 이때 옆에서 보던 그 나라의 관리가 손수건을 건네주었다고 한다. 그때 그 어른의 심정을 우리는 헤아릴 수 있을 것 같다.

가난에서 깨어 보려고 궂은일을 마다하지 않고 이역만리 타국 땅에서 고생하면서도 본국의 대통령이 왔기에 모인 그들 앞에 선 국민의 어버이로서 이국땅에서 궂은일을 하면서 고생하고 있는 우리의 아들딸들을 대할 때 아무 말도 못한 채 체면도 생각할 겨를 없이, 감정을 억제하지 못하고 흐느꼈다는 것인데, 왜 이랬을까? 국가 자체가 너무 가난하기 때문에 국민이 이국땅에서 고생하는 그 모습을 보니 너무 애처로워서였을 것이다. 가난의 서러움은 그처럼 컸다. 그러기에 가난에서 벗어나게 하려고 국가의 최고 지도자가 그처럼 가난을 추방하고자 노심초사한 것을 생각하니 감회가 새롭다.

북한의 고 김일성 주석도 한때 말하시기를, 인민들이 이밥에 고깃국을 먹으면서 기와집에서 살게 하는 것이 소원이라고 했다고 한다. 이 말을 어디선가 들은 기억이 있는 듯하다. 이렇게 모든 지도자들이 가난의 한을 풀기 위한 소원을 품고 있었던 것을 알 수 있다.

앞으로 남북통일이 되는 그 날에는 방방곡곡 어디를 가더라도 배고프고 헐벗는 가정이 없이, 풍요롭고 윤택한 살림살이를 영위할 수 있는 사회가 되어야 할 것이다. 그러므로 '경순왕 따라하기 식 통일방법'의 공식처럼, 경제력이 열악한 북한을 경제력이 우월한 남한(大韓民國)으로 합병해 통일을 이루고, 통일조국의 국민인 우리 민족 모두가 자자손손 대대로 풍요로움을 누릴 수 있게 해야 할 것이다.

3) 공산주의 체제를 자본주의 시장경제 체제로 전환시키기 위해서이다.

북한이 남한보다 경제적으로 뒤진 원인은 공산주의 체제를 유지해왔기 때문이라고 말하는 사람이 많다. 공산주의를 고수하던 나라들이 스스로 깨달은 것은 공산주의 가지고는 풍요로운 사회를 만들 수 없다는 것과 자본주의 시장경제 체제를 실행하는 국가들과 생업(生業)경쟁에서 이길 수 없다는 것이다. 지구상에서 공산주의가 등장해 처음에는 되는 듯했으나 점점 세월이 지날수록 그 사회는 가난해져 자본주의 국가들이 발전하는 모습과 비교가 되지 못했다. 이것은 공산주의 모순 때문일 것이다. 열심히 일한 사람이나 게으름을 피우는 사람이 다 같이 대우받기 때문에, 양심적인 소수의 사람 빼고는 모두가 적당히 시간만 때우려는 자세로 일을 하니 아무리 다그쳐도 능률이 올라가지 않아 결국 전체가 가난하게 된다고 한다.

고르바초프 소련 대통령은 재임 시 미국을 방문해 미국의 부강한 생활상을 친히 보고 돌아와서 공산주의 체제를 버리지 않으면 세계 여러 나라와 삶의 경쟁에서 뒤질 수밖에 없다는 것을 인정하고 공산주의를 스스로 버리고 자본주의 시장경제 체제를 채택했다. 그래서 공산주의 체제를 운영하던 동구권(東歐圈)의 많은 나라들도 소련을 따라 공산주의를 버리고 자본주의 시장경제 체제를 채택하면서 생활의 틀을 완전히 바꾸었다. 이런 나라들이 왜 공산주의를 버리고 민주주의와 자본주의를 채택했을까? 공산주의 체제 가지고는 잘사는 사회를 만들 수 없으며, 국제무대에서 경제적인 경쟁에서 공산주의로는 뒤질 수밖에 없음을 깨달았기 때문일 것이다.

공산주의가 성행하던 시대(1945-1990년)에는 세계적으로 양대 세력이 형성되어 냉전이 계속되었다. 미국이 주축이 되어 자유민주주의 체제를 실행하는 나라들과 소련이 주축이 되어 공산주의 체제를 실행하는 나라들 간에 사상적으로 살벌한 대결의 틀이 짜여 극한 냉전시대가 지속되었다. 특별히 이 시대는 아무런 제재(制裁)도 없이 여러 나라들이 다투어 대형 핵실험을 했고, 핵폭탄을 많이도 만들었다. 이 시대는 핵무기를 잉태해 탄생시켰던 불행했던 시대였다. 특별히 미국과 소련의 핵무기 보유는 엄청나서, 인류에게 골치 아픈 물건이 되어 있다. 결국 핵무기는 동서 냉전시대(공산주의 전성시대)의 특산물이 되고 말았다.

그때 미국과 소련은 핵무기 경쟁에서 대등해 우열을 가릴 수 없었다. 소련의 위대한 지도자 고르바초프 대통령은 무력(武力) 면에서는 미국과 대등하게 핵무기를 보유했지만, 사람이 필요로 하는 경제력에 있어서는 미국과 게임(game)이 못 되고 있어, 공산주의로는 국민들이 풍요로움을 누리면서 행복한 삶을 살수 없다는 것을 깨닫고 아무런 미련도 없이 공산주의를 당장 버렸다.

그러면서 소련 연방은 해체(解體)되어 15개 국가로 분리 독립되었다. 이 중에서 발트해 연안국인 3개국(에스토니아, 라트비아, 리투아니아)을 제외한 12개국은 CIS 독립국가 연합체를 발족시켜 각각의 개별국가로 분리 독립했다. 그 가운데 대형국가인 러시아는 외국에 대해 구소련의 모든 권리와 의무를 승계한 나라가 되었다. 이렇게 공산주의 종주국이었던 소련이 해체되어 15개 국가로 각각 독립하면서 모두 공산주의를 버렸다. 동구권 여러 나라들도 소련을 따라 공산주의를 버리면서 자본주의 시장경제 체제로 전환해 열심히 달리고 있다. 그러나 아직까지는 후발 도상국가(後發途上國家)의 대열에서 벗어나지 못하고 있다.

중국도 공산주의 시절에는 침체경제에서 벗어나지 못했다. 그러나 지도자 등소평(鄧小平)은 "검은 고양이나 흰 고양이나 쥐만 잘 잡으면 된다. 색깔이 중요치 않다. 공산주의나 민주주의가 중요한 것이 아니고, 국민이 잘살 수만 있으면 어느 체제이든 문제가 되지 않는다."라고 하면서 국민을 깨우쳤다고 한다, 그리고 자본주의 국가의 표본이면서 모델 격이 되는 잘사는 나라 미국을 방문해 미국 국민의 풍요로움을 친히 보고 돌아와서 마침내 중국을 깨우친 것이다. 그래서 중국은 기회를 잘 포착해 공산주의를 버리고 시장경제 체제로 전환해 산업을 발전시켜 산업체 전반을 수출 기업으로 육성하여 세계 시장을 빠르게 점령하고 있는 중이다.

중국은 러시아와 마찬가지로 국토가 광대하며 자원이 풍부해 이를 바탕으로 경제 발전의 속도를 낼 수 있었다. 그리고 자기들의 농업 생산물로 자기 국민들이 얼마든지 먹고 살 수 있는 비옥하고 넓은 국토를 가지고 있다. 이러한 바탕 위에서 정책을 바꾸어 공산주의를 버리고 자본주의 시장경제 체제를 도입하여 빠르게 발전하고 있다. 중국이 지금까지 공산주의를 고집해 자본주의 시장경제 체제를 외면했다면 오늘의 중국이 될 수 없었을 것이다.

이렇게 냉전시대의 공산주의 거대 국가였던 소련과 중국도 공산주의로는 풍요로운 양질의 삶을 이루지 못한다는 것을 깨닫고, 최고 지도자들이 앞장서서 공산주의를 버리고 자본주의 시장경제 체제로 전환하는 것을 우리는 보았다. 만약 일본이 소련과 같이 공산주의 체제를 해왔다면 부자나라 일본이 못 되었을 것이다. 또 소련이 그때 공산주의가 아니라 서방국가의 일원과 같이 자본주의 시장경제 체제를 선택해서 오늘에 이르렀다면, 오늘의 러시아는 경제대국이 벌써 되었을 것이다. 공산주의는 지구상에서 백년을 넘기지 못하고 낙제점수로 낮은 평가를 받고 자취를 감추는 중에 있다.

이제 와서 북한도 자본주의 시장경제 체제에 눈을 돌리고 있는 것으로 추측되어지고 있다. 그래서 중국식 자본주의를 견학하며 연구 중에 있다고 한다. 그러나 북한이 지금 당장 공산주의를 버린다 하더라도 중국과는 여건이 다르다. 중국은 광대한 국토에 자원이 풍부한 바탕 위에서 다시 시작했지만, 북한은 인구에 비해 국토가 좁고 자원이 별로 없는 바탕 위에서 경제적으로 너무 뒤졌기 때문에 앞선 여러 나라를 추격하기에는 역부족이다. 그러므로 북한의 인민들에게도 풍요로운 삶을 누리게 하려면, 경제력의 바탕 위에서 풍요로움이 벌써 정착되어 있는 남한(大韓民國)으로 북한을 합병해 통일을 이루면서 공산주의를 버려야 할 것이다. 분명한 것은 북한이 다른 나라들처럼 잘살자면 획기적인 변화가 있어야만 할 것인데, 개혁을 하려는 그 에너지(energy)를 가지고 북한만을 위해 노력할 것이 아니라, 남북통일 하는 에너지로 활용해 남북통일을 이루어 풍요롭고 살기 좋은 통일조국을 만들어야 할 것이다.

　이제 우리 민족은 '경순왕 따라하기 식 통일방법'의 공식(公式)에 따라 북한 정권 담당한 자들이 결단을 내리고, 북한을 남한으로 합병해 남북통일을 이루어 살기 좋은 통일 대한민국을 만들어야 할 것이다. 이렇게 될 때 순리적으로 공산주의는 이 땅 위에서 완전히 사라질 것이며, 통일 조국의 국민인 우리는 다 같이 풍부한 삶을 누릴 수 있을 것이다.

[10]　'경순왕 따라하기 식 통일방법'의 내용(內容)풀이

1. 경순왕 따라하기 식 통일방법은 3개의 바퀴로 굴러간다

1) 제1바퀴 : 경순왕과 그 군신들이 결단을 내리고, 실천하는 행위(行爲) 이다. 경순왕이 신라를 고려에 합병, 통일시키기 위해서 군신 (群臣)들과 의논해 신라를 고려에 귀부하기로 결단을 내리고 실행에 옮기는 행위이다. 오늘날 남북통일을 위해 북한 측에서 결단을 내리고 실천에 옮겨야 할 행위이다. 경순왕의 역을 담당해야 하는 북한의 정권 담당자들이 북한을 남한으로 합병해 통일할 것을 결단하고, 북한의 군대

와 정권 및 필요한 모든 것을 남한으로 이양(移讓)하는 행위이다. 이렇게 해서 통일의 공로자가 되는 절차이다.

2) 제2바퀴 : 통일의 공로자들에게 최대의 예우를 베푸는 행위(行爲) 이다.

고려태조 왕건과 고려 조정에서 는 경순왕(敬順王)이 신라를 고려에 귀부(歸附)하여 고려와 신라가 통일될 수 있도록 희생적인 노력을 바친 그 공로를 크게 인정하여 최대의 예우를 베푸는 행위이다. 이와 같이 오늘날 남북통일을 성사시키기 위하여 북한을 대한민국(남한)으로 합병시키면서 희생적인 노력을 바친 북한의 실권자들을 통일의 공로자로 인정하여 이들에게 진실하게 극진한 대우를 실행하는 행위이다. 통일된 대한민국의 정부와 국민이 실행해야 할 몫이다.

3) 제3바퀴 : 경순왕과 그의 군신(群臣)들이 결단을 내릴 수 있도록 희망적인 믿음이 생겨나게 하는 타(他)의 행위이다.

여기서 '타(他)의 행위'라는 것은, 오늘날로 말하면 남북통일을 이루기 위해 경순왕의 역(役)을 담당해야 할 북한의 실권자들이 결단을 내릴 수 있도록 에너지를 심어주는 행위를 말하는 것이다. 전체의 국민이 다짐을 표출해 보여주면서 믿음이 생겨나게 해야 한다. 여기서 다짐이라는 것은 통일의 공로자들에게 최상의 대우를 해야 한다는 것을 주장하면서 합의(合意)된 국민의 뜻을 나타내 보이는 행위이다.

"경순왕 따라하기 식 통일방법으로 통일을 합시다"라고 외치면서 범국민적인 공감대를 형성하고, 통일의 소원을 담은 국민의 뜻을 나타내 보여야 한다. '경순왕 따라하기 식 통일방법' 안에는 통일의 공로자들에게 극진한 대우를 반드시 이행해야 한다는 내용이 풍부하게 담겨져 있다.

이렇게 전체적인 내용을 3부분으로 분류할 수 있다. 그 중 어느 하나를 제외시킨다면 통일의 열차는 움직일 수 없을 것이다. 오늘날 남북통일 방법을 쌍방의 협상에서 결실을 얻어내려 한다면 너무 어렵고 불가능 할 것 같다. 그런 고로 우리의 남북통일은 우리의 선조들이 실행해 통일을 이룬 방식대로 '경순왕 따라하기 식 통일방법'으로 통일을 진행시켜 위에서 설명한 공식을 따라하면 통일이 멋있게 이루어질 수 있을 것이다.

오늘날 남북으로 분단되어 불행한 시대를 살아가고 있는 우리 민족이 우리의 선조들이 실행한 방식을 따라 통일을 이루자면 위에서 말한 바와 같이 쌍방에서 움직여야 할 일들이 각각 있다. 먼저 북한 편에서 결단과 실천이 있어야 하고, 다음으로는 결단을 내리고 자신들(북한)을 상대방(남한)으로 편입해 통일을 이룬 공로자들에게는 국민 전체의 뜻을 담아 국가 기관(통일된 대한민국 정부)에서 최선의 예우를 하는 일이다. 그리고 이보다 시간적으로 먼저 통일의 공로자들에게 상당한 예우를 반드시 실행할 것이라는 범국민적인 공감대를 형성하고, 합의된 전체 국민의 뜻을 나타내 보여야 할 것이다. 그래야만 결단(決斷)을 내려야 하는 북한의 실권자들에게는 의심이 사라지면서 믿음이 생기고 큰 희망이 생겨날 것이다. 그리고 결단을 내릴 수 있는 에너지가 생성될 수 있을 것이다. 이렇게 통일을 위해 양편에서 움직임이 있어야 한다.

이렇게 '경순왕 따라하기 식 통일방법'은 3개의 바퀴가 연결되어 있다. 그러기에 '경순왕 따라하기 식 통일방법'으로 통일을 하자고 구호를 외치면, 이는 한꺼번에 3개의 바퀴, 즉 3박자 전부를 말하는 것이 된다. 어느 한 박자의 내용을 빼버리면 통일의 열차는 움직이지 못할 것이다. 그러기에 3개의 바퀴를 함께 움직여 하모니(harmony)를 이루어야 한다. 이렇게 3개의 바퀴가 순서에 따라 움직이기 시작해 모든 바퀴가 다 함께 움직여야 할 것이다. 하나의 바퀴라도 움직이지 않으면 통일의 열차는 굴러가지 못한다. 그리고 통일열차는 너무 과속해도 위험하지만 너무 천천히 움직여도 몇을 염려가 있다. 그러므로 과속이 아닌 빠른 속도가 요망된다.

이렇게 되면 우리 7천만 국민 모두가 다 유익해진다. 손해 보는 사람은 한 사람도 없다. 세상 모든 일은 아무리 좋은 일이라 하더라도 한 편이 좋으면 다른 한 편에는 손해가 돌아가는 경우가 있다. 그러나 '경순왕 따라하기 식 **통일방법**'으로 통일을 이루어낸 우리 민족에게는 절대로 그렇지 않다. 남한 북한 할 것 없이 양편 모두가 유익할 것이다.

첫째로 혜택이 돌아가는 계층은 북한의 정권 담당자들일 것이다. 이들은 통일의 공로자가 되면서 민족의 영웅이 되어 훈장을 받고 연금의 혜택을 누릴 수 있어 풍요로운 생활이 보장될 것이다. 남은여생을 보람되게 편하게 살 수 있을 것이라 믿는다. 통일의 공로는 너무 고귀하고 크기 때문에 7천만 국민 앞에 높이 존경받는 신분으로 변모하게 된다. 온 겨레가 소원하는 통일을 이루었다는 자부심으로 모든 이들과 함께 살아가면서 모든 이에게 사랑과 존경을 받을 것이며 모두가 부러워할 것이다.

두 번째로 혜택이 돌아가는 계층은 북한의 일반 인민들일 것이다. 각 개인에게 자유와 기본권이 보장되는 사회가 될 것이다. 가난이 빨리 물러가고 생활의 풍요로움 이 빨리 찾아올 것이기 때문이다. 그리고 다음은 우리 민족 모두에게 혜택이 돌아간다. 대결의 시대가 끝난다. 그러므로 안보에 대한 위험이 없어지며, 분단으로 인한 분단비용이 없어질 것이다. 그리고 우리의 국토 한반도(韓半島) 위에 통일된 거대한 대한민국이 굳건히 서게 되는 것이다. 이렇게 되면 우리나라는 덩치도 커지고, 국력도 커질 것이다. 그리고 발전의 속도도 빨라질 것이다. 정말 살기 좋은 우리 대한민국이 될 것이다. 그리하여 우리나라와 이웃하고 있는 큰 나라들과 대등하게 강력한 나라가 될 것이다.

그러나 경순왕의 역(役)을 담당해야 할, 북한의 정권을 담당한 권력층에게는 여전히 생각이 많을 것이다. 한반도 위에서 우리 민족이 통일해 하나의 국가를 만드는 일은 반드시 해야 하지만, 통일을 함으로 인해 자신들의 신변(身邊)이 안전하지 못하거나 화(禍)가 미치거나, 또는 어떤 역경에 봉착하는 불이익이 돌아올 것이라는 의심과 공포가 생겨난다면, 통일이 아무리 가치 있는 일이라 할지라도 엄두를 못 낼 것이다. 그러나 또 역(逆)으로 생각해 북한을 남한으로 합병해 통일을 성사시킨 후에는 자신들이 통일의 공로자로 인정받고 거기에 상응하는 예우와 대우를 받을 것이라는 확실한 신념이 생겨나면, 통일을 성사시키는 고귀한 작업을 활기차게 진행시킬 것이다. 이러한 상식은 동서고금(東西古今)을 막론하고 사람에게 있는 공통된 인식이요 분명한 공식(公式)일 것이다.

그러므로 남한의 각계각층의 전 국민이 같은 목소리를 내면서 진심을 보여주어야만 상대편에서도 여론의 변화와 진의(眞意)를 판단하면서 신념이 쌓여 위대한 결단을 내릴 수 있게 된다. 북한의 정권 담당자들이 경순왕의 역을 수행해 북한을 남한으로 합병해 통일을 성사시키면, 그 공로를 높이 평가해 거기에 상응하는 예우와 대우를 할 것과 고마움과 존경심을 보낼 것을 다짐하면서 '**경순왕** 따라하기 식 **통일방법**'으로 통일하기를 간절히 소원하는 범국민적인 함성(喊聲)이 있어야 할 것이다. 이렇게 진실하게 소원하는 마음이 국민들에게서 표출되면 비로소 경순왕의 역을 담당하는 편에서는 국민의 뜻을 읽을 수 있을 것이고, 신뢰가 쌓여 위대한 결단을 내릴 수 있는 동력(動力)이 생겨날 것이다.

경순왕의 역할을 수행해야 할 북한의 정권 담당자들이 결단을 내릴 수 있게 하는 에너지의 발원점(發源點)은 "'경순왕 따라하기 식 통일방법'으로 통일을 합시다."라고 외치는 민심의 공감대가 표출되는 함성일 것이다. 이 함성의 내용은 경순왕의 역을 담당할 제2의 경순왕이 결단을 내리고 북한을 남한으로 통합해 통일을 성사시키면, 그때는 온 국민이 통일의 공로자들을 크게 칭송하며 예우와 대우를 할 것이며 고마워하며 사랑하고 존경할 것이라는 약속일 것이다. 이렇게 통일의 분위기가 조성되는 것이 선결과제(先決課題)인 것 같다. 그러니 결국 양편 모두에게서 성의(誠意)가 발동되어야만 할 것이다.

'경순왕 따라하기 식 통일방법'으로 통일을 열망하는 민심의 기류가 온 땅을 덮을 때 남한 북한 할 것 없이 모든 이의 마음속에서 용서와 화해의 기운이 깃들 것이며, 이때까지 미워하던 상대방에게도 사랑을 보낼 수 있는 따뜻한 사랑의 봄기운이 모든 동포들의 마음속에서 진정으로 우러나올 수 있을 것이다. 또한 모든 이의 마음이 민족애(民族愛)로 뭉치게 될 것이다. 이렇게 될 때 경순왕의 역을 담당할 당사자들의 마음도 바쁘게 움직일 것이며, 북한을 남한(대한민국)으로 통합해 통일을 이루어야 한다는 공식(公式)이 7천만 우리 민족의 마음속에서 새롭게 형성되는 정세(政勢)의 흐름이 될 것이다.

경순왕을 고려 조정에서 크게 대우함같이, 통일조국 대한민국 정부와 국민들은 남북통일의 공로자들에게 최대의 예우를 할 것을 믿는다. 일등 공로자 한 사람과 수명의 차등 공로자들에게는 정부에서 공로 훈장을 수여하며 연금을 지급해 여생을 편히 살 수 있게 할 것을 의심치 않는다.

2. 남북통일(南北統一)을 위해 시동(始動)을 걸어야 한다

자동차가 목적지를 향해 굴러가려면 먼저 시동을 걸어야 한다. 너무 오래 멈추어 섰던 차가 움직이려면 시동이 쉽게 걸리지 않을 것이므로 준비 작업이 필요하다. 남북통일을 위해 통일열차가 움직이려면 먼저 시동을 걸어야 한다.

이 지구상에 많은 민족과 종족이 살고 있지만 같은 민족으로서 통일을 이루지 못한 민족은 우리 민족뿐이다. 정말로 불명예스러운 현실이요 국제 사회에서 부끄러운 일이다. 이제 우리 민족은 통일의 열차를 움직일 때가 되었다. 우리의 선조들이 우리에게 가르쳐준 통일방법(경순왕 따라하기 식 통일방법)을 가동시키면 어느 누구도 거부감을 가지지 않을 것이고, 다 즐기면서 실행할 수 있을 것이다. 이 방법의 내용이 모든 국민에게 전달되어 공감(共感)을 일으키면서 통일의 열기(熱氣)가 함께 달아올라야 할 것이고, 동시에 북한의 정권을 맡은 요원과 인민들에게도 이 방법의 내용이 전달되어 공감을 일으키면서 함께 통일의 열기가 달아올라야 할 것이다. 여기까지의 일들이 성숙되면 능력 있고 덕(德)이 있는 애국심을 지닌 역군(役軍)들이 일어나 리더(leader)가 되어야 할 것이다. 어떤 이는 국민을 선도(先導)하는 일을 해야 할 것이고,

또 어떤 이는 남과 북을 오가면서 요원(要員)들을 접촉해 일의 성사를 위해 노력해야 할 것이다. 여기까지의 작업은 경순왕의 역을 담당해야 할 북한의 실권자들이 결단을 내리기 전 단계(前段階)의 작업일 것이다.

이제 다음 단계의 움직임이 기다려지는 순간이 될 것이다. 이때까지 국민적인 움직임이 진행되는 중에 북한 당국의 담당자들도 같은 뜻으로 열도를 높이면서 움직임이 있어야 할 것이다. 이렇게 이쪽의 움직임이 저쪽을 자극하고, 저쪽의 움직임이 이쪽을 자극하는 여건이 되면서 다 함께 통일의 열기가 끓어오르고, 궁극에 가서는 실제적인 작업이 가동되어야 한다. 북한의 실권자들이 북한을 남한으로 합병해 통일을 이루기 위해 북한 내부에서도 열정을 품고 통일 논의(論議)가 성숙되어 최종결단을 내려야 할 것이다.

신라 조정의 군신회의에서 신라를 고려에 합병해 통일을 이루기로 결정을 내림같이, 오늘날 북한 정권 담당자들의 회의(會議)에서도 북한을 남한으로 합병해 통일 할 것을 결정하고 선포해야 할 것이다. 그리고 인수인계 절차를 위해 남한(大韓民國) 당국에 대해 회담(會談)을 제의해야 할 것이다. 이렇게 되면 벌서 1단계의 시동이 걸렸다고 볼 수 있을 것이다. 자동차로 말하면 스타트 모터(start motor)를 돌려 시동이 걸린 것이다.

오늘날 남북한의 실정을 자세히 보면 공교롭게도 '경순왕 따라하기 식 통일방법'으로 통일작업을 실행할 수 있는 여건이 되어 있음을 볼 수 있다. 이 말은 북한의 정치 형태(政治形態)가 그러하다는 것이다. 경순왕이 결단을 내릴 수 있었던 것은, 그 시대 왕정시대는 왕과 왕을 모시는 조정 군신들의 권리가 막강해 일반 백성과는 완전히 구별되어 있었다. 이러한 왕권정치(王權政治) 형태에서 신라의 경순왕이 군신회의를 소집해 결심했던 안건을 의논케 해 최종안을 만들었던 것을 볼 수 있다. 이와 같이 오늘날 북한의 정치 형태를 우리가 듣고 보는 대로 정권을 잡은 실권자들은 절대적인 권리를 가지고 있다. 만약 무엇을 하려 할 때 반대할 세력이 없을 것 같다. 남한 같으면 정부에서 정책을 발표하면 좋은 일이든지 아니든지 반대하는 자가 있게 마련이다. 그러나 북한에서는 정권을 잡은 자들이 결단을 내리고 북한을 남한으로 합병해 통일하는 작업도 얼마든지 할 수 있을 것으로 사료된다.

북한과 같은 정치 형태를 우리 국민이 좋아하지는 않지만, 권력을 가지고 있는 실권자들이 결단을 내린다면 남북통일도 이루어질 수 있을 것이다. 그러므로 이 한때를 위해 주어진 절대적인 권력이라고 해석을 붙이고 싶다.

경순왕은 민족을 위해 일할 수 있는 기회를 놓치지 않고 위대한 업적을 달성했다. 오늘날 우리 겨레가 통일을 요망하고 있는 이때 제2의 경순왕이 나타나 북한을 남한으로 합병해 통일을 이루어야 할 기회가 다가왔다. 절대로 기회를 놓치지 말아야 할 것이다. 그래서 우리 국민은 경순왕의 역을 담당해야 할 북한 요원들의 움직임을 주의 깊게 바라보면서 기대 하는 바가 클 것이다.

우리 민족의 통일역사에서 두 번째의 통일인 후삼국통일의 주역(主

役)이요 일등 공로자로서 오늘날 남북통일의 모델이 된 경순왕(敬順王) 은 대단히 위대했다. 그러므로 그 위대한 공로를 높이 평가하고 극찬을 보내야 마땅할 것이다. 이처럼 위대한 일을 해낸 어른의 공로를 극찬하는 데 인색했다고 여겨진다. 한 나라의 역사를 후일에 가서 후손들이 역사를 평가하는 예가 많다. 1천년의 세월이 지나간 늦은 때이지만 경순왕의 공로를 높이 평가하면서 민족의 이름으로 통일공로 훈장(統一功勞勳章)을 수여했으면 하는 바람이 있다. 경순왕의 직계손(直系孫) 중에 한 분을 선택해, 훈장(勳章)을 대신 받게 하는 의식을 하면 참 보람될 것 같다. 그럼으로써 그 어른의 위대한 공덕을 찬양하는 효과가 있을 것이고, 또 후삼국시대와 여건이 똑같은 오늘날 남북한으로 분단된 '제2의 후삼국시대'에서 경순왕의 역을 담당해야 할 사람에게 용기를 심어줄 수 있는 계기가 될 수 있을 것이다. 이러한 행사를 국민 전체의 뜻을 모아서 실행한다면, 국민 전체의 간절한 뜻이 표출(表出)되는 효과가 있을 것이다. 그리고 '**경순왕 따라하기 식 통일방법**'으로 통일되기를 간절히 사모한다는 국민 전체의 뜻을 보여주는 절차가 될 수 있을 것이다. 이것은 바로 경순왕의 역을 담당하여 통일을 이루는 통일의 공로자들에게도 훈장을 수여하며 높이 존경할 것이라는 의사를 당사자들에게 전달하는 효과가 있을 것이다. 이렇게 되면 경순왕의 역을 담당할 당사자들도 힘을 받을 수 있을 것이다. 그러면 바통은 북한으로 넘어 가는 셈이 된다. 북한의 실권자들은 통일열차(統一列車)를 움직여야 할 차례가 된 것이다.

오늘날 우리가 흔히 듣는 대로 나의 임기(任期) 내에 무엇 무엇은 반드시 이루겠다고 선거공약을 하는 것을 듣고 있다. 이와 같이 오늘날 북한 정권의 권력층에 있는 자들도 생각하기를 "내가 지금 이러한 위치에 있을 때 반드시 남북통일을 이루어야 하겠다."라는 결심을 한다면, 이 결심은 천금(千金)과도 비교할 수 없이 너무도 귀중하고 가치가 있을 것이다. 통일작업으로 이루어진 '통일 대한민국'은 공로자들이 이룩한 고귀한 작품이 될 것이다. 통일조국이 잘되어 가는 것을 흐뭇하게 바라보며 여생을 보내는 것이 정말 아름답고 고귀해 어떤 무엇과 비교할 수 없는 보람과 복(福)이 될 것이다.

이렇게 멋있게 통일을 한다면 이것은 우리 민족이 완전히 평화적으로 통일하는 것이 되기 때문에 지나간 날의 모든 감정을 말갛게 씻는 결과를 가져다줄 것이다. 이렇게 되면 오늘날을 살고있는 우리민족 모두에게 와, 또 후손들에게도 찬사를 받을 것은 물론 세계인도 지켜보면서 찬사를 보낼 것이다. 또 국제평화를 위해 노력하는 정치기관(UN)에서도 높이 평가하면서 찬사를 보낼 것이 틀림없을 것이다. 그리고 평화를 이룩하는 데 공로가 있는 자에게 상(賞)을 주는 세계적인 상급기관(賞給機關)에서도 주시해 볼 것이다. 세상만사를 행하면서 비방 받을 수도 있는데, 찬사를 받는 것은 정말로 값있고 고귀한 일이다.

3. 민족의 숙원인 남북통일(南北統一)을 이루는 데 공을 세우는 자는 복(福) 있는 자이다

좋은 일을 하면 보람과 자부심을 느끼고 다른 사람으로부터 칭찬을 듣는다. 또 거기에 상응하는 급부(給付)가 따르는 것이 사람 사는 현장이다. 우리의 생활 현장에는 각자 활동하는 분야가 다르다. 그래서 자기 분야의 일을 할 수 있을 것이고, 다른 분야의 일을 하려 해도 능력이 거기까지 미치지 않기 때문에 자기가 할 수 있는 분야의 일을 최선을 다하면 자신의 임무를 다하게 된다.

이런 논리로 볼 때 각자 각자가 마땅히 해야 할 일들이 정해져 있다. 직장생활 하는 사람은 직장에서 자신이 해야 할 일들이 있고, 군인은 자신이 배속된 곳에서 자신의 임무가 있을 것이니, 그 일을 충실히 하면 자기의 임무를 다하는 것이 된다. 자신이 마땅히 해야 할 일을 안 하면 죄가 되고, 못 하면 무능력자이라는 평을 받으면서 그 자리에서 쫓겨날 것이다. 이런 논리는 모든 사람에게 다 적용된다. '경순왕 따라하기 식 통일방법'으로 통일 작업이 진행될 때, 가장 요긴한 위치에서 일을 진행시켜 나가야 할 요원들은 북한에서 정권을 맡은 자들일 것이다. 결단을 내리고 북한을 남한으로 편입, 합병해 남북통일을 성사시킬 당사자들인 것이다. "이렇게 가치 있는 큰일을 실천할 수 있는 위치에 있는 사람은 복(福) 있는 자이다."라고 말할 수 있을 것이다.

이렇게 고귀하고 중량이 나가는 큰일이 누구에게나 함부로 맡겨지지는 않는다. 또 인위적(人爲的)으로 맡겨지는 것도 아니다. 그러나 이러한 복이 앞을 찾아와도 붙잡지 못하면 오래 기다려 주지 않고 기회는 떠나가 버리고 말 것이다. 일반 국민들은 통일을 소원하면서 '경순왕 따라하기 식 통일방법'으로 통일을 하자고 뜻을 모을 때 동참하는 것밖에 더 이상 할 수도 없을 것이다. 그러나 실질적인 통일작업에 영향력을 행사해 직접 일할 수 있는 위치에 있는 사람들은 북한 당국에서 권력을 잡고 있는 사람들일 것인데, 이들에게는 통일의 공로자가 될 수 있는 복된 위치에 있다. 통일을 이루기 위해 노력하면 통일의 공로자가 될 것이고, 할 수 있는 위치에 있으면서도 노력하지 않으면 민족 앞에서 큰 죄가 될 것이다. 민족의 통일을 이루는 데 공을 세울 수 있는 위치에 있는 자 그는 보통의 복을 가진 게 아님을 인식해야 한다. 이들의 손에는 남북통일의 키(key)를 가졌기 때문에 하나님 앞에서와 사람들 앞에서 책임(의무)이 있다. 상급(賞給)과 질책(質責)이 동시에 걸려 있다.

그래서 우리 7천만 동포들은 주시하고 기대하고 있으며, 상급과 사랑과 칭찬과 존경을 준비하고 있다. 반면에 하지 않는다면 원망과 질책과 증오도 함께 가지고 있을 것이다. 그러므로 양자 중 좋은 편을 선택하는 지혜로움이 있어야 할 것이다. 북한의 정권 담당자들은 통일에 대해 공로자가 될 수 있는 길이 열려 있고, 아니면 현재의 체제로 그대로 가다 보면 어떤 예기치 않던 일로 큰 낭패를 당하는 불우한 형편에 처하게 될 가능성의 가상(假想) 시나리오(scenario)도 항상 있을 수 있다.

현재 북한에서 권력을 잡고 국가를 운영하는 실무자들은 막강한 권력을 가지고 인민을 다스리고 있기 때문에 일반 인민들은 정권에 대하여 어떤 불만이 있더라도 아무런 항거(抗拒)도 하지 못하고 그저 복종만 해야하는 제도 밑에서 살고 있는 듯하다, 오늘날 이 시점에서 절대 권력이 민족을 통일하는데 사용되어져야 할 것이다, 이 한때(시점)를 위하여 주어진 권력(權力)이라는 것을 인식하면서 사명감을 가지고 일을 추진시켜 나가야 할 것입니다.

민족을 위해 큰일을 할 수 있는 위치에 있는 사람은 천혜의 복을 입었다. 만약 소홀히 여긴다면 안겨다 주는 복을 놓치는 실수를 범하고 말 것이다. 그러므로 주어진 복을 절대로 놓치지 말아야 할 것이다. 모든 복은 땅에서 발생하는 것이 아니라 위에서부터 절대자에게로부터 오는 것이다. 그러므로 겸허한 자세로 주어진 복을 받아들여야 할 것이다. 그러면 본인들에게는 큰 이익과 영광이 돌아가고, 우리 민족에게는 통일조국이 탄생되면서 큰 기쁨이 될 것이다.

우리가 살아오면서 경험하는 대로 큰일을 결정하려 하면 이럴까 저럴까 하는 양자가 마음속에서 쟁론(爭論)하는 것을 경험한다. 이런 이치는 개인의 작은 일에서부터 국가적인 대형사건을 결정할 때도 마찬가지다. 북한의 인사들이 큰일을 놓고 결단을 내리려 하면 망설여지기도 하고 주저되기도 할 것이다. 이때까지 남과 북이 대결상태의 틀에 있어온 형편인데, 북한의 정권 담당자들이 권력(무장)을 내려놓고 북한을 남한으로 합병해 통일을 이룬다는 것에 대해 이럴까 저럴까 하는 생각이 교차될 수도 있을 것이다. 또 사람마다의 생각이 다르기 때문에 완전한 합의를 이루어 내려면 진통이 따라 올수도 있을 것이다. 그러나 이와 반대로 모든 이의 마음이 하나가 되어 일사천리로 많은 시간을 소비하지 않고도 결단을 내릴 수 있을는지도 모른다. 현명한 판단을 해야 할 것이다.

혹 어떤 자가 말하기를 우리의 조국 북조선 공화국을 남조선 괴뢰 정권에게 넘기는 것은 매국적인 행위라면서 반대와 비난을 퍼붓는 자가 혹 있다고 가정하더라도, 이런 주장은 남북통일을 이룬다는 거족적 (擧族的)인 명분과 비교하면 번갯불에 반딧불 정도도 안 될 것이다. 자기 자신이 이루어 놓은 일에 대해 보람을 느낄 때의 그 쾌감은 정말로 값진 것이다. 그것도 작은 일이 아니라 거대하고 고귀한 일이면 더더욱 그러할 것이다. 그러므로 남북 통일하는 작업은 앞장서서 일할 가치가 있고, 고귀한 일거리임에 틀림없다. 모든 기회는 왔다가 붙잡지 않으면 소리도 없이 도망친다. 항상 내 앞에 머물러 있는 것이 아니라 오늘 아침까지 내 앞에서 아롱거리다가도 내일이 되면 아무리 잡으려해도 내 손이 닿지 못하는 거리로 달아나 버릴 수도 있다. 때를 놓치면 기회는 영영 가버리고 만다. 또 자기 자신의 여건이 변하면 일할 수 있는 기회는 자신에게서 영영 떠나가 버릴 수도 있다. 그러므로 통일을 성취시킬 수 있는 위치에 있는 사람들은 자기에게 기회가 왔을 때 그 복을 끌어안아야 할 것이다.

[11] 남북통일을 할 때는 반드시 원칙(原則)이 있어야 한다

1. 통일을 하려면 그 방법에 대해 먼저 국민의 공감대(共感帶)가 이루어져야 한다

'경순왕 따라하기 식 통일방법'으로 통일을 해야 한다는 국민적인 공감대가 이루어져야 한다.

2. 북한(北韓)을 남한(南韓)으로 합병해 통일을 이루어야 한다

통일 후에는 삶의 질이 더 좋아져야 한다는 것이 전제되어야 하기 때문에 북한의 인민들에게도 자유와 기본권(基本權)이 회복되고 물질의 풍요로움을 가져올 수 있는 방향으로 가야 한다.

3. 통일의 공로자들에게는 정부에서 상당한 대우를 해야 한다

우리 민족의 두 번째 통일의 공로자였던 경순왕에게 고려 조정에서는 극진한 예우를 했다. 이와 같이 우리 민족의 세 번째 통일인 오늘날 남북한의 통일을 이루는 데 공을 세우는 공로자들에게도 최상(最上)의 대우를 해야 한다.

4. 남북한 분단으로 인한 상대쪽의 감정은 완전히 불문(不問)에 붙여야 한다. 그리고 전 국민이 화해(和解) 하여야 한다

5. 분단 시대의 자체 내에서 억울함을 당했다 하더라도 모두 불문(不問)에 붙여야 한다. 그리고 전 국민이 화해(和解) 하여야 한다

6. 통일을 함으로 인해 모두에게 유익이 되어야 하고, 어떤 누구에게도 억울함이 돌아가서는 안 된다

'경순왕 따라하기 식 통일방법'에는 모두에게 유익이 돌아가고 어떤 누구에게도 손해가 발생하지 않는다는 원칙이 있다. 한 쪽은 좋으면서 다른 한 쪽이 싫은 것은 안 된다. 한 쪽에서는 이익이 되는데, 다른 한 쪽에서는 손해가 발생되는 것도 안 된다. 또 어떤 사람에게는 이익이 돌아가고, 어떤 사람에게는 희생이 되는 것은 더더욱 안 된다. 남북한 쌍방 모두가 좋아야 히고, 남북한의 책임이 있었던 당국자들 중 한 사람도 억울해져서는 안 된다. 국민 모두에게 큰 혜택이 돌아가야만 할 것이다.

7. 구한말 고종황제(高宗皇帝)께서 통치하던 대한제국(大韓帝國)을 회복하는 것이라는 개념을 살려야 한다

1) 서언(序言)

우리 민족은 단일 민족으로서 우리의 국토 한반도에서 하나의 민족국가를 형성해 내려왔다. 고려시대를 지나 조선시대를 이어오면서 고종 황제께서 조선(朝鮮)의 국호를 고쳐 대한제국(大韓帝國)을 선포하셨다. 그러나 대한제국은 오래 지속되지 못하고 1910년 8월 29일 한일합방이 강압적으로 이루어짐으로써, 이때부터 시작되는 일제 강점기와 남북한 분단시대를 합한 100여 년 동안 우리 민족의 슬프고도 불행한 과도기가 이어진다. 그러므로 남북통일이 되면 과도기의 늪에서 빠져나와 대한제국을 회복하는 것이 된다는 의미가 짙게 나타난다. 이제 새로운 시대를 맞이하면서 우리 민족의 **국호(國號)**와 **국기(國旗)**, **국가(國歌)**에 대해 세밀히 살펴보기로 한다.

2) 대한민국(大韓民國) 국호(國號)에 대한 인식

해방 후 건국 당시 헌법을 제정할 때 우리나라(남한)의 국호를 대한민국으로 결정했다. 그 배경에는 3.1운동으로 건립된 대한민국 임시정부의 법통을 계승한다는 의미가 있다. 대한민국이라는 국호는 남북한이 분단되기 전, 항일 독립운동을 하던 **상해 임시정부**에서 사용하던 국호인데, 구한말 고종 황제가 반포한 대한제국(大韓帝國)에서 이름이 발원(發源)되어진 것을 역사 공부를 하면 깨달을 수 있다.

'대한제국'이라는 국명이 생겨난 경위를 보면, 우리나라가 일본에게 강점되기 13년 전인 1897년, 고종 황세가 우리 민족의 국명(國名)이었던 조선(朝鮮)을 대한제국으로 고치고 대한제국을 세계만방에 반포했다. 5백여 년 동안 호칭(呼稱)되어오던 조선이라는 국명은 옛날 이름으로 돌리고 새로운 국명(國名)을 지어 부르게 된 것이다. 그러나 애석하게도 우리 민족의 조국이었던 대한제국은 1910년 한일합방이 강제적으로 이루어지면서 13년이라는 짧은 세월을 보내고, 그 이름은 그늘 속으로 자취를 감추게 되었다.

우리나라가 일본의 억압으로부터 독립을 쟁취하기 위해 수립한 것이 상해 임시정부였는데, 이 임시정부에서 우리나라의 국호를 대한민국으로 지었다. 왜 대한제국(大韓帝國)이라 하지 않고 대한민국(大韓民國)이라고 했을까? 그때 우리나라의 국왕은 일본에게 감금되어 있었으므로 임금이 없어진 상태였고, 그때부터는 왕이 나라를 다스리는 시대는 순리적(順理的)으로 지나갔으며, 국민이 주인이 되어 나라를 다스려야 하는 시대가 되었다. 그래서 대한제국(大韓帝國)의 임금 '제(帝)'자 대신에 그 자리에 백성 '민(民)'자를 삽입해 대한민국(大韓民國)으로 호칭한 것으로 이해된다.

시대가 변했으므로 '제(帝)국'은 될 수 없고, '민(民)국'이 될 수밖에 없었을 것이다. 구한말(舊韓末)의 시대는 임금이 다스리는 대한제국이었고, 임시정부 시대와 오늘날은 국민이 나라를 다스리는 대한민국이 되었다.

분명히 말할 수 있는 것은 대한민국이라는 국호는 우리나라가 남북으로 분단되면서 새롭게 생겨난 이름이 아니라, 상해임시 정부에서 호칭하던 국명을 그대로 이어받은 것이라는 점이다. 그때의 상해 임시정부는 남북한이 분단되기 전 시대(前時代)의 일본의 강점 통치에서 벗어나려고 몸부림치면서 수립한 우리 민족의 임시정부였고, 남북한 우리 민족 전체의 임시정부 '대한민국'이었다. 이렇게 되어 1945년 해방이 되고 1948년 정부를 수립하면서 우리나라(남한)의 국명을 그대로 '대한민국'으로 선포해 오늘까지 이어온 것이다.

원래 우리 민족의 조국(祖國)이었던 조선(朝鮮)의 국호를 이어 받은 대한제국(大韓帝國)에서 발원해 대한민국(大韓民國)이 탄생되었던 것을 역사공부를 하면서 깨닫게 된다. 이제 통일을 하려는 마당에 특별히 북한에서 이러한 역사를 터득해 대한민국이라는 호칭이 남한만의 국명이라고 인식하는 데서 벗어나, 분단되기 전 시대에 우리 민족의 국명(國名)이었다는 사실을 깨달아 이해를 새롭게 해야 할 것이고, 대한민국이라는 호칭에 대해 애착심을 가져야 할 것이다. 그러기에 남북통일이 될 그때도 대한민국이라는 국호는 그대로 길이길이 이어져갈 것이다. 우리나라의 남북통일은 분단 시대와 한일합방 시대를 합해 100여 년의 과도기를 보내고, 이들 시대보다 전의 시대를 회복하는 의미가 있을 것이다.

남북통일은 반쪽짜리 두개를 하나로 합하는 의미만 있는 것이 아니라, 1910년 한일합방 이전 시대의 대한제국을 원상회복하는 의미가 더욱 짙게 보인다. 우리나라의 지도를 놓고 자세히 보면 참 아름다움을 느낀다. 그 모양이 한 개의 위대한 예술작품같이 느껴진다. 그러나 그 어느 한 곳을 떼어버리면 그 예술작품은 손상을 입은 듯하고, 전체를 하나로 두었을 때 참 아름다운 작품이 된다. 우리는 이 아름다운 땅에서 태어난 것이 무한한 영광으로 느껴진다. 이 땅은 사계절이 뚜렷하고 사람살기에 아주 적합하며, 지진이나 해일의 피해를 받지 않는 천혜를 입은 땅이다. 이 땅을 우리의 선조들이 하나님으로부터 내려받아 생명을 바쳐 지켜왔으며, 가꾸고 다듬어왔다. 바로 우리 민족의 나라, 대한민국(大韓民國)이다.

3) 태극기(太極旗)에 대한 인식

우리나라의 국기(國旗)는 태극기(太極旗)이다. 국기는 그 나라를 상징하는 표식이다. 그래서 국가적인 행사를 하거나 군인이 전장(戰場)에 나가거나, 또는 외국과 시합을 할 때 국기를 들고 나가는 것이 상례(常例)로 되어 있다. 그래서 나라를 사랑하는 마음으로 국기를 소중히 여긴다. 그러나 우리나라의 국기인 태극기가 지나간 한때는 수난을 몹시도 겪었던 것을 우리는 알고 있다.

우리나라가 일본에게 강점당해 수난을 겪을 때, 자연히 우리의 태극기도 수난을 받았다. 마음대로 만들 수도 간직할 수도 없었다. 국경일에 내걸 수도 없었다. 태극기는 우리나라를 상징하는 표식이기 때문에 일본의 강점기 압박 속에서도 나라를 되찾으려는 운동과 함께 태극기를 귀히 여기면서 몰래 간직하곤 했다. 일제 강점기의 압박이 한창 진행되던 1919년 3월 1일 우리 국민들은 일본의 눈을 피해 태극기를 만들었고, 손에 손에 태극기를 들고 거족적으로 '대한독립만세'를 목청이 터질 정도로 불렀다. 그리고 일본의 세력에 항거하면서 우리의 주권을 회복하기 위해 투쟁했던 독립군들은 군기(軍旗)로 태극기를 사용했다. 이렇게 우리의 선인들은 태극기를 소중히 간수하면서 사랑했던 것이다.

1948년 남북한이 각각 건국되면서 남쪽의 대한민국에서는 국기를 선정할 때 수난을 겪어온 태극기를 국기(國旗)로 선정해 계속 사용하게 되면서 오늘까지 이른다. 그러나 북한에서는 다른 국기(인공기)를 만들어 사용하고 있다. 그래서 북한의 인민들은 태극기를 남한만의 국기로 착각하면서 혐오(嫌惡)해왔다. 대한민국 일반 국민들 중에서도 인공기(人共旗)는 북한의 국기이고, 태극기(太極旗)는 남한의 국기라고만 인식하는 사람들이 상당히 있을 것으로 생각된다. 그러나 실제로는 태극기가 대한민국(남한)의 국기인 동시에 우리 민족의 국기라는 것을 새삼 깨달아야 할 것이다.

오늘날 남북한이 단일팀이 되어 외국과 운동경기를 할 때 보면 태극기 대신에 한반도를 그린 국기를 들고 나간다. 그러나 당연히 태극기를 들고 나가야 할 것이다. 그러므로 이제 남북한이 통일을 하는 마당에서 북한의 인민들도 태극기에 대한 새로운 인식을 가져야 할 것이다. 태극기는 대한제국 시절부터 사용하던 것을 그대로 계승해 상해 임시정부에서도 사용했고, 독립운동을 하던 독립투사들과 독립군들이 생명처럼 귀히 여기면서 사용했다. 이제 남북통일이 될 때, 대한제국을 회복하는 의미를 살려야 한다. 태극기가 우리나라를 상징하는 표식이라는 것은 당연하므로 통일이 되는 그 날에도 우리 민족의 국기로 계속될 것이다.

4) 애국가(愛國歌)에 대한 인식

1절: 동해물과 백두산이 마르고 닳도록 하느님이 보우하사 우리나라 만세

2절: 남산 위에 저소나무 철갑을 두른 듯 바람서리 불변함은 우리 기상일세

3절: 가을하늘 공활한데 높고 구름 없이 밝은 달은 우리 가슴 일편단심일세

4절: 이 기상과 이 맘으로 충성을 다해 괴로우나 즐거우나 나라 사랑하세

(후렴) 무궁화 삼천리 화려 강산 대한 사람 대한으로 길이 보전하세

한나라의 국가(國歌)라고 하면 나라를 칭송하고 나라를 사랑하는 뜻으로 온 국민이 부르는 노래로서 국가(國家)를 상징하는 노래이다. 또한 나라를 사랑하는 정신을 일깨워주기 위한 노래일 것이다. 우리가 지금 부르고 있는 우리의 애국가는 언제부터 우리 민족에게 불렸는가?

조선 말기에 성행한 여러 가지의 애국가 중에서도 1896년 11월 21일 독립문 정초식(定礎式)에서 불린 애국가의 후렴 "무궁화 삼천리 화려 강산 죠선 사람 죠선으로 길이 보죤 하세." 이런 가사(歌詞)가 있었는데, 그때 불렀던 애국가의 가사가 지금의 가사와 동일했는지 아닌지는 몰라도, 후렴의 가사가 오늘의 것과 동일한 것을 보아 여러 가지를 추측할 수 있을 것 같다. 오늘날 우리가 부르는 애국가의 가사를 작사하신 분이 윤치호(尹致昊), 안창호(安昌浩), 민영환(閔泳煥) 등이라는 설이 있으나, 그 중에서 누구인지는 분명하지 않지만 모두 일본에게 나라를 빼앗기지 않으려고 투쟁하던 분들이었다. 그러므로 우리가 지금 부르고 있는 애국가는 남북한 이 분단되기 전 애환(哀歡)이 담긴 우리 민족의 애국가였음을 알 수 있다.

현재의 곡으로 작곡한 사람은 안익태(安益泰) 선생이다. 그는 음악을 공부한 음악가로서 한국의 애국가가 스코틀랜드 민요인 이별의 노래 곡조에 맞춰 불리는 것을 안타깝게 생각하다가, 1936년 빈에서 유학중 이 곡을 작곡했다. 그리고 같은 해 베를린 올림픽에 참가한 한국인 선수단을 찾아가 그들과 함께 이 곡을 불렀다. 이것이 공식적으로 처음 불린 일이다. 그리고 국내를 비롯해 상해 임시정부와 미국, 일본 등지의 교포들에게 악보를 보내 가르치고 배워서 불리기 시작했다고 한다. 그러나 그때는 우리의 애국가는 수난을 겪는 중에 있었다. 우리의 동포 전부가 이 노래를 부르고 싶었을 것이나 마음대로 부르지 못하고 일본사람 모르게 부르곤 했다. 그 후 나라와 민족을 사랑하는 정신으로 애국가가 우리 민족 많은 사람에게 널리 전파되면서 즐겨 불리게 되었다 고 한다.

그리고 1945년 일본으로부터 해방이 되면서 애국가도 빛을 보게 되었다. 정부(政府)가 조직되기 전에도 애국가는 남북한 전 국민에게 전파되어 불리게 되었다. 그 후 1948년 8월 15일 대한민국 정부가 수립될 때 공식적으로 국가(國歌)로 채택되어 나라를 상징하는 의식음악으로 불리게 되면서, '애국가(愛國歌)'로 호칭하게 된 것이다. 그러나 애석하게도 북한에서는 그들의 정부가 조직되면서부터 북한 별도의 국가(國歌)가 만들어진 것으로 알고 있다. 그래서 지금도 남북 단일팀이 나가서 우승을 하면 애국가 대신에 아리랑을 부르는 것을 보면 분단의 슬픔이 더 깊게 느껴진다.

우리의 국가(國歌)인 애국가는 우리의 국기(國旗)인 태극기와 함께 일본의 강점시기를 지나면서 함께 수난을 받았다. 일본에게 강점당해 압박과 서러움을 모지게 받던 수난기(受難期)에도 우리의 애국가는 애국심을 머금은 우리의 동포들에게 구슬프게 불렸으며 우리 동포들의 마음을 깨우쳐 나라를 사랑하는 마음이 발동될 수 있도록 민족의 정신을 깨우쳐 주곤 했다. 나라 사랑을 '창(唱)'하는 것이기 때문에 우리 민족이 수난을 받으면서도 정신적으로 뭉칠 수 있는 요인(要因)이 되기도 했다. 그러므로 우리의 애국가는 7천만 우리 민족에게 더욱 귀히 여김을 받아야 하고 사랑 받아야 할 것이다. 오늘날의 세대(世代)뿐만 아니라 미래의 우리 후손들에게도 불릴 고귀한 노래이다. 이 내용을 가지고 외국인이 부르면 합당하지 않는 것을 보면서 우리 민족의 애국가인 것을 더욱 깨달을 수 있다.

이렇게 필자가 애국가에 대해 특별히 아는 것도 없으면서 논하는 이유는, 우리의 애국가는 우리의 어른들이 일제 강점 하에서 수난을 겪으면서도 소멸시키지 않고 후대에게 전수시켜준 노래이며, 독립투사들의 피와 땀이 묻어 있고 민족의 얼이 담겨져 있는 우리 민족의 노래이기에 인식을 새롭게 가져야 할 것이기 때문이다. 정말 애착심을 가져야 한다는 것을 강조하기 위해서이다.

특별히 북한의 인민들이 애국가에 대해 인식을 정확하게 갖게 되기를 바란다. 애국가는 우리 7천만 우리 민족의 애국가이다. 그래서 남북통일을 선포하는 선포식장에서 의식(儀式)을 올릴 때 애국가를 부르면서 북한의 인민들도 애국가를 부르게 된 것을 감격스러워 해야 할 것이다.

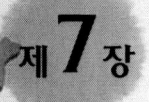

제7장

남북통일을 위한 진행 과정

1. 서언(序言)

그때 가서 남북한 쌍방의 정권 담당자들이 의논해서 가장 효율적이고 적절한 절차를 만들어낼 것으로 믿고 큰 관심과 기대를 가지고 있습니다. 그러면서 이미 글을 쓰고 있는 입장에서 약간의 의견을 기록해 보려고 합니다.

2. 북한의 정권 담당자들이 북한을 남한으로 합병할 것을 선포한다

경순왕과 그의 군신(群臣)들이 결단을 내리고 신라를 고려에 합병해 통일을 이루었던 역사와 같이, 북한의 실권자들이 결단을 내리고 북한을 남한으로 합병해 통일 할 것을 다음과 같이 선포한다.

우리 민족이 이 땅(韓半島) 위에서 하나의 나라를 형성해 역사를 이어오다가, 우리 민족의 의사(意思)와는 아무런 관계없이 불행하게 남북이 분단되어 60년이 넘는 세월을 흘려보냈다. 이제 와서 우리 민족은 분단을 부정하고 하나의 통일국가를 이 땅 위에 존속시키기 위해 우리의 선조(先祖)들이 실행했던 방식을 따라 다음과 같이 결단을 내렸습니다.

"'경순왕 따라하기 식 통일방법'에 입각(立脚)하여 북조선을 남조선에 합병시켜 통일 할 것을 선언합니다. 그리고 절차를 의논하기 위해 남조선 당국에게 회담을 제의합니다!"

이런 뉴스가 북한 당국으로부터 울려퍼질 때는 7천만 민족이 박수를 치면서 기뻐 할 것이다. 그리고 세계인이 찬사(讚辭)를 보낼 것이다. 특히 남한 국민 중에서 안보에 대해 염려하며 끈을 놓지 않았던 보수 계층의 모든 인사(人士)들도 북한의 정권 담당자들의 결단에 대해 높이 평가하면서, 이때까지의 증오가 변해 존경으로, 또는 사랑하는 대상자로 급변(急變)할 것을 의심치 않는다. 그리고 북한의 모든 인민들도 환영하면서 기뻐할 것이다. 특별히 정권에 대해 불만을 가졌던 부류에 속한 사람들이나 억압을 당하면서 인권이 억눌렸던 사람들도 환영하면서 지도자들에 대한 생각이 확 바뀔 것이다. 즉 원망과 증오의 생각들이 순식간에 다 녹아 없어지고 존경과 사랑의 대상자로 급변할 것이다. 화해(和解)와 용서(容恕)와 관용(寬容)의 용광로가 한반도를 달구어 올리는 계절이 다가왔기 때문에 모든 것을 다 녹여 새로운 모양을 만들 것입니다.

잘못 생각하면 북한에서 밑지는 것 같은 느낌이 들기도 할 것이나 결코 그렇지 않다. 통일을 함으로 인해 발생되는 손익계산(損益計算)을 해보면 북한에 큰 이득이 발생되는 것을 볼 수 있어 북한 편에서 흑자산업(黑字産業)이 될 것입니다.

3. 남북한 당국자 회담에서 실천 절차를 의논한다

'경순왕 따라하기 식 통일방법'으로 통일하자는 국민적인 여론이 성숙되었고, 또 북한의 정권 담당자들이 결단을 내리고 북한을 남한으로 편입 합병할 것을 선언한 상태에서, 절차를 의논하기 위해 북한 당국에서 회담을 제의해온 것이기 때문에 힘 드는 회담은 되지 않을 것이고 화해의 무드가 조성되면서 잔치 분위기가 될 것이다.

경순왕과 그의 군신(群臣)들이 신라를 고려에 귀부(歸附)하면서 어떤 조건을 요구 한 것은 전연 없었다. 이와 같이 북한의 요원들도 북한을 남한으로 합병하면서 어떤 조건을 붙이지 않을 것이므로 어렵지 않게 통일회담이 진행될 것이고, 관용과 사랑과 화평 가운데서 가장 적절하고 효율적인 통일절차를 만들어 낼 것으로 믿는다. 이때는 시간마다 아름다운 뉴스가 전국에 메아리칠 것이며, 모든 국민이 큰 관심과 열정을 머금고 뉴스를 시청할 것이다.

4. 북한의 군대와 군물(軍物), 그 시설을 국군에게 이양한다

북한의 군대를 국군에게 이양하는 작업은 통일을 이루는 핵심적인 작업이다. 북한의 군인들은 필요한 만큼만 남게 하고 모두 적절한 자리에서 근무 하게 하고 또 북한의 군대와 군물(軍物)과 군사시설을 대한민국 국군에게 인수인계해 하나의 군대를 만든다. 그리고 나머지 경찰 및 기타 공권력의 통제권을 대한민국 정부 산하 적절한 기관에 이양하고, 현재 있는 요원(要員)을 가급적으로 그대로 근무하게 하면서 서서히 필요 적절하게 정비해 나가야 할 것이다. 이렇게 함으로써 통일 대한민국이 국가의 공권력을 모두 관장(管掌)하게 된다. 그러면 비로소 남북한이 하나가 되는 핵심적인 과정을 완성하면서 남북한 간의 물리적인 충돌의 위험성이 완전히 사라지게 된다.

이로써 남북 간에 전쟁이나 기타 무력 충돌의 위험이 사라지게 되므로 모든 국민이 안심하고 생업에 종사할 수 있을 것이며, 외국에서 볼 때도 안보에 대한 위험이 완전히 사라지게 되었으므로 마음 놓고 우리의 국토, 통일조국에 들어와 투자할 수 있을 것이다. 이때는 국군의 활약이 클 것이므로 양군(兩軍)을 합해 하나로 만드는 작업이 가장 중요할 것이다. 가장 적절하고 효율적인 방법을 동원해 강력한 새로운 통일 대한민국의 군대(軍隊)로 거듭날 것을 믿으면서 큰 기대를 하고 있습니다. 국군이 북한 땅에 들어가서 횡포를 부리거나 으스대는 것이 아니라, 봉사자로서 일을 추진하는 담당자로서의 역할을 수행할 것이다. 통일 대한민국의 단일 군대로서 통일 후의 여러 가지를 정리해야 할 많은 일들을 수행해 나갈 것입니다.

이때까지 쌍방의 군인들이 우리 한반도의 한중간인 휴전선을 군사분계선으로 해서 각종 무력을 집중시켜 놓은 것도 정비해야 할 것이고, 통일 대한민국의 군대로서 주둔하는 위치 변경이든지 땅에 묻힌 위험물들을 제거하는 작업이든지 기타 여러 가지 일들을 추진할 것으로 생각된다. 이렇게 해 국내적(國內的)인 군사력에서 한 단계 도약해 이웃 국가들과 같이 만약의 경우를 대비하는 강력한 군대로 새로 거듭날 것으로 확신한다.

5. 북한 정부의 모든 행정조직과 각종 상부기관을 대한민국 정부로 이양(移讓)한다

이때의 일늘을 추진시기는 방법도 쌍방의 당국자 간에 의논이 되어 가장 효율적이고 능률적인 방법이 강구될 것으로 믿는다. 아마도 모든 업무를 인수인계하는 작업일 것인데, 북한의 통수권자가 통할(統轄)하던 모든 계통과 상부에서 통할하던 모든 계통을 대한민국 정부로 이양하고, 하부 기관은 있는 그대로 시간의 공백 없이, 조금도 흔들림 없이 전일과 똑같이 계속되게 하면서 차차 정비하고 보완해 나가야 할 것이다.

북한의 모든 산업현장에서는 이때까지 진행되어 오던 그 자리에서 단 한 시간의 공백과 멈춤도 없이 전일과 같이 생활현장이 돌아가야 할 것이다. 들뜬 분위기에서 일손을 놓고 공백을 만들어서는 절대로 안 될 것이다. 자칫 잘못하면 큰 혼란에 빠질 위험이 있을 수도 있으므로 모든 분야에서 질서 정연하고 점진적으로 개선해 나가면서, 꼭 정비해야 할 것은 정확히 기획(企劃)하여 시행착오의 우(愚)를 범치 않도록 연구하며 차분히 시행해 나가야 할 것이다. 그리하여 통일 대한민국 정부에서는 남북한을 하나로 통치하기에 가장 효율성 있게, 그리고 가장 편리하게 모든 조직과 계통을 만들어 나갈 것으로 믿는다.

남북통일을 완성하고 통일 대한민국의 새 아침 첫 시간부터 남한에서는 변동 없이 이때까지의 모든 질서와 생활현장이 그대로 진행되면서 발전이 계속되어야 할 것이고, 북한은 이제부터 새롭게 시작되면서 과도기를 맞게 될 것인데, 인민들의 생활 향상을 위해 모든 질서와 구조를 개혁해 나가야 하므로 지혜와 인내가 필요 할 것이다. 정부에서 지휘하는 대로 서서히 정비할 것은 정비하면서 남한과 같은 생활수준을 목표로 해 열심히 일하면 풍요로움이 서서히 다가올 것이다.

이때까지 북한의 공산주의 체제(體裁)를 자유민주주의 시장경제 체제로 서서히 전환하면서, 주민들의 기본 생활을 향상시켜 나가는 시기가 될 것이다. 아마도 통일의 초창기에는 북한 주민들 중에서 생활이 어려운 가정도 있을 것이므로 이때는 남한의 도움이 필요할 것이다. 지나간 날 우리 남한 사회도 극히 가난할 때 미국의 각양 구호품들이 들어와서 가난한 가정이 많은 도움을 받은 경험이 있다. 통일이 되면서 우리 민족끼리 한 쪽의 여유분을 한 쪽의 부족을 메우는 운동을 민간단체에서 얼마든지 할 수 있을 것으로 생각된다. 이때는 국민 모두가 기쁜 마음으로 도움을 주고 도움을 받으면서 과도기를 지혜롭게 통과해야 한다.

남한의 일부 가정에는 생활의 세간들과 의복, 기타 물품들의 여유분이 있을 것인데, 옷장을 열면 의복들이 쌓여 있다. 버리려니 아까워 버리지는 못하고, 이리저리 돌리면서 간수하는 깨끗한 옷들이 가정마다 있다. 그러다 이사를 하든지 어떤 큰 변동이 있을 때는 옷장을 정리하면서, 아깝지만 그 중에서 골라 한 보따리씩 처분했던 경험들이 다 있을 것이다. 이런 것들을 나누어 사용해야 한다. 북한의 가정에서 필요로 한다면 모두 기쁘게 내어놓을 것이니, 이러한 일들이 통일 초창기에는 요긴한 도움이 될 것 같다. 남한의 인구가 북한 인구의 갑절이 넘으므로 얼마든지 가능한 일이다. 아마 집집마다 이런 일을 즐기면서 할 것이다. 이와 같은 사회 운동이 남북한 지역 간에 인정(人情)을 나누는 좋은 계기가 될 수 있을 것이다.

지나간 날 우리 남한의 가정에서 구호물품을 받을 때, 미국에서 오는 옷들은 우리의 체격에 거의 맞지 않았지만, 가난한 가정에는 커다란 도움이 되었다. 그러나 우리 민족끼리 나누어 사용한다면 체격이 맞으므로 정말로 도움이 될 것이다. 그러면서 정부로부터 시작해 각종 민간인 단체에서도 도움이 북으로 갈 것이며 문화와 종교와 스포츠가 오고갈 것이다. 이렇게 될 때 기업가들이 자본을 가지고 북한으로 들어가 공장들을 세울 것이고, 기존 북한의 공장들과 함께 힘차게 돌아갈 것이다. 이때는 전기도 들어가 편리한 전기를 풍족하게 사용하게 되고, 모든 분야에서 협력이 이루어지면서 북한의 주민들도 열심히 일하면 급속하게 가난을 벗어나게 될 뿐만 아니라 급속하게 부(富)해지는 사회가 될 것이라고 믿어 의심치 않는다.

6. 남북통일을 내외에 선포하는 경축의식(慶祝儀式)을 거행한다

1) 새로운 경축일이 생겨나는 순간이다

"남북통일을 얼마나 기다려 왔습니까! 이 날은 정말 기쁜 날입니다."

이런 소리를 들을 때 7천만 우리 민족이 다 함께 즐거워하며 얼싸안고, 춤을 추며 애국가를 합창하고, 대한독립 만세를 힘차게 불러야 할 것이다. 또 한편으로는 지나간 날을 상기하면서 깊은 감격에 사로잡힐 것이다. 지난 날 분단국으로 살아온 60년이 훨씬 넘는 긴 세월이 안타깝고, 35년간의 일본의 강점시대가 정말로 안타깝다는 생각이 우리의 마음을 메울 것이다. 지나간 100여 년의 세월은 한순간같이 지나갔고, 이 순간부터는 대한제국(大韓帝國)이 회복된 새로운 대한민국(大韓民國)이 탄생되는 순간이다. 이 날은 분단시대를 끝내면서 통일의 첫 날이 되는 역사적인 순간이다.

기쁨과 행복을 가져다주는 날이요, 우리 후손들이 길이길이 잊지 않고 기념할 날이다. 우리 민족의 그 어느 경축일보다도 가장 뜻 있는 날이 될 것이다. 이 날의 행사는 TV 중계를 통해 모든 국민이 TV 앞에서 경축의식에 동참해야 할 것이다.

2) 통일의 공로자들에게 훈장을 수여한다.

남북통일을 선포하는 의식을 진행하는 자리에서 통일을 이루는 데 공을 세운 자들에게 공로 훈장을 수여하도록 한다. 일등 통일 공로자는 경순왕의 역을 담당한 북한의 실권자로서 통일작업을 친히 지휘한 자일 것이다. 북한을 남한으로 합병해 통일하는 결단에서부터 실제로 행동으로 옮기면서 반대자들을 설득해 통일을 성취시킨 공덕을 높이 평가해, 민족의 이름으로 통일 대한민국 정부에서 **일등 통일 공로훈장(一等統一功勞勳章)**을 수여해야 할 것이다. 이렇게 될 때 7천만 동포들로부터 진심에서 우러나는 박수갈채를 받을 것이며, 세계인들에게 찬사를 받을 것이다. 물론 이런 찬사를 받기 위해서 하는 것은 아니지만, 이러한 찬사는 덤으로 따라온다. 북한의 기득권 측에서 애국충정의 고귀한 대 결단을 내렸으므로 통일이 성취된 것이므로 훈장을 받아 마땅하고 7천만 국민들에게 존경과 사랑을 받을 대상이 되고도 남는다.

통일의 공로는 일등 공로자만이 아니라 차등 공로자도 있다. 이등 혹은 삼등의 호칭을 붙일 수 있는 약간 명의 공로자가 북한 요원 중에서 있을 것이라 생각된다. 이들 차등(次等) 공로자들에게도 통일을 성취시킨 공덕을 높이 평가해, 민족의 이름으로 통일 대한민국 정부에서 통일 공로훈장을 수여해야 할 것입니다.

실제적으로 실권을 가지고 있으면서도 자신들의 권력을 통일을 위해 내려놓은 위대한 결단, 민족의 숙원인 통일의 기회를 놓치지 않고 힘써 통일을 성취시킨 노력은 높이 평가받아야 마땅하다. 그래서 그 공로를 인정받는 순간이 되었음으로 7천만 동포들은 진심에서 우러나오는 존경심으로 칭송하고 박수갈채를 보내고 있는 순간이다. 세계의 모든 나라 국민도 찬사를 보내며 박수갈채를 보낼 것이다.

3) 남북통일을 내외에 선포한다.

극동의 나라 우리 한민족(韓民族)은 한때 나라를 일본에게 빼앗겨 35년간 강점당하면서 서러움을 겪었다. 태평양전쟁이 끝나면서 일본의 압박에서는 벗어났으나 불행하게도 민족이 분단되었다. 세계적인 냉전의 사상이 분단된 우리 민족을 덮어 남북한이 서로 적대시(敵對視)하는 대결 상대가 되어 오랜 세월을 흘려보냈다. 그러면서도 우리 민족 모두가 남북통일을 사모하는 중에 이제 남북한이 통일을 하게 되었다.

그래서 다음과 같은 내용으로 남한과 북한이 통일되었음을 대한민국 대통령께서 선포(宣布)한다.

◉ 남북통일 선포문

"이제 우리는 지나간 날 일제 강점기 35년간의 불미스러운 역사를 흘려보냈고, 또 남북한이 분단되어 60년이 훨씬 넘는 세월을 흘려보낸 것을 심히 안타깝게 생각하면서, 구한말 우리의 고종황제(高宗皇帝)께서 반포(頒布)하신 대한제국(大韓帝國)을 회복하는 영광스러운 시점을 맞고 있습니다.

우리는 우리의 선조들이 실행하셨던 통일 방식을 따라, 북한을 남한으로 합병해 통일을 이루면서 대한민국이 더욱 강대하고 새로워졌습니다. 이제 대한민국의 대통령인 나 ○○○은 남한과 북한이 통일해 새로운 대한민국이 되었음을 우리 7천만 국민과 세계인들 앞에 선포(宣布)합니다. 땅 땅 땅!"

이렇게 선포가 끝난 다음, 식장에 모인 군중들과 삼천리 방방곡곡 TV 앞에서 예식에 동참하고 있는 모든 국민이 일시에 박수를 치면서 화답하고, 지휘자의 지휘에 따라 애국가를 합창하고, 만세를 부르면서 함성을 질러 하늘과 땅을 진동시킬 것이다. 세상에는 많은 의식이 있지만 남북통일을 내외에 선포하는 경축의식(慶祝儀式)만큼 큰 행사는 없을 것이다. 인류 역사 이래 이마큼 지구촌이 떠들썩하게 기쁨의 행사를 치른 적이 없을 것이다. 이 날은 우리 민족 모두가 함께 듣고 볼 수 있도록 통일의 선포의식(宣布儀式)을 거행하면서 모든 민족이 함께 즐거워하는 자축연이 진행된다. 우리 민족 전체가 행복을 느끼면서 즐거워하는 시간이며, 특별히 통일 공로훈장을 받는 주인공들은 더욱 보람을 느낄 것이다. 이 장면을 우리 국민과 세계인이 관심을 가지고 TV를 시청하면서 박수갈채를 보낼 것이다. 이제 남북통일은 온 세상에 선포되었다.

이 날은 우리 민족의 통일을 세계만방에 공식적으로 선포하는 날이다. 민족사에 길이길이 빛날 경축의 날이다. 이 날은 우리 국민 모두가 즐거운 함성을 지르는 날이다. 손에 손을 잡고 얼싸안고 춤을 추면서 목청을 돋우어 힘차게 소리 질러 그 소리가 백두산과 한라산에 부딪치게 하자. 그 메아리가 더 우렁차게 흘러 퍼져 백두산의 메아리와 한라산의 메아리가 한반도를 따라 빠른 속도로 움직여 북한 인민들의 함성과 박수치는 소리가 남한 국민의 귀에 들리고, 남한 국민의 함성과 박수치는 소리가 북한 인민들의 귀에 들리게 하자. 이 날은 우리 민족모두가 함께 기쁨이 충만한 새로운 경축일이 되었다.

아무리 추운 겨울 날씨도 세월을 이기지는 못한다. 봄빛이 비취면 얼어붙은 모든 것이 녹아야만 하는 것과 같이, 남북한의 분단의 냉기(冷氣)도 이제 녹아 없어졌다. 이제야 정말로 우리 민족에게 기쁨의 계절이 왔다. 동해물과 백두산이 마르고 닳도록 하느님이 보우하사 우리나라 만세, 애국가를 부르면서 하나님께 영광을 돌려 드리는 그 날이 될 것입니다.

제8장

통일과 동시에 북한 지방은 당분간 과도기체제(過渡期體制)가 필요 할 것이다

1. 통일 후 당분간(當分間) 북한 지방은 과도기(過渡期) 체제 (體制)에서부터 시작한다

남북통일 선포식이 있은 시점부터 정부 당국에서는 가장 효율적이고 능률적인 방법을 동원해 통일조국의 새 아침 새벽문을 열고 활기차게 새 역사를 진행시킬 것으로 기대한다. 그러면서 이미 글을 쓰고 있는 입장에서 참고로 필자의 작은 의견을 진술하려고 합니다.

통일이 이루어진 당일부터는 분단 시절의 대한민국이 승격(昇格)되어 새로운 통일조국의 대한민국이 된다. 이 대한민국은 분단 시절의 남한 과 북한을 다 포함한 거대한 대한민국이다. 앞으로 자자손손 대대로 이어나갈 우리 민족의 조국 대한민국이다.

통일을 이룬 첫 날부터 남북한 간의 경계(境界)와 둑을 완전히 없애고 합탕(合湯)을 만들면 엄청난 혼란이 일어나 오히려 큰 환란을 초래할 가능성이 있다. 그러므로 질서유지 차원에서 남북한의 각종 경계선을 잠정적으로 그대로 두면서 차차 정비하면서 보완해 나가야 할 것이다. 이 기간 동안은 통일된 대한민국 정부의 주관 하에서 남한은 기존에 실행하던 대로 지방 자치제를 계속하고, 북한은 북한 전체를 주관하는 하나의 대자치제(大自治制)를 실시해야 할 것이다.

이렇게 과도기 정책(政策)이 진행되는 중에도 북한 주민은 대한민국의 국민이 되었으므로 헌법에 보장된 자유와 권리가 보장된다. 그러나 완전 통일의 그 날을 바라보는 과도기임을 감안해 형편상 필요한 부분에는 제약을 가해 혼란을 막고 질서를 유지해야만 단 일보도 후퇴 없는 전진이 계속될 것이다. 남한과 북한은 생활의 형태와 생업(生業) 현장의 계통과 질서가 서로 다르지만 흔들림 없이 통일 조국이 발전되어 나가야 하기 때문에 당분간은 통일 직전 분단된 상태 그대로의 위치에서 전일처럼 일을 계속 하면서 차츰차츰 제도를 정비하고 보완해 나가야 할 것이다. 그리하여 생업 현장이 돌아가는 질서와 주민들의 생활 방식이 남한과 같게 만들어 가면서 거리를 좁혀 나가야 할 것이다. 그러므로 당분간은 과도기 체제가 반드시 필요하다. 잠정적으로 연방제(聯邦制)와 비슷하게 통일국가를 운영하며 계속 정비하며 보완해 나가야 할 것이다. 결과적으로 북한 지방은 대한민국(통일조국)의 한 지방으로서 대자치제(大自治制)가 실시되는 기간이 될 것이다. 그러다가 과도 기간을 더 지속할 필요가 없을 때는 북한도 남한과 같이 지역별로 여러 개의 지방 자치제를 실시하면 남북한의 형편이 똑같아질 것이다. 아니면 그때 가서 정부에서 가장 적절하고 효율적인 제도를 만들어 낼 것으로 믿으면서 큰 기대를 가지고 있습니다.

정치적인 통일과 군대를 비롯해 공권력의 통일은 완성되었지만, 생활의 통일을 위한 전 단계(前段階)로서 실행되는 제도라고 이해하면 될 것이다. 과도기 체제의 기간이 얼마나 필요할지는 모르지만, 그동안 해결해야 할 문제들이 많을 것이다. 이 기간은 이때까지의 이질적(異質的)인 모든 것을 정비하면서 남북한이 완전히 하나가 될 수 있는 생활의 양태(樣態)를 다듬는 기간으로서 남북한 간의 삶의 질서와 형태를 같게 만들어 가는 요긴한 때이다. 북한 지방을 주관할 대자치제 정부가 시작되는 첫 날부터 조금도 흔들림 없이 현재 있는 그대로를 기반으로 해 모든 요원이 자신의 일자리에서 단 한 시간의 공백도 없이 열심히 일하여 모든 분야를 발전시켜 나가야 할 것이다. 과도기간이 끝나면 북한 지방도 대자치제의 틀에서 벗어나 남한과 같이 각 지방마다 자치제를 실시하거나, 아니면 더 좋은 제도를 국가가 만들 것으로 믿는다.

2. 과도기 체제가 진행되는 기간은 북한지역을 발전시키는 북한(北韓) 부흥기(復興期)로 정해 박차를 가해 나간다

이른 새 봄에 만물을 소생시키는 따뜻한 햇빛이 비치고 봄바람이 불듯이 통일을 이룬 다음날부터는 우리 민족에게 따뜻한 온기가 생겨나고 북한 지방을 부흥시킬 따뜻한 봄기운이 생겨날 것이다. 이제 통일 국가에서 여러 가지를 연구하면서 가장 적절하고 효율적인 정책을 펴 나가게 될 것이다. 통일이 선포되어도 인민들의 일터는 변하지 않고 그대로일 것이므로 들뜬 기분으로 각자 행동한다면 대혼란이 일일어 날것이다. 그러므로 이때까지 일해오던 그 위치에서 흔들림 없이 단 한 시간의 공백도 없이 계속 되어야 할 것이다. 생산수단의 모든 산업 체나 지방의 행정 부서에 몸담았던 요원들은 현 위치에서 계속 근무하 면서 차차 필요에 따라 정비하고 보완해 나가야 한다. 그리고 필요치 않은 조직은 없애고 꼭 필요한 것은 신설해 나가면서 자유 민주주의 시장경제 체제로 방향을 정해 삶의 방식을 다듬어 나가야 할 것이다. 이렇게 될 때 북한의 발전을 위해서는 북한 주민이 주인(主人)이 되어 자신들을 위해 연구하고 열심히 일하면서 스스로 자신의 지방을 주관 하는 관리자(管理者)자가 되어야 할 것이고, 산업 현장에서 일하는 일꾼 이 되어야 할 것이다. 분단시대는 공산주의 체제로 생업현장이 진행되 었지만, 통일 후부터는 대한민국의 헌법과 법률에 따라서 중앙정부와 의 관계 하에 보호와 지원을 받으며 자본주의 시장경제 체제로 움직여 지게 될 것이므로 국민들의 움직임의 방식과 관념의 방식이 자연스럽 게 바뀌어 삶의 질이 좋아지고 자유와 풍요로움이 소리도 없이 서서히 북한사회에 깃들 것이다.

우리나라(남한)는 1964년에 1억 달러 수출을 달성하고 감개무량한 가 운데 수출대국의 꿈을 꾸면서 지도자의 선도(先導)에 따라 모든 국민이 열심히 일해 우리 사회의 간접자본인 도로와 항만, 그리고 각종 공장을 건설해 산업의 기초를 다졌다. 그 결과 오늘날 부(富)를 이루고 무역 대국이 되었다. 이제 통일이 되면 한국의 수출 사업은 더욱 더 탄력이 붙을 것이다.

통일이 되었으니 이제부터는 군사 대결로 인한 안보(安保)에 대한 위협이 없어졌으므로 세계적인 신용평가 기관에서도 등급을 상향 조정할 것이다. 그러면 수출산업은 더욱 활기가 살아날 것이다. 그리고 북한의 수출도 통일 전과는 비교가 안 될 정도로 급속히 늘어날 것이다. 이때까지 북한에서 운영하던 산업시설이 있는 데다, 남한 사업가들이 사업하기 좋은 북한 지역으로 많이 올라감으로써 많은 기업체들이 생겨나 산업시설이 급속도로 증가될 것이다. 그 결과 북한 지역 주민에게는 일자리가 많이 생겨나고, 외국 기업이 자유로이 북한 땅에 자본을 가지고 들어가게 되어 북한 지역에도 공장 돌아가는 소리가 더 요란하게 울릴 것이 틀림없다. 이렇게 되면 북한 경제도 급속히 발전해 풍요로운 사회가 되는 것은 매우 가까워진 일이다.

북한에서 생산되는 물건은 북한 주민들의 생활필수품으로 팔려나가고, 수출이 급속도로 이루어지며, 북한에서 생산되는 물건들이 남한 지역으로 팔려 나갈 것이다. 현재 한국(남한)에는 값이 헐한 외국산 제품들이 많이 들어와 시장을 넓게 점유하고 있다.

아마도 통일 초창기에는 북한에서 생산되는 물건은 비교적 값이 저렴할 것이기 때문에 경쟁력이 있을 것이다. 북한에서 생산된 물건은 남한으로 내려올 때 통관 절차와 관세가 필요 없을 것이다. 따라서 북한 지역에서 생산되는 물건들은 남한 지역이 대형 소비시장이 되어 북한의 경제발전을 가속시키는 견인차 역할을 하게 될 것이다. 남한은 인구가 많고 북한과는 비교가 안 될 정도의 부(富)를 가지고 있어서 북한에서 생산되는 물품들을 소비할 수 있는 구매력이 있다. 이는 북한 지역의 생산업자에게 큰 힘이 될 수 있을 것이다.

이렇게 되면 북한 지역도 활기가 살아나 개발도상국의 대열에 서서 높은 고지를 향해 계속 활기차게 움직여 나갈 수 있을 것이다. 남한 사회는 이미 경제대국이 되어 있는 바탕 위에서 가속이 붙어 결국 우리 통일 대한민국은 발전에 발전이 계속될 것을 믿는다. 그리하여 대한민국(통일조국)은 명실상부하게 세계적인 경제대국이 될 것이다. 그러면 대한민국은 덩치가 월등히 커져서 세계에서도 중형급 정도로 큰 나라, 그리고 힘 있는 나라가 될 것이다.

통일 후 과도기간 동안은 북한 지역 주민들의 관광수입이 엄청나게 늘어날 것이다. 물론 다른 나라의 관광객도 통일 전과 비교할 때 더 많은 관광객이 찾아들 것은 분명한 사실이고, 남한 지역의 국민은 이때까지 북한 땅을 그리워해온 까닭에 관광차 북한으로 밀물같이 밀려들 것이다. 처음에는 관광 명소를 보러 가는 목적보다 북한 땅을 밟기 위해서, 또 북한 주민들과 접촉하면서 대화하기 위함일 것이다. 그래서 한참 동안은 남한으로부터 유입되는 관광수입이 엄청나게 많아질 것이다. 관광 수입보다 알찬 수입은 없다고들 한다. 관광업은 북한의 경제

발전을 앞당기는 인기 있는 사업이 될 것이다.

통일이 되면 아마도 북한에는 커다란 국책사업이 있을 것이다. 대형 토목공사가 기대되어 많은 인력이 필요해져 일자리가 풍부해지고 주민들의 살림살이는 나날이 급속히 발전할 것이다. 이웃 나라 중국이 급속도로 경제발전을 이루고 있는 것을 보는데, 통일이 되면 북한의 입지가 중국의 초창기보다 더 쉽게 발전할 수 있는 가능성이 있다. 통일이 되어 같은 나라가 된 형(兄) 격인 남한의 국민이 있기 때문이다.

남한은 북한 산(産) 물건들을 소비할 수 있는 커다란 시장이다. 또 남한에서 민간인 각양 단체의 지원이 북한으로 들어갈 것으로 예측된다. 그러므로 통일이 되면 북한의 가정과 사회는 많은 햇수를 보내기 전에 가난에서 완전히 벗어나 풍요로운 사회가 될 것이다.

3. 전체(全體) 국민들 사이에 화목(和睦)이 이루어지게 정책을 펴야 한다.

민족의 통일이 이루어진 당일부터는 사랑과 용서와 관용(寬容)이 넘치는 사회가 되어야 한다. 통일 이전의 분단시대를 살면서 남북한이 각각 상대방을 증오하던 감정이 쌓였다 하더라도, 통일의 새 아침을 맞이하면서부터는 모든 원한과 감정과 미움을 흘러가는 세월의 물속으로 다 흘려보내야 한다. 또 자체 내에서 정치적으로 눌려 억압과 설움을 당하면서 원한과 감정이 쌓였다 하더라도, 통일의 새 아침을 맞이하면 다 용서하고 관용으로 감싸야 할 것이다. 억울함이나 감정을 언젠가는 꼭 갚겠다고 한다면 화해와 통합은 생겨날 수가 없다. 분단으로 인해 생겨난 여러 가지의 감정이나 원한이 있고, 또 사상과 이념적인 대결로 상처가 있을 수도 있을 것이나, 이제 새로운 계절을 맞이하면서 이러한 관계를 용서와 관용과 화해로 치료해 나가고 새로운 마음으로 새로운 관계를 정립해야 할 것이다.

그리고 용서를 빌어야 할 입장에 있는 사람은 자세를 낮추어 겸손해져야 하며, 새로운 시대를 맞으면서 전에 하지 못했던 선행(善行)으로 모든 사람에게 귀감이 되는 새 사람이 되어야 할 것이다. 동시에 용서를 해주어야 할 입장에 있는 자도 자세를 낮추어 겸손하며 민족을 위하고 이웃을 위하는 선행에 앞장서야 할 것이다. 이런 마음을 모든 국민이 서로 먼저 가지면서 용서하고 사랑하려 노력한다면 다시 좋은 감정을 일으킬 수 있을 것이다. 전일(前日)의 원수를 이제 친근한 이웃으로 만들어야 한다. 용서하고 사랑하면서 관용을 베푸는 풍토를 조성시켜 나가는 새 사회가 되어야 할 것이다.

"그것만은 용서하지 못하겠다."라고 이를 뽀득뽀득 갈면 새로운 사회를 만들 수 없다. '경순왕 따라하기 식 통일방법'으로 통일된 국민은 용서와 사랑과 관용을 베풀어야 할 의무를 가지고 있다. 경순왕의 역을 담당하면서 결단을 내리고 통일 사역에 앞장서서 일한 사람들은 무장(武裝)을 해제하고 모든 것을 다 내려놓은 상태이다. 그런데 여기에 상대해 과거의 어떤 서러움이나 원한을 그대로 가지고 있어서는 절대로 안 된다. 이제 시대와 민족적인 분위기의 변화를 맞아 모든 감정은 다 역사 속으로 흘려보내고, 새 시대의 새 사랑, 용서와 관용으로 감싸면서 사랑의 새 시대를 열어야 할 것이다.

그러므로 국가에서도 용서와 사랑으로 국민이 화합할 수 있도록 제도적인 정책을 만들어야 할 것이다. 어떤 형태의 보복(報復)은 절대 있어서는 안 되며, 통일을 함으로써 단 한 사람이라도 따돌림 받는 사람이 있어서는 안 된다. 전 국민이 사화(私和)하며 화해하고 화합하면서 모두가 서로 사랑의 대상자를 새로 만들고 새 시대를 맞아 새살림을 하는 멋있는 사랑의 공동체, 새 대한민국이 되어야 한다. 통일의 새 아침에는 이러한 분위기가 우리 사회를 덮고 모든 국민이 새 시대의 새 사람으로 거듭날 것을 기대하면서 이렇게 되어질 것을 확신한다.

4. 과도기 체제가 진행되는 동안은 남북한 간 이주(移住)를 위한 인구의 이동을 제한(制限)해야 한다

북한 주민이 갑자기 남한으로 쏟아져 나올 가능성이 있고 남한 사람들도 북한 땅으로 들어가려 할 사람이 있을 것이다. 통일이 되었다고 해서 준비도 안 된 상태에서 거주지를 옮기는 인구의 이동이 홍수를 이룬다면 큰 혼란이 일어난다. 그러므로 일반 가정의 이사(移徙)를 엄격히 제한해야 할 것이다. 특별한 경우에는 당국의 허가를 받아 가족을 거느리고 남북한 간에 이주할 수 있게 해야 할 것이다. 그리고 사업을 위한 이동이나 자선사업을 위한 이동, 종교 활동을 위한 이동, 문화 · 스포츠 · 관광 및 기타 적절한 활동을 위해서는 자유롭게 남북한 지역을 내왕할 수 있게 해야 할 것이다. 특히 북한 주민은 자기의 고장을 지키면서 자기 지방을 발전시키고 앞으로 정착민에게 돌아가는 혜택을 대비하면서 연고 지역에서 거주해야 할 것이다.

5. 과도기 체제가 진행되는 동안 북한 지역의 시위운동(示威運動)을 잠재워야 한다

과도기 때 북한 지방의 대자치제(大自治制)가 진행되는 동안은 군중을 부추겨 대중의 힘으로 밀어붙이거나 여론몰이를 해서는 안 된다. 안정되지 않은 상태에서 민중이 단체 행동을 해 지도층을 흔들면 사회는 일어서지 못하고 몰락하고 만다. 오직 질서 속에서만 안정이 이루어질 것이며, 안정이 이루어진 사회에서 시위문화도 발전케 해야 할 것이다. 과도기간이 존속되는 동안은 정부(지방정부 포함)에서 기획(企劃)한 바를 일사불란하고 일관성 있게 아무런 저항 없이 진행시킬 수 있어야 할 것이다.

노동조합의 설립을 잠정적으로 제한하거나, 아니면 단체 행동권 중에서 단체 파업 같은 행위는 절대로 행사할 수 없도록 잠정적인 제약을 반드시 두어야 한다. 그럴 경우 일반 노동자들에게 억울한 일이나 불이익이 발생할 가능성이 있기 때문에 노동자를 대변하는 어떤 권위 있는 기관이 있어야 할 것이다. 현재 우리 사회(남한)에서도 노동운동의 단체행동권 행사에 대해는 보완과 연구가 필요할 것 같다. 어떤 때 보면 노동조합에서 결정해 파업이 계속되면서 수출에 차질을 빚어 손해액이 천문학적 액수가 된다는 보도가 들릴 때 아까워 견딜 수 없던 때가 셀 수도 없을 정도로 많았다. 그 손해가 다 우리 국가의 손해라는 것을 뼈아프게 생각한다. 그러면 우리 일반 시민은 어느 편이 되어야 할까? 그렇기에 시급히 법을 보완하여 더 효율적인 제도를 만들어 내어야 할 것이다.

통일이 이루어진 후 북한 지방에서 대자치제가 진행되는 동안에는 시위 문화가 없도록 제도적 장치가 반드시 필요할 것이다. 만약 민중 시위가 조성되어 지도층을 상대해 목청을 높이면서 군중의 힘으로 지도부(指導部)를 흔든다면 통일을 완전히 그르치는 엉뚱한 일이 발생할 가능성이 있음을 명심해야 할 것이다. 그래서 군중을 선도하는 일은 스스로 삼가야 할 것이며, 이러한 일이 발생하지 못하도록 제도적(법률적)인 장치가 필요할 것이다. 남한 사회의 본을 따라 극한 시위를 하다가는 사회 전체가 수렁으로 빠질 가능성이 얼마든지 있다. 노동조합뿐만 아니라 사회 전반에 걸쳐 과도기 동안에는 시위 문화를 잠정적으로 반드시 제한해야 할 것이다.

6. 과도기 체제가 진행되는 동안에는
    정치적인 파벌의 대결을 없애야 한다

　지금 현재 한국(남한)의 정치를 보면 좀 걱정스러운 부분이 있다. 지방마다 자신들이 지지하는 정당이 있어, 선거 때 특정 후보에게만 표를 몰아주어 그 정당의 후보만을 국회의원으로 선출하곤 하므로 지방과 지방의 정치적인 대결이 일어난다. 만약 통일 후에 이런 제도가 형성되어 정치판이 짜여 진행된다면 위험한 요소가 될 것이다. 직설적으로 말을 하자면, 남한 지역은 어느 정당을 지지하고 북한 지역은 어느 정당을 지지해 정치적인 대결이 지속된다면, 다시 분열되고 말 위험이 있다는 것이다. 그러므로 이를 방지하기 위해 정치권에서 연구해 같은 지방에서 양당이 엇비슷하게 국회의원 수가 뽑힐 수 있도록 법을 만들어야 할 것이다. 연구하면 좋은 제도가 반드시 있을 것입니다.

　우리나라는 남북한이 갈려 대결구도가 짜여 있고 전쟁까지 했던 역사가 있기 때문에 통일 후에는 어떤 형태의 남북 대결도 절대로 없어야 한다. 대결의 색채가 보이면 당장 보완작업이 필요할 것이다. 오늘날 남한의 정치 형태를 보면 영남과 호남이 갈려 있다. 대통령 선거때가 되면 영남에서는 어느 정당 후보에게 몰표를 주고, 또 호남에서는 어느 정당 후보에게 몰표를 주곤 하는데, 이것은 정당제도에 문제가 있기 때문인 것 같다. 한 지방 안에서도 국회의원이 골고루 나오면 되는데, 어느 지방에서는 어느 정당이 국회의원 수를 싹쓸이할 수 있는 제도가 있다는 게 문제인 것 같다. 오늘날 남한 정당 정치의 형태가 통일 후에도 그대로 된다면, 자칫 남한 쪽에서는 어느 정당, 북한 쪽에서는 어느 정당, 한다면 정말 위험한 상태가 되고 말 것이다. 영남과 호남은 이렇게 되어도 갈라서지는 않았으나, 남한과 북한은 다르게 보아야 할 것이다. 그러므로 정치하는 사람들은 현명한 제도를 만들어 내어야 할 숙제를 떠안고 있는 듯하다.

7. 과도기 체제가 진행되는 동안
북한 스스로 해결해야 할 문제들이 많다

1) 사유 재산 문제를 해결해야 한다

북한 사회는 가정의 세간 외에 주택 및 토지, 기타 재산이 국가 소유라고 한다. 그러므로 재산권 문제도 해결해야 할 문제이다. 북한의 부동산과 기타 재산은 특별한 경우를 제외하고는 자신의 연고(緣故) 지역을 떠나지 않고 그 지역에서 봉사하는 주민에게 혜택이 돌아가도록 해야 할 것이다. 어떤 경우에도 부동산을 가지고 졸부(猝富)가 될 수 없도록 제도를 만들고, 열심히 노력하는 자가 부자가 될 수 있는 정책을 만들어 나가야 할 것이다. 이렇게 생각하면서도 그때 가면 정부(중앙정부와 북한 대자치제의 정부) 당국에서 가장 정당하고 타당하고 효율적인 방법을 만들어낼 것으로 믿는다.

2) 대일 청구권(對日請求權) 문제도 이 기간에 해결해야 한다

태평양전쟁 당시 일본에게 점령당해 재산적으로 손해를 입은 건에 대해 동남아시아 여러 나라에서는 일본 정부와 청구권 문제를 전부 해결한 것으로 알고 있다. 1965년에 한국(남한) 정부도 대일 청구권 문제를 해결한 것으로 알고 있다. 북한만이 아직까지 이 문제를 해결치 못하고 있어 차제(此際)에 해결해야 할 문제이다. 과도기간 북한 대자치제가 진행되는 동안 대일 청구권을 행사해 북한 지방을 발전케 하는 재원으로 활용해야 할 것이다.

3) 기타 중요한 건(件)들이 발견되면 이 기간에 해결해야 한다

아마 북한 스스로 해결해야 할 일들이 반드시 있을 것이다.

제**9**장

과도기 체제가 끝나면
완전(完全) 통일(統一)이 이루어진다

**북한 주민들의 생업과 생활의 질서가 남한과 비슷하게 될 그때 가서
과도기 체제를 끝내고 남북의 경계를 없애면 비로소 통일이 완성된다.**

과도기 체제가 길면 안 좋을 것 같다. 그러므로 할 수 있는 대로 과
도기를 빨리 끝내야 할 텐데, 그렇다고 해서 준비도 덜된 상태에서 끝
내면 더더욱 안 될 것이다. 우리 국민들이 하기에 따라서 길 수도 있고
짧을 수도 있다. 그러므로 과도기 기간을 현명하게 끌고 가야 한다.

그러다 북한 주민들의 생업과 생활의 질서가 남한과 비슷하게 될 때
가 되면 과도기 체제는 더 필요하지 않게 되고, 그때는 북한 지방도
남한과 똑같이 지방 자치제를 실시하여, 북한 땅 안에서도 몇 개의 지
방 자치제가 생겨나거나 이보다 더 좋은 제도가 만들어질 수 있을
것이다. 그때는 남한 혹은 북한이라는 관념도 없이 어느 곳이든 자신

이 원하면 가족을 거느리고 정착해 오래오래 살 수 있을 것이다. 이때는 우리의 조국 대한민국은 완전히 하나가 되어 모든 면으로 질서가 잡히면서 자유와 풍요로움이 있는 양질(良質)의 삶이 우리 국민 모두에게 주어질 것이다. 이러한 행복을 오늘날의 주인인 우리가 먼저 누려야 할 것이고, 다음으로 우리의 후손들에게 살기 좋은 통일조국을 물려주어야 할 것이다. 이렇게 되기까지 남북한 국민 모두가 '경순왕 따라하기 식 통일방법'을 완전히 인식하고 남북통일을 간절히 사모해야 한다. 그리고 최선을 다해 노력하면서 인간의 역사를 섭리(攝理)하시는 하나님 이 존재하고 계시다는 것을 믿고, 우리 민족의 장래를 위해 기도해야 할 것입니다. 그리고 남북통일이라는 귀중한 선물을 받으면서 이 영광(榮光)을 하나님께 돌리고 계속 복(福)을 받는 우리 민족이 되어야 할 것입니다.

서투른 솜씨로 책 한 권을 쓰면서 이제 마무리합니다. 다 써놓고 읽어볼 때 옷으로 말하면 짜깁기를 한 것 같고, 음식으로 말하면 그릇에 담은 솜씨가 미숙해 보입니다. 그러나 어설프기는 하지만 내용상 전국민의 공감(共感)을 받을 수 있는 고귀한 작품이라고 확신합니다. 아무리 영양이 풍부한 음식을 정성껏 만들어 놓아도 먹어줄 사람이 없으면 그 음식은 아무런 가치가 없을 것입니다. 필자는 이 책이 빠른 시일 내에 전 국민에게 다 읽혀지기를 소원합니다. 그리고 그 내용에 따라서 통일의 역사(役事)가 시작되기를 기대합니다.

이 책의 내용을 상상하면서 오늘날 남북의 대립현상을 바라볼 때, 우리 민족이 정말 이래서는 안 된다는 것입니다. 이제 우리는 통일의 바람을 일으킬 때가 되었습니다. 때를 놓쳐 버리면 민족의 운명이 엉뚱한 방향으로 가게 되는지도 모릅니다. 우리는 민족의 운명을 염려해야 할 것입니다. 「경순왕 따라하기 식 통일방법」은 저 개인의 것이 아니라 우리 민족 전체의 것이요, 우리의 선조들의 것으로서 통일을 이룰 수 있는 확실한 지침서임을 역설(力說)하고 있습니다. 이 방법 외에 다른 방법으로는 정말로 통일이 이루어지기 힘들 것 같고, 이것이 유일한 방법인 것 같습니다.

이 책의 내용은 남북통일을 이룰 수 있는 유일한 방법을 설명하는 것이므로 먼저 읽은 분들은 통일을 부추겨야 할 사명의식을 가지고 홍보요원이 되어, 가까운 이웃에게도 이 책이 읽혀지도록 권장해 주시기 바랍니다. 그리고 '경순왕 따라하기 식 통일방법'을 추진시키기 위한 역군(役軍)들이 일어나 일을 추진시키는 움직임이 있어야 할 것입니다. 국민 모두가 통일의 역군이 되어야 할 것입니다.

어떤 방법으로 해야만 이 내용이 전 국민에게 전파될 수 있을까 하는 게 저의 고민입니다. 내용의 성격상 동 시간(同時間)에 많은 사람들이 이 내용에 접할 수 있어야 할 텐데 하는 고민이 있습니다. 이 책이 북한 인민들에게도 읽혀지기를 기대합니다.

이제 우리 민족의 분단 시대는 황혼기(黃昏期)를 맞고 있다는 것을 느끼면서, 통일의 새벽 여명(黎明)이 밝아오는 듯합니다. 남북통일이 되는 동영상(動映像)을 마음속으로 보면서 통일의 새 아침을 가까운 거리에서 기대하고 있습니다. 인간의 역사를 섭리하시는 하나님께서 우리 민족에게 복을 주사 남북통일을 이루게 하옵소서! 하는 기도를 늘 올리고 있습니다.

2010년 8월 20일

대구광역시 달서구 송현동에서

李 太 基 謹筆